入侵鹿耳門

二〇〇五台灣生存保衛戰

目錄

一、鹿耳門內再掀巨浪
天與地的圍籬 12
水底的神祕 18
怪物現身天后宮 37
二、古都府城首現異形
接二連三的「命」案 56
與「異形」的第一次接觸 77
暗夜來的怪物 89
外星生物攻擊？ 97
八爪怪物大追捕 110

八爪怪物入侵民宅 123
八爪怪物再襲運河 142
八爪怪物從何而來？ 155

三、噬人水母大舉入侵

怪物夜訪防風林 182
失守的封鎖線 204
悄然而至的句點 227
新婚夜的不速之客 246
對圍堵策略的問號 256
水母的故鄉？鯨魚的墳場！ 265
兩派人馬暗自較勁 275
決戰的前哨 289

四、敵人非人的戰役

開戰前的兵力布署 310
難以抵抗的生物本能 331
同僚間的猜忌 340
水母大軍搶灘登陸 350
殺！殺出重圍 367
沒有永遠的敵人？ 374
激戰後的黎明 386

五、進行曲中的休止符

未完的戰役 396

自序

人生如夢，夢寓人生？

短暫數十年紛擾，有人衷心寄語，有人一笑置之；無論悲歡歲月，亦或淚短情仇，夢境有連有斷，人生或悲或喜；在我們周遭的一草一木，無雲無天，總揮不去夢境中的絲縷，或了然於心，或棄之即去。

從年少輕狂，到老態龍鍾；結合著周遭環境的夢，總和人生藕斷絲連，沒有人可否認夢和人生的牽連，卻無法確認夢和人生的接續，筆者就在這種工作與實際，夢境與虛幻間，體會另一種空間變化；人間巡迴，無是無非，無大無我。

筆者十多年前開始在台南市安南區跑新聞，遭遇的民俗生態或歷史人文，雖不致了然於心，卻感能體會身受，日有眼所見紛爭擾亂，夜有心所思迷惘千回，夾雜思緒，混亂時空。

在人類和過遭環境的爭戰中，孰勝孰敗，早有定論；但天理全在，人間無常，人類的自大難容於環境的渺小，在仰天地間，捫心自問，我們對環境了解多少？我們對未來眞能掌握？天地間一沙一水的瞬間變化，多數人解其果卻不明其因。

人類可以繼續自我，環境卻無法維繫古今；若我們無法細心體會周遭青山綠水，終有一天會看不到綠樹紅花，不是危言，也非慫聽；只要細心體會、閉眼聽聞，或許可感受出逐漸消失的自然世界，機械滿占空間，人文蕩然無存。

最近幾年來，台南市北從曾文溪，南到二仁溪，水母登岸螫人漸多，游魚漸少；二〇〇二年的秋天，平時只見於海岸的水母，竟然向上游溯溪三公里到達內陸的四草野生動物保護區，是偶然？還是未知的定律？依然未解，繼續留存，把未解之謎留給下一代。

我們是否有智慧解決問題？端看我們的心是否保持純淨；在千百年來的主觀意識中，若仍缺乏覺醒，終依狂妄自大，明日變化將無以預知。

鹿耳門內再掀巨浪

二〇〇五年末，台南市沿海管制區防線已運作七個月，變種水母再度入侵，造成傷亡；異常生物災變管制局進駐鹿耳門，展開圍堵。

天與地的圍籬

二〇〇五年十二月廿三日

「無任何動靜」。陳永福和往常一樣，和同哨林廷讚黎明下班前，在電腦前工作日誌上，勾選了簡單的幾個框框，按下鍵，傳送給溪南的監視所。

清晨八時，寒風帶著些許涼意，東線天邊微藍滲著幾絲微紅，夾著淡淡雨絲。林廷讚慢慢走下直直的樓梯，邊看著自己停在下方停車場內的機車，還邊喊：「阿福！快點啦！要回去睡了啦！」

「呸！」阿福將口中咬的最後一口檳榔汁吐在下方十多米的溪水中，慢慢走下樓梯，帶著睏面上車。

老舊的車子發動引擎，「轟！轟！」的加油聲，在停車場的冬日噴出兩道黑煙。接哨的蘇順利從哨站透過兩層強化玻璃，和一圈圈鐵絲捲起的蛇籠向下望，再透過監視器看了看停車場外，按下開關，打開停車場電動門，眼看著車出了哨站，「碰！」的一聲，關上鐵門，只留下一層散薄霧。

下班前，林忠民和同值大夜班的方仔，連續接了六通電話，分別是從鹿北和鹿南哨站來的下班報告，電腦上六個哨站傳來的都是「無任何動靜」，在二〇〇五年十二月底的小雨清晨，站所透過電腦制式的報著平安，已持續了七個月，並無任何異狀。

離開監視所，林忠民開著他的廂型車準備返家睡覺，還一路想著往年這個時候，早開始在溪內架網撈鰻苗了，但現在卻什麼都不能做。

車在溪南道路向東開了三百米，跨越連接鹿耳門溪和四草漁港的小橋，車子「叭！」的響了兩聲，另一道大鐵門緩緩打開。車出了鐵門，路旁溪岸堤防上三米高的告示牌，寫著「環境監測強制管制區，禁止人車進入」幾個斗大的字，左下方還有「異常生物災變管制局」、「九十四年四月」幾個小字。

出了管制區，廂型車沿著古鹿耳門溪河道東側道路向南行駛。這條寬十幾米的大路，半年前，也只不過是一條毫不起眼的魚塭產業道路，如今不但路變大條，在道路和古溪道之間，多築起了兩道高五米的混凝土牆，牆與牆之間相距三米，三米平坦的範圍地上滿布一圈圈黑色捲曲的蛇籠。

牆上方支起的連環鐵架，每隔三十米就有一台監視器，監視器外有半個圓周的範圍被一個小金屬盒包著，另半邊則用玻璃罩住，玻璃上兩支感應小雨刷，下雨時可以派上用場，像極了高級轎車的車頭燈。監視器上的探照燈，整夜全開，依規定必需在天亮後三十分鐘才准熄滅。

車沿著圍牆向南行駛，經過四草，轉入二等九號道路，這是台南市安南區沿海地區最寬敞的大道，原本應在二〇〇三年完工通車，但因爲經過舊台鹼安順廠前的汙染土地，在環保署和環保局多次檢測後，認爲必需先刨除路基底部有毒土壤，一直延到二〇〇五年初才完工。

從寬闊平直的二等九號道路上了四草大橋，三五釣友在橋的東西兩側，居高臨下，把魚竿甩到下方的溪海交界處。從橋上向東望，鹽水溪和嘉南大排匯流口尖端的嘉鹽監視所，如同一座石敢當，挺立在水陸交界，守住寬四百米的出海口。鹽北、鹽南管制站，在更遠的東方溪岸上，兩道黑色長牆沿著溪岸延伸，黑濁的鹽水溪在兩道黑牆間緩緩川流，從四草大橋下方穿越而過，向西流入台灣海峽，不分晝夜，無聲無息。

※※

鹽水溪，這條發源於台南縣的河川，是不折不扣的「黑龍江」，沿路盡情吸收，永無止境，將所有工業廢水、畜牧廢水、家庭廢水容納一肚，毫不排斥；雖然算不上是一條大河，平時看來也毫不起眼，但數十年來汙染積存，油黑濁水永不見底。沿岸居民對它始終如一的單一色調早已習慣，怨言漸息無聲，似乎如同它本身的生命力一樣，日漸薄弱，沒有一絲反抗能力，默然順受；只有靠近出海口的二、三百米，依賴著海水漲退潮帶引，水色時綠時黑，偶有溯溪魚兒在溪口進出，是僅存的殘喘活力。

每年秋末，傳統鰻苗沿海近岸，沿岸漁民下網撈捕，在淺海沙灘和靠近出海口的淺水域，漁民在水中架設漏斗形細網，利用鰻苗夜行靠岸的習性捕捉。從下網到收網的幾個小時，漁民待在沿岸漁村小屋內，或在沙灘上臨時塑膠布搭建的棚架裡，在等待收網的寒風黑夜，三五漁民配著前次收網撈上岸的雜魚蝦蟹，把酒言歡；在你一言、我一語的分秒過去，驅寒氣，也避冷風，等待下一次的收網。

帶著臉紅的微醺，二、三名漁民提著水桶和手電筒，從岸邊走上膠筏，在漆黑夜裡發動引擎，駛向撈鰻苗網漏斗狀尾端的網袋，一人用手電筒照映水面，另一人側跪膠筏邊，彎下腰伸出雙手從水中撈起不到二尺長的網袋，打開底部的活繩結，將撈上膠筏的一堆汙泥，倒入早已準備好的塑膠桶中。擠成一團的小雜魚蝦蟹在燈光下晃動，現出晶華閃亮，漁民再將清空的網袋打上活結，重新放回水中，繼續撈捕下一波鰻苗。

水桶中的泥魚蝦蟹，上岸後倒在鋪著一層細紗網的地上，漁民或蹲或跪，半趴在地上用手指仔細在泥堆中翻撿，將可以吃的魚蝦蟹分類放在不同的塑膠盆中；細如筆尖、長四、五釐米全身透明、只能依稀看到兩個小眼黑點的鰻苗，被養在另一個盛裝海水的桶中，等待隔天和收鰻苗人談價收購。

還記得二〇〇二年秋到二〇〇三年春鰻季節裡，雖然一尾鰻苗只賣十元上下，但因一晚撈得數量多，少時三、四百尾，多則二、三千，也讓林忠民和不少沿海漁民發了一筆小財，大夥兒笑得合不攏嘴，完全忘了下網收網的疲累辛苦。

那是豐收的一年，大夥也都領到不錯的「年終獎金」。

車下了四草大橋，林忠民將車向左轉，不到二分鐘就到了家。一進屋，餐桌上配著醬瓜和麵筋，糊輪呑吃了兩碗老婆煮好放在電鍋內保溫的稀飯；眼看著小雨停了，趕著睡回籠覺前，帶著半桶飼料到一旁魚塭餵魚去了。數十年來秋末開始的撈捕鰻苗一成不變，總是持續到隔年初春；但在二〇〇四年卻有了變化。

從二〇〇四年入冬，從未遇過的異種災變，改變了沿海漁民的生活習慣，甚至有漁民被迫遷離住了數十年的沿海家園，取而代之的是一條高五米的圍牆，從鹿耳門溪向南延伸，在沿海形成一座迷你長城，好似一座沿海大監獄，將過去的傳統生活隔絕在外，沒有人知道究竟何時才能安然返鄉，重歸故里。

鹿耳門溪和鹽水溪內，幾道由鐵棍和鐵網形成的水中長城，從水底向上延伸至和堤防頂部相同高度，上方爬著兩圈黑色蛇籠，讓人想起二次大戰歐洲戰場的壕溝前線，密密麻麻捲起黑質鐵絲，如同由天而地直接插入溪中的大鐵梳，將河道一分爲二，厚重的顏色和材質讓人有密不透風、喘不過氣的感覺。

數十年來一直是撈捕鰻苗和秋冬釣溯溪洄游魚的天堂，如今全都被分隔在小小長城以外，一百多戶居民一年前全部強制撤離，直到二〇〇五年秋冬交會，依然是日夜封鎖的管制區，不能垂釣，不能捕魚，什麼都不能。

管制區內的特定限制，依緊急命令執行，除了極少數被允許的調查研究和障礙清除，此地平日是無人地帶，幾乎沒有人爲干擾，像是另一種不同型式的國家公園。

林忠民原本住在鹿耳門溪出海口南岸，是最早被強制撤離的人，自從被那「怪東西」嚇到以後，原本在距鹿耳門溪出海口二公里的媽祖宮還有一棟舊宅老家，也沒膽再住下去，於是搬到安平區安平豆花旁附近一棟二層樓房內，和「暗光叔」、「烏魚嫂」住在一起，並在附近租了一塊五分大的魚塭，繼續養虱目魚的老本行，貼補在鹿耳門溪南岸被劃入管制區而無法繼續的魚塭收入。

爲了彌補遷移三十多戶居民生計，政府將他們全都納入管制局工作，一個月三萬六千元的收入，已領了半年多，雖然大夥兒都希望早些解除限制，回到老家再養魚養蚵，但誰也不知道何時才能恢復過去那段自由安逸的日子。

都是那些死東西害的，林忠民心中想著。

過去的記憶讓他離家更遠，寧可不要冒險在海邊釣魚，即使在二〇〇五年撈鰻苗季來臨，就算待在距海一公里外的魚塭養魚，也不願到任何水域撈捕鰻苗，即使是在河川封鎖區並設有攔網的上游安全區，也從不接近。

誰知道那怪東西還會不會再來，林忠民邊灑著飼料入塭，腦袋裡靜靜想著。

水底的神祕

林福春在中午下班後，花了八十元在鹿耳門溪租膠筏，三兩下划到溪中釣魚。還記得一個月前，一個下午至少還可釣到個二、三斤，甚至有一次還釣了五斤多，拿回家和友人下酒，大夥喝的臉上一陣通紅，過癮得很。但最近已有一個多星期光景，都沒有好斬獲，直到太陽下山，打開冰桶，兩條不到巴掌大的花身雞魚，一尾黑鯛，還不到一斤。

就是不信邪，反正明天休假，今天可以晚些回去。林福春拿起行動電話：「今天晚些回去，不要等我吃飯。」

重新換上餌料，再把魚竿甩入水中。這種甩竿收竿的相同動作今天不知重覆了多少次，但卻怪得很，難道今天所有的魚都有病，連餌都不碰一下？還是魚兒牙痛？根本就懶得咬上一口？

掛上電話，手上的釣竿就是不爭氣，一點動靜都沒有，下游幾百米外兩棟黑色管制站，天黑後愈來愈模糊，愈看愈不清，只見溪南岸窄小道路旁偶爾來往的車輛，車前兩道直射燈光，由遠而近，再由近到遠。

奇怪！不知別人都在忙些什麼，我就是釣不到魚，難道被這裡的人都抓光了，卻沒有人和我說？拿起槳，林福春想換個位置碰運氣，黑暗中一不留神，槳插入水中，使了好幾個勁，就是拉不上來。

「你娘咧！今天實在有夠衰，連划個槳也中網仔！」

林福春左手拿著槳柄，把右手伸到水中想拆掉纏在槳上的流刺網，感覺摸到了網子，手指還體會出流刺網交織的細小繩結。突然，手臂一陣刺痛，趕快縮了回來，下手臂好像有十多個小紅點，有些開始慢慢滲血。也不知道是被什麼東西咬到，看樣子今天倒楣，不用釣了。

用手解開繫在插樁竹棍上的繫繩，慢慢划上岸，但被螫的手愈來愈麻，而且漸不聽使喚，頭也開始沉甸甸的，不一會兒就歪倒在膠筏上。

膠筏在黑夜中隨波漂流，被插在水中的二根竹棍擋住，在水波中上下晃動，整夜不曾靠岸。

※※

農曆十五過後，半掩雲月，一艘膠筏在鹽水溪波中劃出幾條彎曲，映著忽雲忽月的微光，在水上圈出好幾個不同同心圓的亮線。

凌晨二時，尚未收網，坐在膠筏的保麗龍塊上，迎著溪面行駛吹來的涼風，海仔雙手交叉緊抱在胸前，還打了幾個寒顫。文仔坐在後方一塊固定小橫木板上，右手在身後把握著發動機，左手拿著防水手電筒，在水面上左右掃射，找尋捕鰻苗網尾端漏斗網露出水面上的浮球。

管制局規定攔網下游不得進行任何水產採捕活動，目的是爲了安全，但在攔網上游，只是原則上希望能避免夜間活動，卻未明令禁止。

能撈個一、二百尾，今夜就沒賠了，如果撈個上千尾，就有得賺。文仔想著。

「呸！」的一口，原本鮮紅的檳榔汁分成十多個大滴小滴，灑在天暗水黑的溪面，全都成了一團黑，分不清是溪水還是檳榔汁，頂多在水面上打出幾個小圓圈。手電筒照在墨黑水色，眼看著圓圈漸漸消失，水面也恢復平靜，仍是一股平靜的黑。海仔發現距膠筏十多米處的水面，又出現了幾個圓圈，由小而大，時明時暗湧起水波。

「裡面有魚！」文仔說。立刻用燈照了照方才出現圓圈的遠處水面。

「好像還不少的樣子，說不定還很大呢！」海仔兩眼望著水面說：「先過去看看。」

文仔將膠筏駛到一根插在水底，上半截露出水面約二尺的竹棍旁，引擎聲小了下來，海仔跪在膠筏旁把手伸到水中，想把漏斗網撈上膠筏，但抓了二、三次，就是拉不出水面下的漏斗網。

「奇怪，不知纏到了什麼？」

「我來看看。」

文仔先熄了引擎，把燈放在膠筏上，燈光在二人身上搖晃，忽暗忽亮。文仔的手在水中撈呀撈的，摸到了漏斗網，並未感覺有何異狀，但就是拉不上來。

「可能被底下其他繩子纏住了。」文仔的一隻手還在水下努力。

「眞是的！怎會這樣？」

水底的漏斗網被拉得用力，拉網的手一上一下，扯得用力，膠筏也開始上下搖晃起來，已經熄火的引擎仍是一片靜悄悄，沒抓住的舵空了方向，膠筏晃得更厲害，原本放在膠筏上照著二人的手電筒「碰！」的一聲，躺倒在平木板上，先是滑轉了個方向，照向一旁的遠方黑夜，噗通掉落水中。

管制區攔網上游的鹽水溪南岸沙地，過去曾是一大片招潮蟹和彈塗魚棲息天地，因水淺且距出海口較遠，少見釣友；但在攔網下游劃爲管制區後，此地反而成了距離出海口可撈魚最近的溪岸，總有釣友在此甩竿入溪，希望碰碰運氣。

趙長安手中拿著釣竿，看著距岸七、八十米遠溪內一艘膠筏，在微弱月光下，隱約見到二人在筏上來回，似乎想撈些鰻苗看是否有賺頭，偶爾還瞄著膠筏傳來漫亂掃射的不定向燈光，一會兒燈似乎是放在膠筏上，固定了方向，然後又突然消失。趙長安根本沒去特別注意膠筏上的人，而且晚間黑鴉鴉的一片，只要自己有魚釣就好，那來的美國時間管人家！

遠處突然傳來「噗通！」一聲，好像還夾著幾聲濺水聲，趙長安向膠筏望去，仍是一片漆黑，什麼也看不到。

二〇〇五年十二月廿四日

「他昨晚快要六點多打電話回來，說因爲今天輪休，還想多釣一會兒，結果一整夜沒回來，我還以爲他又到海邊找人喝酒去了，所以也就沒再問！」林福春老婆隔天上午在顯宮派出所內，呆坐在椅子上，早已哭紅了雙眼。

鹿耳門溪南岸的顯宮派出所，所轄是溪南的鹿耳、顯宮、四草三個里，除了幾百公頃的台南科技工業區，其他八成以上都是清一色的養殖區。

林廷讚說：「幾年前我就認識林福春，幾乎每月他都會來個二、三次，租了小膠筏一個人去釣魚，大家很熟，所以我收別人一百元，他只要八十，因爲和他很熟，就和他說如果上岸時我不在，只要把膠筏綁在岸邊剝蚵小屋下方竹棍上就可以；但今早起來，竟然看到膠筏靠在溪內的二根竹棍旁，直覺情況不對，趕快來報案」。

顯宮派出所警員帶林福春老婆到鹿耳門溪南岸，十多名當地居民站在岸南道路，朝著溪中指指點點。

只有二米長一些的小膠筏上，還有一包包葉子的「青仔」檳榔，和一包黃長壽菸，三、四根還沒抽的小白菸散落在半開的菸盒旁，夾在膠筏的塑膠管縫裡，全都泡了水，成了點點深褐色。膠筏旁靠著的竹棍，在水面淺淺的露頭，掛著一件灰色長袖外套，半纏在水下的流刺網，隨著水流不停漂動，如果沒有仔細看，誰都以爲是海藻或是龍鬚菜。

「釣沒魚就不要釣了，回來就好，爲何要這樣？」林福春老婆才被警員從地上攙扶起來，不一會兒又哭倒在滿是廢蚵殼堆積的溪南岸邊。

林廷讚在岸旁向拿著相機拍照的李文同說：「阿同，那個人是我的朋……朋友，前幾天我們還在忠民哥家裡喝……喝酒，他拿釣的魚來煮……煮湯，還說過兩天要釣大午仔來請……請客。」接著又說：「怎會這樣，除了一件外套掛在水中，其他什麼都沒看到，有夠奇……奇怪！」

「我是剛才在……在蔡嘉祥家喝酒，後來聽說有人在鹿耳門溪離奇失……失蹤，就跑來看，沒想到是福春仔」。林廷讚說著說，臉上的酒紅還未褪去。

「喂！很怪呢？鹽水溪昨晚也有人失蹤，說是在夜裡撈鰻魚苗，但隔天只看到膠筏靠在攔網鐵架旁，只找到幾片外衣碎布，人到現在還沒找到。」李文同說。

李文同拍完照，離開現場，經過舊台鹼公司安順廠東側的二等九號道路，寬闊平直，沒有幾輛車來往，路旁的舊台鹼廠依然封閉。沿著廠區外圍，一直延伸到南側雜草空地，這就是被當地民眾稱爲「毒土地」的地方，路兩側可見到多塊豎立告示牌，寫著「本土地已列爲汙染控制廠址，禁止進入。」幾個大字。

車從顯宮、鹿耳一直過了四草大橋，開到安平，李文同將車停在林忠民家門口。

「阿同，來，正好來吃飯。」林忠民的「同居人」呂秋萍，一邊煎著蚵仔煎，還一邊問：「阿同，要不要吃蚵仔煎？」

「嫂仔你好！忠民在不在家？」

「在裡面睡覺，也該起來了，我去叫他。」

十多年前，李文同剛到台南市跑新聞，當時的路線是區里，第一次到鹿耳門溪出海口，就認識了林忠民夫婦，但後來聽人說林忠民是「混黑的」，李文同也和林忠民夫婦保持距離，後來在沿海地區跑久了，也聽多了，知道林忠民過去的確曾在高雄「混過」，原本是鹿耳門鎮門宮管理人，但自從去年怪物出現後，鎮門宮及附近地區已劃入管制區內，有家都歸不得。

「阿銅仔！你來啊！」微胖的林忠民從樓梯走下一樓，揉了揉眼睛，兩隻眼睛眨呀眨的，黑眼球感覺上好像特別大，讓人想到才剝了一半殼的龍眼。

「忠民仔！我和你說，你可記得幾天前和讚仔在你這喝酒的那個男的？」

「我知道啊！矮矮瘦瘦的，讚仔帶來的，見過二、三次面，怎樣？」

「我和你說，他昨晚一個人到鹿耳門溪租膠筏釣魚，一個晚上沒回來，今天上午被人發現膠筏被二根竹棍擋在溪裡，但人不見了。」

李文同隨後說：「只有看到一件破外套掛在水中竹棍上，她太太到現場看了就哭，說是她先生福春的沒錯，衣服還沒撈起來。」

「怎麼這樣？那個人不錯，聽說住在本淵寮，來了二、三次，都是讚仔帶來，前幾天還送了幾尾花身仔來煮魚湯，還說過幾天如果釣到更大的也要拿過來。」

「我和你說，昨天在鹽水溪鐵網內，也發現一艘膠筏，漂到攔網旁邊，而且網旁還看到一個塑膠桶，可能是在退潮後被沖過去的，鐵網上發現幾片淡藍色牛仔褲碎布，我去看過現場，也問了派出所，感覺不太對勁。」李文同若有所思的說。

二〇〇五年十二月廿五日

薄霧輕輕慢慢，飄過嘉南大排忽隱忽現的水面，西側數百米外的四草大橋幾乎全泡在濃濃大霧中，濃得連車輛經過的大燈也無法穿透，又是一個充滿冷意的清晨。雖然已是清晨七時，還是見不到東方的太陽，火球從一億五千萬公里外將它的熱能射向地球，卻穿不過了不起幾百米的薄霧。搞不好薄霧上層還有好幾公里厚的雲層，正好今天都聚在一起，全都擋在他的頭頂，連附近淺灘旁的海茄冬也看不到幾棵。李進添想著。

李進添原本在四草海域養蚵，一百八十幾的身高在當地將所有的人比了下去，在漫長的四草夏日裡，多數時間總是打著赤膊，騎著一輛十多年的老機車亂逛，機車後的鐵製金屬置物架多年來鏽成了深色，不知道還剩幾根螺絲；只要聽到「唧！唧！唧！」的晃動聲，由遠而近，八九不離十就是李進添壓著他那輛老爺車來了。

在過去養蚵，一年中至少有八個月時間，李進添總是打著赤膊，頂著一身穿了四十幾年的天然皮大衣，只有在天冷時候才看他穿著衣服，似乎總是心不甘情不願的。有人說他「只有穿衣服時才稍微像個人樣！」，沒穿衣服的時候，身上的黑皮大衣，比他養的蚵還要黑，「就算擦個一百年的ＳＫⅡ也白不了一點！」

十年前，在台南師範學院教授吳新華的鼓勵下，李進添和幾個四草漁民，成立了「台南市紅樹林保護協會」，從此以後，李進添似乎完全變了個人，原本只認識蚵仔和一些海魚，但因情勢所逼，不得不多念點書，猛背一些其他以前從來不懂的動植物名稱，多惡補一點氣質。帶領遊客搭乘膠筏生態旅遊，即使再炎熱的夏天，他還是得穿著衣服，蹲在膠筏前頭的小斜坡上，拿著擴音器向膠筏上的民眾解說：「現在大家向左看，一片綠綠的在水邊的植物就是紅樹林，結著小果實的是海茄冬……」

解說過程中，李進添總是不停的聳聳肩，要不然就是抓抓背，東搖西晃的，還記得剛開始帶生態旅遊，衣服裡好像就是有小蟲和他作對，搞得他癢癢的；有時甚至覺得身上的衣服好像是一件小細鐵刷子，讓他渾身不自在。

發呆的想著過去，李進添兩眼透過嘉北二站南向的玻璃望去，發現攔網鐵架旁似乎有一條長長灰色的東西，在緩緩水流中漂動，想再看個仔細，但來來去去的霧就是不肯散去，偶爾在一團白色朦朧間出現一個小黑洞，長條的灰色東西仍在水波中不停擺動，說有規律似乎不太像，說沒規律又好像真的有那麼點說不出的規律。

「憲仔，來看那是什麼！」李進添揮手說。

和添仔同值大夜班的吳明憲，原來在四草養螃蟹，對於螃蟹有很深認識，還在家裡做了許多大大小小的蟹標本，從大的兇狠圓軸蟹到不到一釐米的小蟹都有，他把這些蟹群標本裝在同一塊小木板上，再用貝殼和乾樹枝點綴，活像一個縮小的溼地生態。三年前在四草大眾廟認識李文同，李文同替他和蟹標本拍照，寫了一篇新聞登在報紙上，還有張大大美美的彩色照片。

吳明憲拿著望遠鏡走向南側玻璃，依添仔手指向南看去，依然一片灰濛白霧陣陣飄過。

吳明憲看得仔細，笑著放下手中的望遠鏡和添仔說：「唉！是網子啦！可能斷繩了啦！等下請人補就好了，沒啥啦！」

下班前，李進添將滑鼠移動到電腦上「無任何動靜」、「嘉北二站」上方的小框框內各按了一下，小框框內各出現一個黑色的小勾勾，隨後又在「其他」欄內填上「七時發現嘉南攔網疑似斷線，在水中漂流，距岸約十五米，已報所處理。」

※※

上午快十點，李文同開車來到四草大眾廟，和二、三名管理委員談天，一面翻著報紙，一手還端著老人茶的小茶杯。

「今天好像比較冷，喝了熱茶很舒服！」李文同說。

「只要你高興，等下多泡一些給你灌到寶特瓶裡帶著走，保證你不會冷！」

「寶特瓶會冷掉！我看還是你們去拿一個保溫杯裝好，再幫我拿到車上好了，明天上午我來之前再先泡好一杯等我……」

「泡好茶等你？我看你是很久沒吃棍子了！」

一堆人笑成一團。

「好了，我先走了。」李文同背著他那綠色的大背包站起來。

「真的不要泡茶帶走？」管理委員喊著。

「免了，謝了啦！」

李文同才走出廟門，「啷！啷！啷！」的聲音，李進添騎著他的老機車過來。

「阿同，要走了喲！」

「是啊！再去逛逛，看有什麼新聞沒有！」「你那有沒有事？」李文同說，還用手拍拍他的老爺機車。

「沒啦！我剛才從哨站下班，吃過早餐，想到廟裡來泡茶聊天。」

「站裡面有沒事？」

「沒啦！和平常一樣，只是有一條攔網斷繩，其他沒事！」

「怎麼會這樣？網子不是才裝了半年，而且那麼粗，還有鐵架擋著！」李文同懷疑的問。

「我也搞不清楚，反正已請人去補了。」

「噢！我先走，有事和我說一聲。」

「好。」

李文同上了車，心想，塑膠攔網兩側都有鐵架夾著，從溪底固定垂直向上，還高過水面五米，怎麼會斷繩？打個電話過去問問。

電話那頭傳來：「網子斷繩了，還有破洞，說不能補了，可能要換新的，但是重新在鐵架裡夾網可能還要派人下去，二、三天都不一定會好。」

「但沒有網子怎麼辦？」「下去裝網會不會有危險？」

「應該是不會啦！外面還有二條好好的，應該沒問題。」值班人員又說：「網子被水沖得會纏住鐵架，今天下午就會找人去拆，拆完了明天嘉鹽所會找人補。」

「從那裡可以拍到破網嗎？」

「沒關係，你過來！」

李文同開車沿著二等九號道路南側轉入寬不到五米的魚塭產業道路，將車停在嘉北二站門外，按了門鈴，走上二樓。

「你看，就在那裡。」值班人員用手指著水中說：「是夜班的今天早上才發現的！」

值班的二人李文同並不熟，只是以前在李進添介紹下來過哨站，見過兩次面。

李文同拿出相機，透過玻璃瞄向窗外，按了三張。接著說：「我可不可以到三樓頂去拍？看有沒有更好角度？」

值班人員打開二樓通往三樓樓梯間的鐵門，李文同上樓後，走向靠溪的一面看了一下，把相機固定在牆上窄窄的平台，整個人半蹲半跪在牆邊，整個臉和相機擠在一起。

到底要不要寫？離開哨站後李文同一直在車上思考。

去年秋天發生的十多件命案，是造成中央緊急成立管制局的原因，從鹿耳門溪以南到鹽水溪以南陸上的小小長城，和溪內的鐵架攔網，是爲防範災難再起的前哨防線，各站所廿四小時日夜值班監測管制，半年多來投入已超過二十億元，避免災難發生是唯一目標，如今有一段攔網斷裂，萬一成爲防線上的缺口將後患無窮。

不行，非得再查一下不可。李文同心裡想著，將車開到設在四草野生動物保護區內的前進指揮部。主任莊文淵正在看今天剛送來的水溫報表，包括衛星遙測和各站所每六小時一次的實測水溫。

「李記者你好，來！來！請坐！」莊文淵看到李文同走進二樓辦公室，從椅子上站了起來。

「不好意思，主任，我是聽說嘉北二攔網今天上午發現斷繩漂流，已經沒有辦法再使用，必需更換，但可能需要二到三天？」

「是！是！今天上午嘉北二站的人發現嘉北二攔網破洞斷裂，就馬上回報，但因整條網寬度有一百二十多米，而且全部都夾在二層鐵架內，部分斷裂的塑膠網也纏住鐵架，所以一定要趕快拆除，我們上午有聯絡網具契約業者，但對方人不在台南市，下午才能趕回來，預估從拆除到完成新安裝，可能要一、二天，應該要不了三天。」

「我記得這些塑膠攔網網繩直徑好像快接近一厘米，算是很粗的網，怎麼會才用了半年就斷繩？更何況還是夾在二層鐵架裡固定的？」李文同問。

「鐵架塑膠攔網是今年四月底完成的，差不多有七個月了，網繩直徑是七毫米，網目織得很細，約是十乘六厘米，至於斷裂原因，可能是受海水侵蝕或和鐵架近距離長時間摩擦造成。昨天有二人在夜裡失蹤，他們的膠筏退潮流到嘉鹽攔網邊上，那件事你知道吧？」

「知道。」

「那艘膠筏後方發動機的螺旋槳片歪了，其中有一片穿過鐵架空隙，早上被人發現，我們把膠筏拖開，再請人沿攔網檢查，找找看是否還有其他線索，發現有一條被夾在鐵架內的網繩幾乎被磨掉了三分之二，由於那裡就是膠筏被沖流停靠的鐵架位置，我們研判可能是膠筏因退潮流到鐵架旁，撞擊後造成發動機螺旋槳葉片變歪，從鐵架間空隙穿過，再摩擦網繩造成斷裂。」

「如果明天能順利重新架網，會不會擔心有安全顧慮？」

「應該不會，因爲在嘉北二攔網西側，還有嘉鹽攔網和鹽海攔網，我們最近也特別檢查過，並沒有發現任何斷裂或破損，而且最近水溫仍在攝氏廿一度以上。」

「你來看！」莊文淵搭著李文同的肩膀，走向辦公桌，桌上擺的是一張安南區沿海地區大地圖，並用手指著地圖上沿海的幾個數字說：「你看，這些是最近一個星期以來的沿海和內溪水溫變化圖，最下方數字是今天才測出並塡上去的，最低溫是出現在今天凌晨五點十一分，是攝氏廿一點二度，這也是今年入冬以來的最低水溫，比去年出現的時間要晚個幾天，我們也會特別注意。」

「對了！李記者，有一件事還想請你幫忙，就是今天攔網損壞的事，是不是可以不要報？因爲我們還不了解發生原因，或許只是很單純的事件而已，在未查出眞正原因前，我擔心如果報了出來，可能會引起民眾恐慌……」

「我們不是不小心，也不是不處理，只是會出現什麼樣後遺症，實在不能預料，我們能做的就是趕快補網。而且有些事我們不能研判，依規定也不能對外發言，我已將現況報到局裡，局裡也很重視，下午就要開會討論，如果有新的結論，我一定第一個通知你，但還是請你幫幫忙！其他記者到現在還不知道這件事，如果知道了，我也可以處理，你儘管放心，不會讓你下不了台的！」

莊文淵半年多前，還在學校教書，去年事件發生後，中央決定在鹿耳門及四草地區設指揮部，最先是考量以地方政府有關單位首長兼任，台南市政府建設局和台南市警察局都曾有徵詢對象，後來有人認爲位階太低，一旦發生意外，地方處理經驗和各項資源都不足。

也有人認爲，這是個「有苦勞卻不一定有功勞」的職位，待在涼涼的海邊，沒事就沒有表現機會，有事又有上面的人來搶著表現，三名被徵詢的人都沒有太大意願，最後地方乾脆把「選秀」工作推還給中央。

※※

下午六點多，李文同在辦公室發完三條稿子，拿起電話撥手機給莊文淵。「主任好！我是李文同。」

「李記者你好！」「你是要問那個開會結果的吧！」

「對！對！有什麼結論沒有？」

「下午四點鐘開會，我把最近的水溫變化、環境調查、水體抽驗一些資料傳過去，他們說還要有現場照片，後來我們臨去拍了攔網斷裂的照片，也傳了過去，環監組的人說根據現有沿海資料研判，並未發現不尋常變化；漁業署巡護船也未在沿海發現異狀，但七毫米的塑膠繩攔網斷裂原因卻無法確定，要求明天將拆除後的破網保存，二名生化組人員會到場檢測。」

「那就是說沒有採取進一步措施？」

「沒有，詳細情形要等生化組的人到現場看了再說。」莊文淵說。

李文同寫完稿，打了幾把「傷心小棧」，贏不到三把，乾脆關上電腦，開車到台南市警察局第三分局，在刑事組內和偵查員泡茶聊天。

「對了，鹽水溪攔網失蹤的二人，和鹿耳門溪內失蹤的一人，有沒有新發現？」

「早上我還問了海南所，還是一樣，說除了幾片破布和一個塑膠桶，其他什麼都沒有；顯宮所的沒聽說。等一下，我現在打電話去問。」

「顯宮所嗎？我是三組偵查員周思賢，你好，請問一下，昨天在鹿耳門溪內的失蹤案，有沒有新發現？」

沒兩句話，周思賢掛上了電話說：「李大哥，說沒有新發現。」

「怎麼了？你是不是懷疑有人被那東西吃了？」許文和驚疑的問。

「我也不敢說，這種東西沒有證據也不敢亂寫，雖然說鹽水溪水較深，汙染較嚴重，不一定找得到屍體，但鹿耳門溪那麼淺，而且裡面有一大堆插椿圍網，就算是人掉進水裡去，總會被棍子或流網刮到一些，可是怎麼什麼也都沒發現？」李文同說。

「會不會被魚給吃了？應該不致於吧！」偵查員蔡宗融說。

「不知道，才一天的時間，而且爲什麼只發現一件上衣掛在水中竹棍上，其他什麼都沒有？」

「聽顯宮所的人說，那個失蹤的昨天下午曾在安平路旁一家小店喝了一瓶蔘茸，然後再騎車去釣魚，不知道和喝酒有沒有關係？」周思賢說。

怪物現身天后宮

二〇〇五年十二月廿六日

安平漁港碼頭上，二、三漁民叉開雙腳，平坐在地上，低頭不停揮動手上的工具，一伸一拉的補網。一旁碼頭並排停靠著兩艘漁船，船上方都有一個突出的小平台，船後還有一根上方稍微向後小弧彎曲的起網吊架。

李文同來到港邊，一眼就認出是海上專門捕烏的巾著網漁船。

台灣人是出了名的愛吃烏魚子，民國七十年代前後，台灣單年的捕烏量一度高達二百萬尾，當時全台共有約二百組巾著網漁船，是捕烏的全盛時期，但近年來因大陸漁民知道台灣人喜歡吃烏魚子，也在浙江、江蘇和福建沿海開始捕烏，賣到台灣，由於價錢不差，大陸捕烏漁船愈來愈多，估計最近三、四年來，每年到了冬初烏魚開始南下洄游季節，大陸沿海至少有超過五百組以上拖網漁船捕烏，再賣到台灣，大陸年捕烏量曾達一百五十萬尾。

因為烏魚由北而南洄游，大陸沿海捕烏量增加，相對造成位處南下洄游路線尾端的台灣沿岸捕烏量少，近三年來最多也只不過撈到三十多萬尾，甚至有一年連十萬尾都不到，在撈不到烏魚的情況下，巾著網漁船愈來愈少，目前剩不到二十組，主要來自高雄縣和宜蘭縣。

難得見到巾著網漁船進港，李文同停下車，帶著相機走上前去，心想或許可以問些東西。

「先生你好，我是記者，請問你們是在補巾著網嗎？」

一臉黝黑，看來至少已超過五十歲的漁民，抬頭望著李文同，然後說「是啊！」

包括其他二名補網漁民，和靠岸一艘巾著網漁船上，正在船後甲板曬衣服的漁民，將眼光投向李文同。

「請問一下，今年烏魚抓得如何？和以前比較怎麼樣？是比較好還是比較壞？」

補網漁民頭也不抬一下：「壞啦！愈來愈壞。」

「是不是抓沒有？你們是哪裡來的？最多抓幾尾？」

「前幾天才從蘇澳出港，在新竹和台中抓了兩天，撈不到三、四百尾，昨天在國姓港更撈不到一百尾，不但網子破洞，而且還撈到水母，眞正有夠衰！」

「你說撈到水母是什麼時候的事？」李文同一聽到「水母」兩個字，心中怔了一下。

「就是昨天下午，在國姓港圍網後，在船上用手網撈烏魚時，發現大網內有一隻半透明像是水母的東西，就用手網撈上甲板看，後來用棍子把牠打死。」

李文同趕忙再問：「是什麼水母？有多大？後來呢？」

漁民放下手中的補網繩，用雙手比了個手勢說：「差不多這樣。」

「你是說那個圓圓的頭？」

「是啊！」

「不知道是什麼水母？」

「不知道！但因爲後來看到網子破不只一個洞，很火大，就用棍子把牠打死，再丟回海裡。」

「以前海上有舢舨搶烏時，有人會威脅你們用刀割網，但現在捕不到魚，怎麼還會有人割網？」

「這不是被人割的啦！怎麼破的也不清楚。」漁民說著說著站了起來，用手拉起了地上尚未補好的網給李文同看。

「三、四個洞，有的還連在一起，這麼大的洞就算捕到再多烏魚也會跑光光。」漁民一臉無奈的說。

李文同請漁民拉著破洞的網，拍了幾張近距離特寫，也用手摸了摸破網邊緣，有些斷網繩上還留下幾條細絲，有的則是整條斷掉，心裡有些疑惑。

※※

嘉北二站旁堤防上，嘉南所的人和台北來的生化小組人員，低頭查看昨天破洞，剛才才被拆下來的攔網。

「嗨！阿同，你怎麼跑來這？」

「聽說網子破了，要換網，所以跑來看看。」

在堤防斜坡上的二名生化組人員，朝李文同這邊看。李進添向二人說：「他是跑我們這裡的記者。」

「不好意思，我是聽說有攔網破洞斷裂，所以來看看。」李文同慢慢走下堤防斜坡，接著說：「請問現在知道破網的原因嗎？」

生化組其中一人向另一人看了一眼，沒搭腔。另一人說：「我們剛來，還在看，原因還不清楚。」

李文同走下溪岸斜坡，蹲下來拿起斷裂邊緣的塑膠網看了看。「可不可以看出是被利器割斷，還是有其他原因？」

「現在還不能確定，我們要把破網帶回台北進一步檢查。」

「什麼時候會有結果？」

「不知道，還要看。」

「會公布結果嗎？」

「不知道，要看上面。」

不管李文同再問些什麼，二人答案似乎都差不多，說的很少，即使說了也等於沒說。

又有二名記者到場，問了些相同的問題，管制局人員似乎開始不耐，「把網搬到車上。」一邊說，一邊脫下手套走上堤防，在記者追問下也只是「還沒看出來」、「要等待化驗」、「這我不能說，要問局裡」，三兩下就上車離去。

提防下數十米溪中，四、五個人分在二艘膠筏上，開始將新網架設在兩層鐵架中。

二〇〇五年十一月廿七日

「四草水母再現？管制總局調查！」

斗大的橫標題出現在隔天日報的五版頭，下方還有一排小橫標「台南市嘉北二站攔網出現破洞斷裂，生化組調查人員南下取網查明原委」。還有兩張彩色照片，較大的一張圖說寫的是「台南市嘉北二站攔網斷裂破洞，管制總局人員昨天到現場取網查看，後方的補網工作同時進行」。小張的是斷裂攔網的近距離特寫。

同樣新聞在多家報紙刊出，有的在全國版，有的在地方版，相同的是對於攔網斷裂原因，幾乎各報都加上個問號，既留給讀者很大的想像空間，也帶給管制局很大壓力，上午十時就在台北局裡召開記者會說明。

管制局人員先說明發現破損攔網的經過，隨後表示原因仍在調查，現場播放在嘉北二站收網和架網拍攝長五分鐘的錄影，還有近拍攔網破洞畫面。

「檢驗結果什麼時候會出來？」、「最近生態水文調查是否發現異狀？」、「防護危難機制是否會啓動？」、「現有設施是否足以因應？」、「據說台南有巾著網漁船也發現網具破洞，二者是否有關連？」………

一堆問題讓管制局人員時而說明，又時而停頓思考，這幅畫面透過有線電視現場轉播，在全台無數電視中同時出現。在所有報導這項消息的報紙中，李文同見報除了五版頭的主新聞，還有一條緊跟著主新聞的副新聞，寫的是有巾著網漁船在台南縣市交界曾文溪出海口附近海域捕烏，但卻發現巾著網破洞，而且還有一張破洞巾著網的近距離特寫照片。

文中除了提及二個破網之間可能相似處，和巾著網破洞原因不明，還談到最近幾天連續在鹽水溪和鹿耳門溪三人失蹤案件。其間共同點是至今仍未尋獲屍體，只發現殘破斷續衣褲碎片。

管制局人員在記者會中表示，指揮部已將相關事件發生和結果的各項有關資料送到管制局，各組已開始分析，雖然至今尚未確定各事件彼此關連性，但已要求指揮部提高警覺，繼續嚴格限制民眾禁止在管制區內漁撈或垂釣，也同時呼籲即使是在未列入管制區的各攔網上游或海岸沿線，暫停所有漁業和休閒活動。

※※

小小的媽祖宮社區公園，位於鹿耳門溪南岸，距離出海口二公里，是當地唯一的鄰里公園，一進公園就是一座約一百坪的淺水池，水池中央有一座小混凝土橋跨過，再沿著小土坡往上有一座涼亭。

媽祖宮地區的鹿耳和顯宮里一帶，多數是養殖區，一眼望去，處處都是空地，民眾對公園需求度不高，平日幾乎無人前往，總是一片冷清。幾年前這裡還是一片雜草叢生半荒地，多虧鹿耳門天后宮出錢認養，把小小公園規劃得小有特色，在台南市九十多個鄰里公園中，經評審還曾獲得認養優良獎第二名。

公園最大特色，就是池內的水不是淡水，是鹹水，而且還是海水，水池旁有一條水溝通往二百米外的鹿耳門溪。水溝已改建成箱涵，海水漲退潮經由暗溝，帶進帶出，過去就有人在水池內發現豆仔、午仔等海魚，甚至有時還會看到小螃蟹，這裡是台南市公園內唯一依賴海水漲退潮形成的自然生態池。

生態池能帶進游魚，活化這座小小公園，但每當颱風過境，西風帶來海水倒灌，若又逢農曆初一、十五前後二、三天的大潮，海水先被風浪從鹿耳門溪出海口向上游倒灌，滿漲的海水再從溪畔水門向上流入溝內，造成溝南數十戶住家年年飽受海水倒灌之苦。

每到颱風過境，顯宮里長林進成就騎著他那輛老舊機車，在庄裡巡來巡去，看看哪裡有海水倒灌。有時看著海水從溝上的人孔蓋向上冒，還幫忙找木板和磚塊，壓在人孔蓋上方，總是希望海水少冒點上來，然後還得到溪畔查看水門，避免更多海水倒灌進入社區。

雖然距海二公里，但這裡卻是台南市最容易海水倒灌的地區，當地有人開玩笑說這裡是「連接大海的村落」，還有人說乾脆改名叫「倒灌社區」，或許還更貼切些。

公園北側只有一路之隔是鹿耳門天后宮，算不上是富廟，但卻是一間大廟，在台灣宗教界歷史占有一席之地，香火鼎盛。

相傳西元一六六一年鄭成功率二萬五千軍士隔海來台，企圖驅趕當時占台的荷蘭人，但鄭軍戰艦卻因鹿耳門水道太淺，無法揮軍直入，經鄭成功焚香祝禱，祈福上蒼，頓時潮水大漲，戰艦乘勢進入鹿耳門水道，隔年驅走荷人。爲感念媽祖助漲潮水，遂將隨艦奉祀的媽祖金身請奉鹿耳門，並建廟供奉，是現今鹿耳門天后宮前身。也另有說法是位於天后宮北側的土城地區正統鹿耳門聖母廟，才是鄭成功攻台後奉尊媽祖金身之處，數十年來各有信眾，均爲地方大廟，「正統」之爭延續多年，至今未息。

花蓮來的林丁夫，這天中午開車帶著太太和七歲和四歲的小姊弟，在天后宮上香參拜後，到天后宮西側「紅腳仔」開設的小吃部吃飯。林丁夫以前曾經在媽祖宮一帶幫人看管魚塭，偶爾也在「紅腳仔」開的小吃店出入，好幾年沒有回來了。

過去認識的林和群、林玉山、林傳貴「三林人物」，和幾個地方好友，一起在店裡小聚，大夥兒談天說地，搞得臉紅心愉快，但小姊弟倆喝不了幾口飲料就按捺不住，在店裡跑來跑去，看到幾十米外的公園假山，猛吵著要去玩。拗不過小朋友吵鬧，媽媽只得帶著姊弟去逛公園。

小水池水深不過三、四十厘米，清澈見底，只見到幾條鹹水吳郭魚游來游去，媽媽帶著兩姊弟一靠近，幾條魚兒「咻！」的一聲，全部竄走，躲在遠處好幾片睡蓮下方，還留下幾條魚一溜煙帶起的波痕。

「我要上廁所。」小姊姊向媽媽說。

「好，我們回去剛才吃飯的地方上廁所。」

話才說完就拉著倆姊弟的手準備離開，但蹲在池邊的小弟就是不肯起來，吵著還要看魚，儘管媽媽和他說：「我們先帶姊姊去噓噓，等下來再看魚。」但小的就是不肯，一下子眼淚全給蹦了出來，掛在兩個紅紅小眼下，愈哭愈大聲。

「你要聽話，不要胡鬧，要不然會被虎姑婆吃掉！」媽媽有些生氣的說。

「媽！虎姑婆不都是晚上才有的嗎？白天怎麼會有虎姑婆？」姊姊不解的問媽媽。

「媽媽是騙弟弟的啦………」

「哇………」小弟弟依然不聽，哭得比剛才更凶。一屁股坐在地上，兩隻腳蹬來回個不停。

「再不起來以後不帶你出來玩了！」

儘管媽媽好說歹說，就是沒用，只得牽著女兒的手，走到公園門口向小吃店內喊：「丁夫，你來一下。」

一群多年未見的老友聚在一起喝酒，喊拳聲此起彼落，個個喝得臉紅脖子粗，哪聽得見外面喊聲。

媽媽牽著姊姊的手，回頭看了一下在水池邊的弟弟，距她只有五、六米，靜靜蹲在水池畔，於是拉著女兒的手再向公園門口走了幾步，還沒來得及喊先生，就突然聽到後方「噗通！」一聲，趕忙回頭看，只見到一些水滴水柱濺上池畔陸地上，兒子不見了！

本能的甩開女兒的手，三步併兩步衝到方才兒子蹲著的地方，只見好幾隻半透明的圓肢包鼓成一團，像一個不規則畸形肉球，半露在水面上拍打著，還會旋轉。連接畸形肉球的另一端，是半透明好似裝滿水的透明塑膠袋，在淺水中一縮一放，把只剩二隻小腳的兒子愈拖愈遠，隱約還聽到「噗！噗！」的破碎聲。

嚇呆的媽媽開始大叫，臉部嚴重扭曲，本能的跳下水池，接近膝蓋的水深讓心急的媽媽感到在水中快步走的吃力，千斤重的雙腳一個不平衡就向前趴在水中，兩手又撐起了全溼的身子，看到透明肉球倒退離開，拖著她兒子朝反方向倒退游動，愈離愈遠。

小吃店裡快活喝酒的一群男人，有人聲到尖叫聲，向門外望去，什麼也沒看到。

「怎樣？」背朝著店外的丁夫問坐在對面的和群。

「好像聽到有人叫，但沒看到人。」

「我去看一下。」林丁夫想到自己太太和二個小孩去公園玩，離開了椅子，站起來朝公園方向走去，才走到一半，聽見太太的大叫聲。

丁夫這次聽得很清楚，直覺的反應是心臟「砰！」的猛然一跳，心知不妙。

「月琴！妳在那裡？」丁夫開始拔腿向前跑。

「阿元仔！」月琴一邊大喊，眼看著追不到三米外的兒子，乾脆將整個身子向前撲去，再度濺起一長條水花，希望可以更拉近和兒子的距離。

大肉球從池邊的一個缺口閃入黑暗洞中，也帶走了她的兒子，她死命的大叫「救人喲！」、「救人喲！」，雙手扶在洞口上方，低著頭朝洞內大喊「阿元！阿元」，隨後兩手朝洞裡胡亂抓一通，又死命的用力猛拍打洞口。

林丁夫趕到水池旁，沿著池旁小路跑到月琴前，跳入水中，勉強走了兩步，拖住跪在水中不起的月琴。早已四肢癱瘓的月琴跪在水中，兩眼望著洞口，根本不知道先生已經來到旁邊，直到先生雙手將她架住，才張著大口望著先生。

「阿元！阿元！」月琴用手指了指洞口，好不容易吐出幾個字，丁夫感覺出月琴整個身子都在顫抖。

丁夫一臉茫然看著月琴，再看看洞口，馬上意會出事情嚴重，跪在水中將頭朝洞口內張望，還叫著「阿元！阿元！」

「趕快啦！再慢就來不及了」月琴在一旁喊著，繼續跪在水中大喊「救人喲！」、「救人喲！」

剛才喝酒的幾名好友，陸續衝到公園內，站在水池旁，只見到林丁夫夫婦全身溼答答的坐在水中。月琴兩眼望著頭頂的藍天，白雲飄得好慢，幾乎靜止。

※※

八十三歲的老婦人蔡金，活到這把年紀，從來沒看過這麼多車輛從自己家前的小巷來往，她一個人坐在騎樓的椅子上，看著一輛又一輛車從門前急駛而過，有的全白，有的全黑，也有的半白半黑，在她老花模糊的眼中，也只能分得清這些了，「嗚！嗚！」的聲音和紅藍閃光似乎就沒斷過，根本不知道發生了什麼事。

偵防車、巡邏車、救護車、採樣車，還有一些政府單位和不明人士車輛，從中午過後幾乎就沒間斷過。住在顯草街一段附近民眾，有的在門口東張西張，有的竊竊私語，有人雙手抓著小孩，不讓小孩亂跑到馬路上張望，避免給車撞到。

顯宮國小學生，在午睡中被警笛聲給吵了起來，儘管老師們叫學生繼續待在教室內，但二樓教室窗戶上，趴滿了好奇觀看的學生，校園靠近馬路的圍牆也有學生爬在牆上，聽著牆外交通指揮一直沒停過的哨聲，好奇的老師也隔著馬路問對面小雜貨店裡的歐巴桑，究竟發生了什麼事。

「好像有二個小朋友掉在公園水池裡。」老師拗不過學生一再追問，向學生說。

「小朋友後來怎樣？」小朋友繼續問著。

「老師也不知道」。

※※

「嫂仔，妳看，我上電視了，有沒？就在右邊的牆旁邊。」

蔡清男的太太林美芳在天后宮旁邊雜貨店內，指著電視新聞中的畫面，興奮的和她嫂子說。

「妳看，清修仔也在那，東張西望不知道在看什麼，哈！有夠好笑！」

平時顯得冷清的天后宮西側廣場，一下子停滿了大大小小各種車輛，電視台轉播車也陸續來到，一條條黑色的電線，在柏油路面地上穿過，連接到媽祖宮公園。攝影機將現場畫面透過電線傳送到車內，再透過車上的碟型天線傳輸出去，廣場旁的小吃店、雜貨店內，有人聚集在店門口觀看。

封鎖線的塑膠繩，沿著公園前矮牆，拉到水池旁小石子路，再向後拉到水池南側小斜土坡，將整個水池和一旁地區全部封鎖，封鎖線外一堆人拿著相機或攝影機來回走動，不停拍照。台南市警察局第三分局刑事組和顯宮派出所人員，在封鎖線外維持秩序，隨時阻擋未經允許而想接近現場的任何人。

小土坡最高點的八角涼亭，早已擠滿了好奇民眾，晚到的人乾脆站到涼亭椅子上，向下伸頭張望，似乎每隔個幾分鐘，就會聽到「嗚！嗚！」的警笛聲。

急駛而來的車輛急停在公園入口前，然後聽到「碰！」的一聲，總有人替這些坐在後座的大人物關上車門。走進公園的人有的認識，也有的不認識。大人物一走進公園，就會有人上前行舉手禮或是鞠躬，然後不是伸出左手就是右手，在現場東指西指，向大人物提出簡報。

大人物多半面無表情，只是嚴肅的邊聽邊看，許久才冒出一、兩句話，偶爾身旁有人撥完行動電話，再交給大人物，可以猜出這些大人物正利用電話向更大的人物報告。

刑事組人員拉開布尺在水中和陸地丈量，再把資料告訴一旁畫現場圖的人員。台南市動物防疫所長李朝全和成大生物系教授王建平，低頭商量，指揮工作人員在水池四周採取水樣及魚體。

面無表情的莊文淵，從口袋掏出手機，接了一通電話，指示工作人員立刻封閉水池通往水溝的進排水孔，並請顯宮里長林進成，帶領另一些人開車趕往公園北側二百米外，立即關閉水溝通往鹿耳門溪的水門。

下午五時多，總局生化、環監小組人員到達現場，用塑膠桶取走二桶水樣及魚體，並撈走所有仍在池中的水體；再前往鹿耳門溪畔的水門、鹿南一站攔網及出海口取水樣，送往前進實驗室。李文同拿著相機，拍下眼前的一幕幕景象，還在人群中穿梭東問西問，將問到的資料不停的抄在手中的小紙條上。

※※

吳月琴的頭髮已乾，但仍是亂麻花捲亂，纏在一臉茫然的頭上。林丁夫坐在一旁緊握她的右手，不時看著面無表情的太太，偶爾將頭轉向訊問筆錄的警員。

「我跳下水池時，兒……兒子距離我還只有一、二……，噢！不對，好像是三、四米吧！我也記不太清楚，但摔了一跤後再爬起來，兒子距我愈來愈遠……」

說著說著吳月琴又哭了出來，她的頭低了下去，先生站起來將她的頭抱在懷中，不時拍她的背。「也不過幾秒鐘時間，我看見兒子被那東西拖進洞口……」吳月琴顫抖的嘴唇似乎無法再說下去。

吳月琴和先生做完筆錄，但因整個事件發生得太快，且「凶手」很難用一貫邏輯去描述，筆錄寫不到二張紙。警方將他倆送到天后宮旁的鹿耳門公館休息，由於案情特殊，二人晚上必需在台南留宿，仍有許多細節必需由專業單位人員繼續查證。一張張去年底和今年初留下的照片，放在吳月琴眼前桌上，一眼看去許多都很類似，只是角度不同。存放在成大生物系和台南市動物防疫所內的標本，晚間八時也送到了公館，供吳月琴指認。這些是去年被捕捉後，養不到三天就死亡後製成的標本。

半透明、圓扁狀頭部、八隻長長的觸手，放在長一點五米、寬七十厘米、高八十厘米的強化玻璃內的怪物，泡在福馬林液體內已經快一年。總局立刻決定在天后公館成立前進實驗室，兩隻標本立即被送往公館二樓天井。工作人員緩緩將水族箱從卡車上吊下來，死了一年的怪物在搖動水中晃個不停，比一個臉盆還大的圓頭，輪流撞著兩側玻璃，好像尚未斷氣，八隻像手臂般粗的觸手底部，模糊可見兩排由大而小淡灰色小圈圈。

傳說中海底有很大的章魚，先把人纏繞好幾圈緊緊的，再把人送入口中。在幾千年的現實生活中，始終是人吃章魚，從沒聽說過章魚吃人，但這項慣例卻在去年冬天被打破，有人被這種看來半章魚、半水母的東西吃掉或分解，另外還有人失蹤。

「我曾在電視上看過，但從不知牠有這麼大。」林丁夫看著四草水母標本說。

「很像是這個東西，但好像比這隻小一些，不太相同是那東西在進入洞口前，伸出兩條更長的腳，腳的最前面還有一片長長黑黑的，好像毛刷子一樣，在身體進入洞口後，那兩隻最後才縮進去。」

「爸！弟弟是不是被虎姑婆吃掉了？」妹妹拉著爸爸的手哭著說。

林丁夫還沒答腔，吳月琴的感情再度崩潰，把氣轉到先生身上，吼著說：「都是你啦！早就說不要來，你就偏不聽，來了還要喝酒，叫你也聽不到，現在阿元沒了啦！都是你害的啦！」

林丁夫兩手將太太的頭抱在懷裡，心中亂得不知該說什麼，只是不停拍打太太肩膀。

「都是我不好啦！騙他說什麼會有虎姑婆，都是我這死嘴巴……」吳月琴一邊哭叫著，還用手打自己嘴巴。

林丁夫趕忙抓住她的手說：「好了啦！不要這樣了啦！你這樣叫我要怎麼辦啦！」

林丁夫橫了橫右手，用袖子擦眼淚，眼淚滴到吳月琴散亂的頭髮上。

古都府城首現異形

二〇〇四年入冬，台南市沿海漁民、釣友陸續失蹤、死亡，從展開調查、發現屍體、採樣分析調查到誘捕活體，證實是變異新特有種，此時水母卻又消失！

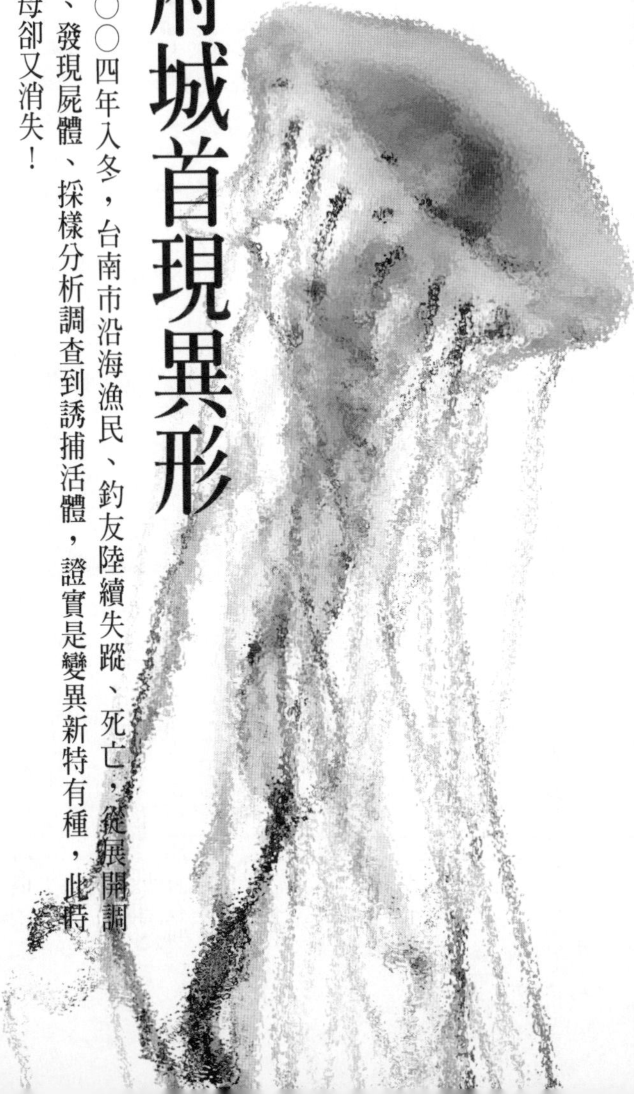

接二連三的「命」案

二〇〇四年十二月八日

蔡土、蔡樹兩兄弟，七十好幾的人了，各有家室，且都是妻老子大，兄弟倆感情好得很，三十多年來始終共同駕駛一艘膠筏出海捕魚，似乎只要一換了搭檔，就連網都不會下似的。

和其他漁民不同的是，他倆總是在太陽快下山黃昏時分，在別人進港的時候，換著他倆出港，好像配合著沿海防風林裡樹梢上的暗光鳥，在夕陽西下飛進飛出，開始交班，慢慢將膠筏駛出四草漁港，在鹿耳門溪出海口沿海下流刺網捕魚。晚間七、八時緩緩進港，蹦蹦蹦的膠筏聲獨一無二，附近沒有漁民聽不出來，成了他倆的註冊商標。

溪口南岸鎮門宮的夜晚，管理人林忠民把腳蹺在桌上看電視，邊喝小酒邊談天，在沒風沒雨的晚上，除了跟著電視連續劇偶爾哼出的幾聲小調，和千篇一律拍打的海濤聲，整個鹿耳門是一片黑天靜地。數十米外的溪口，黑夜中傳來「蹦！蹦！」聲。

「嘿！嘿！你聽！那兩個老班的回來了！」林忠民笑著對李文同說。

李文同認得這兩個老班兄弟，二年前還採訪過，記得他們的膠筏是鹿耳門一帶最老最舊的，而且爲了節省油錢，發動機從不買新的，永遠都是便宜的二手貨；更特別的是，爲了節省油錢，膠筏上還有二支長約三米的老木划槳，這種「亦古亦今」的膠筏，在台南市再找不到第二艘，可能全台都很少見。

也不記得過了多久，老班膠筏的蹦蹦聲依然不減，似乎連傳來聲音的位置都沒變。

「奇怪！這兩個老班的在幹什麼？怎麼好像都沒開？」

「阿福！去看一下。」林忠民斜歪著頭對一旁的阿福說。

陳永福幾年前因在台南縣犯了案子，後來和對方和解，家人不希望他再留在家鄉，他自己也倒想換個環境，不知怎麼的來到了台南市，在林忠民家吃住，幫忙養蚵捕魚，倒也和鎮門宮結了個緣分，留了下來。

身高一百七十幾，體重卻不到五十公斤的阿福，又瘦又黑，活像一尾炸乾的黑褐秋刀魚，整個夏天都不穿上衣，只是一條長過膝的薄布鬆長褲，即使在冬天也只套著一件又寬又大的薄長袖，寒冷北風穿不過他多年日曬雨淋的厚黑皮，走起路來一晃一晃的，有時說話半天吐不出幾個字，嘴角裡除了睡覺時間，咬著檳榔的嘴整天從沒停過。

「奇怪！沒看到人呢？」阿福一晃一晃的走回鎮門宮旁看電視的房間說。

「怎麼會沒人?」

「我也不知道，膠筏停在沙岸上，發動機還沒熄火，但就是沒看到人。」

「咦!」林忠民感覺事有蹊蹺，把蹺在桌上的腳縮了回來，套上一雙破拖鞋，晃蕩到溪畔堤防旁，沒多久又走回屋內。

「秋萍!眞正沒人呢?有夠奇怪，而且膠筏還沒熄火就衝到沙洲上，叫也叫沒人，不知兩個老班的跑到那裡去?」

「要不要報案?」秋萍說。

「沒關係，我再找看看。」

「阿福!我們再過去找看看。」林忠民喊著阿福。

一旁的李文同聽了也覺得奇怪，和林忠民一起走向堤防，林忠民和阿福各提了手電筒，站在高高的堤頂，往下方溪岸沙洲猛照一通，只見幾十米外，倆老的膠筏前有三分之一擱淺在沙灘上，卻不見人影。

四五堡漁港駐在所人員接了林忠民電話，騎機車來到堤防南側道路旁，帶著燈走下堤防查看，還是看不到半個老班人影。未熄火的發動機早已從近岸淺水區把淺沙打出了一個凹洞，還不時捲起滾滾泥水，除了發動機和找人的叫喊聲，四周依然一片寂靜，掩在淡淡月光下。

林忠民關掉了膠筏上的發動機，卻沒注意到膠筏右側架在支桿上的一支木槳，從底部折斷了約三分之一，斜拖在膠筏右後方。

「忠民，你看，有一支槳斷了，好像是才斷掉不久，還刺刺的，你最近有沒有聽說他們的槳斷了？」

「沒有啊！」

「他們平時進港時需要用木槳嗎？」李文同問。

「退潮水淺時需要用槳，避免膠筏擱淺在淺水沙洲上，現在潮水不高，可能剛才有撐槳，不知道是不是被沙卡到斷掉。」林忠民猜著。

「我回去打個電話問問看他們家的人。」駐在所的人說完就騎車離去。

不到二十分鐘，四五堡駐在所的人又回到鎮門宮前，後面還跟了二個老班的家人。

林忠民心知不對，就把發現時的情形再說了一遍，大夥走到堤防下繼續找人直到深夜。

二〇〇四年十二月九日

四草大橋下，距橋不到一百米的東側水域，鹽水溪和嘉南大排在此匯流出海，南北兩側延伸的淤沙向溪內合攏，原本三百米寬的行水區縮減剩下不到五十米，兩側都是平緩淺灘。每年入秋以後，此地就成爲漁民搶爭著的架網處，尤其是近四、五年來，橫斷溪面的攔網從原來的一層，增加到三、四層，攔網兩側連接到南北岸沙灘，截斷整條溪面，明顯想一網打盡的態勢。

入秋以後，沿岸溪口洄游魚類多，總吸引許多釣友，多數都在四草大橋由上而下甩竿入溪，然後就在橋上等待，可以坐在椅子上談天，還可以弄個小桌三五人喝酒聊天，是台南市最享受的「五星級」釣點。也有釣友摸黑，或在出海口南側延伸入海的導流堤垂釣；還有人在河川匯流口的沙岸旁，將餌甩在撈鰻苗攔網靠海的一面，等待被攔網隔開而無法溯溪而上的魚兒上鉤。

四十來歲的楊秋亭坐在小塑膠布椅子上，晚上的第一竿已甩到了攔網下游水中，竿子也斜插在沙地裡，只等魚兒上鉤。

鹽水溪上游北岸的安南區，是一大片養殖魚塭，除了零星少許的路燈，透出幾個小亮點。南側溪岸被堤防外一長排木麻黃防風林連天的擋著，連個路燈都沒有，比北岸更黑，再加上黑色溪水和黑色的泥灘地，唯一的可見光是左側一百多米外的四草大橋，弧形的黃色夜燈早已成了台南市最特殊的海陸交界地標。

坐在小椅子上半個多小時，竿子就是不動一下，楊秋亭拿起手中的行動電話，打給林春山。

「春山仔，我已經開始了，在這等你，菜和喝的我都拿來了，你不用再買了。」

「你今天怎麼那麼早？還沒到十一點呢！」

「家裡沒事，電視也不好看，所以就先來了。」

「好，我可能會晚個二十分鐘……」

「有魚了，等下再說。」不等對方講完，楊秋亭一下子關了手機，塞進口袋，三步併兩步走上前去抓著開始抽動的釣竿，只抽沒兩三下，楊秋亭感覺出線那頭的拉力忽大忽小。

「幹！一定又被跑走了。」右手開始捲纏線器，想把魚鉤給捲回來，卻覺得線似乎全鬆了，等收線到眼前，發現綁在線上的鉛錘不見了，尾巴上鉤著一尾不到巴掌大的花身雞魚。平時上鉤的花身仔總是活蹦亂跳一通，手拿著釣竿充滿生命力的質感，但這尾剛上來的花身雞魚，跳也不跳一下，分明已經死了。

怪了，怎麼還沒拉上岸就死了，更奇怪的是這尾花身仔兩側皮肉爛爛滑滑的，有的皮還剝落向外翻，看到了皮底下的碎肉，扁扁的頭部還有點變形，好像被什麼東西給擠歪了一樣，摸起來黏黏的，就像還沒完全打爛的魚漿，如果不是常釣魚，看到這模樣還眞會感到有些噁心。

這怎麼能吃？楊秋亭將魚丟在一旁淺水中，魚鉤掛上新餌，甩向幾十米外的溪水，走回小椅上坐著，喝了口小酒，還點了根菸，一副舒服享受模樣。

沒幾分鐘光景，剛才丟棄死魚的淺水區有了動靜，隱約見到一小塊白白的死魚在水面漂來漂去，楊秋亭起先還以爲是被浪打的，一上一下，但又覺得不太像，附近還有比一鼓鼓水波明顯高出一些的浪頭。

楊秋亭離開椅子走向溪畔，眼瞪瞪的看著剛才丟入水中的死魚，看到一個半透明、圓鼓鼓的東西少許露出水面，像極了一個明亮的大光頭。

這輩子還沒眞正在水中看過活的水母呢？楊秋亭走向溪岸，蹲得更近想看個仔細………

四草大橋上的釣友十分之九都是面向大海，而且都是在下竿後，就把魚竿靠在橋旁護欄上，然後坐回橋上的椅子談天去了，根本沒人看到橋下這一幕。

※※

「我到那裡時，只看到他的小椅子放在沙地上，卻沒看到人，沙地上有看到他插釣竿的洞，但是釣竿不見了，起先還以爲他肚子不好，去找地方上廁所，但打了行動電話卻收不到訊號，他騎的機車就停在堤防旁道路上，動也沒動，覺得很奇怪，就來報案。」林春山在安平分駐所向警方報案。

「現場椅子旁手提袋裡，有一包還沒打開的滷菜，和二瓶蔘茸酒，但地上有一瓶蓋著蓋子但只喝不到三分之一的蔘茸酒，你朋友會不會還沒等你到，就先開始喝了？」安平分駐所的警員問。

「他平時是有在喝，可是今天我比較晚到，我不清楚，剛才再打電話到他家，電話還是沒人接。」林春山說。

「他平時是否與人結怨？或是欠人金錢財物之類的？」警員寫完上一句筆錄，看著林春山繼續問。

「他在夜市賣光碟片，聽他說最近因爲同一夜市裡又多了兩家賣光碟片的，而且就在他攤位附近，他到對方攤位前問爲何要擺得那麼近？大家都是吃頭路，結果還吵了起來……。」

「這事我們會查。」

二〇〇四年十二月十日

鹽水溪出海口上游一公里的北岸堤防，清晨六時被養殖業者發現有一具浮屍，馬上向警方報案，轄區的海南派出所警員趕到現場查看。

死者身穿厚布絨長褲、深藍色夾克，赤著腳面朝下靠在溪岸水門旁，左右腳膝蓋以下褲管破裂，右腳踝到小腿間有三、四處傷口，深度三五厘米不等。皮膚下露出的肌肉組織，有泛紅、泛白，還有不均勻淡淡的黑。

報案的養殖業者向警方表示，每天凌晨五時他就到溪畔的魚塭餵餌料，再到堤岸上散步，因天還未亮，直到六點多才看到水門旁有東西在浮動，走上前看嚇了一跳，馬上向警方報案。養殖業者一邊向警方說明發現屍體經過，一旁的五、六隻狗還不停叫著。

「這是你的狗嗎？」警員有些不耐煩的問。

「是啊！」

「養這些狗是看魚塭的？」

「對啊！要不然晚上都會有人來偷蝦。」業殖者說。

警員看了看狗群，用手指著浮屍說：「這是不是被你的狗咬的？」

「應該是不會啦！我的狗都有在餵，應該不會去咬那個，那一定是給野狗咬的啦！」

「你怎麼知道是被野狗咬的？」警員問。

「最近野狗特別多，連我的狗都被咬死，本來有七隻，現在只剩下五隻，也是在這岸邊發現的，我來的時候只見到一堆毛。」

養殖業者繼續向警員抱怨：「這裡很多流浪狗，防疫所的人來這裡抓，但這裡幾百甲都是魚塭，狗一下就溜了，根本就抓不到。」

又一輛黑白警車來到堤防邊，一名五十多歲穿便衣男子，跟著兩名警員，越過堤防走到浮屍的岸邊。

「是啦！是秋亭仔沒錯啦！怎麼會這樣？」男子看著被翻過來的浮屍，一臉驚恐。

「你確定？」在一旁的警員問。

「沒有錯啦！昨晚我還沒有去釣魚，秋亭仔就是穿這件衣服到我家找我，褲子也一樣，絕對不會錯的。」春山仔向警員說。

「啊怎麼鞋子沒有了？還有褲子都破了，腳上還有傷口，這是怎麼搞的？看樣子不太像是被魚咬的呀！」

「我們也不知道，不過這裡的人說這裡野狗很多，早上來的時候，還看到很多狗在這裡跑來跑去，可能是被野狗咬的。」警方向春山仔說。

「那怎麼會在這裡發現？我們釣魚的地方距離這裡好遠。」

「可能是被漲潮的海水沖過來的，過去也發生過這種事。」

※※

「再來！再來就打死你！」

阿福手上拿起磚塊，作勢要打「弟弟」。「弟弟」和阿福相處八、九年，比阿福的兄弟還了解他的個性，只要看到阿福一彎腰，就知道阿福要拿東西砸牠，馬上就拖著受了傷的左後腳，一拐一拐快溜。

冬日午後，阿福獨自睡在林忠民家後方另一棟獨立的木屋，開著門，享受著斜灑的溫暖陽光。

沒事亂晃的「弟弟」，晃到了小木屋門前，見阿福睡了個半死模樣，一進屋裡，就伸長脖子咬桌上的蘋果，一個不小心，把喝不到兩口的啤酒瓶打翻，酒整個流了出來，瓶子從桌上摔到地上。被酒瓶聲驚醒的阿福，眼看著酒沒得喝，又看到「弟弟」嘴裡咬了一個蘋果，兩眼還瞪著他，兩個銅鈴大黑眼似乎在告訴他：「謝謝你的蘋果，誰叫你愛睡懶覺」。

「弟弟」幹這種事已經不是第一次了，每次都講不聽，阿福看著「弟弟」斜眼譏笑的眼神，更是一肚子火，一下子蹦下床，撿起地上的磚塊，朝弟弟砸去，「弟弟」的左後屁股挨了一磚頭，但好在屁股肉多，厚厚的一層，吭也沒吭一聲，一跛一跛的跑開。

十多年前，林忠民住台南市的友人，有一對不想養的迷你馬，送到鎮門宮。八年前，迷你馬的「哥哥」在中秋節隔天，可能是吃得太撐，脹死在海岸旁防風林裡，當時「弟弟」站在「哥哥」身旁，不時低頭聞聞嗅嗅，還用頭頂頂「哥哥」的肚子，整整一個上午。

「弟弟」在「哥哥」死後，白天就在鎮門宮附近溪畔或防風林找草吃，晚上回到林忠民屋後小馬槽睡覺；看在阿福眼裡，「弟弟」就是特別喜歡和他作對，但看在林忠民夫婦眼裡，「弟弟」和阿福根本就是「一對寶」，常看他倆追來跑去，讓人看了不是拍桌就是打腿，叫笑成一團。

「弟弟」被阿福K了一磚頭嚇跑，和往常一樣跑進防風林，但一直到晚上十一點多，大夥聚著看電視，仍未見「弟弟」回到馬槽，直到隔天有外來觀光客閒逛，逛到防風林旁看到雜草叢中有「疑似骨頭和一堆毛」，跑到鎮門宮裡問林忠民，林忠民才心知不妙。

發現「弟弟」骨頭的地方，距離六年前「哥哥」死亡的地點差不到幾步。

正在補魚網的阿福，聽說「弟弟」死在防風林內，馬上跑去看，低下頭撿起一堆褐色的毛，在手中搓了又搓，然後放回地上，不發一語走回屋內，一口氣連灌了兩瓶啤酒，坐在床頭自言自語：「我也不是故意要打你，只是想嚇嚇你……。」然後把酒瓶往地上一摔：「幹！」

※※

七十多歲的春風哥，上午十一點多到鎮門宮後的魚塭和林忠民談天。林忠民在塭旁看著一根直徑四、五十厘米的大塑膠管，不停將黑色的黑泥沙水，灌到他的魚塭內。

鹿耳門溪年年淤積，年年抽沙，抽沙船在靠近出海口作業，船上吊著彎曲黑色的大黑塑膠管，延伸到溪南岸陸地，林忠民空出一塊約五分大的停養魚塭，堆放剛抽上來的泥沙水，待水分流失曬乾後再由砂石車清走。

「最近都抓沒魚，我魚塭裡那隻狗也兩天沒看到了，不知跑到那裡去？所以我昨天就睡在塭寮內，有夠累！」春風哥向一旁的林忠民抱怨。

「你的狗怎麼會不見？不是養很久了？」

「是啊！我也不知道，那隻養了五年多，竟然還會跑掉？」春風哥繼續說：「還有！很奇怪喲！我在魚塭旁的土堤草叢裡，看到五、六條死的虱目魚，我想晚上可能有人來偷魚！」

「會不會晚上碰到了母狗，跟著母狗跑了？」林忠民邊說，還邊「嘿！嘿！」的笑。接著又說：「我以前那隻大隻的秋田，有一次跑走了三天沒看到影，最後又跑回來，我在想是不是有人看上了把牠抓走，最後又不想養，把牠給放了。」

春風哥話題一轉，看著不停抽上來的泥沙水說：「這沙裡面都是蚵仔殼，是要怎麼賣？」

「對啊！也不知說了多少次，叫他們不要亂倒蚵殼，但就是講不聽，要倒就倒遠一點，結果都倒在出海口。你看，這全都是一點白白的，很難清理，也很難賣，抽沙的幹得要死！」

林忠民邊說，邊看著剛從大黑管流出來的黑沙水，突然有一個黑褐色的東西沖到沙堆裡，和其他亮亮白點的廢蚵殼形成明顯對比，一眼就被看出。

「喂！喂！春風哥！你看那是什麼？」林忠民用手指著方才被沖到溼沙堆裡的東西說。

林忠民拿了根竹棍，和春風哥走上前去，在溼沙中撥弄了一下，竟是是一隻手掌，已成了半黑褐色，似乎被水泡得表皮有一些薄薄的泛白，而且皺得厲害。在靠近手腕斷裂處，還連著好幾條肉絲，好像硬是被扯斷了一樣。

「你娘哩！是一隻手啦！」林忠民馬上把撥動斷手掌的竹棍往旁一扔，從地上站起來倒退了兩步。

離開了抽沙魚塭，林忠民和春風哥走到溪畔，向出海口抽沙船大喊：「不要再抽了啦！」但抽沙船上的引擎聲太大，根本聽不見。

「喂！喂！」春風也跟著大喊，還猛力揮手。

抽沙船內的人聽到了聲音，朝岸邊看了看，還用手擺在耳朵旁，作了個勢，表示聽不清楚。林忠民用右手比了個上下切菜的手勢，抽沙船的引擎停了下來，船上的人還搞不清楚原因。

「不要抽了啦！抽到一隻手。」

林忠民回到家中打電話，四五堡駐在所的人來到現場；二十分鐘後，台南市警察局第三分局刑事組人員也趕到，問了一下發現當時的情況。

兩天前在鹿耳門溪外海捕魚失蹤的蔡土、蔡樹倆兄弟家人，接到警方通知，走到沙堆旁低下頭看，一個鑲著一厘米橢圓形綠玉的戒指被指認出來，是蔡土的左手。台南市動防疫所長李朝全隨後來到現場，看了看從泥沙堆中被挑出來的手指，沒有說話。

「請問所長，這像不像是被流浪狗咬的？」台南市警察局第三分局刑事組長吳銘祥問。

「剛才我去鹽水溪旁看一具浮屍，小腿上有好幾個明顯傷口，七、八成應該是流浪狗咬的沒錯，但這個我沒有辦法確定。」李朝全指著鹿耳門溪繼續說：「這是從溪裡抽上來的？」

「因爲鹿耳門溪淤積，所以沙先抽到這裡堆積。」林忠民解釋說。

「昨晚的風浪大嗎？」吳銘祥問。

「是比平日大一點，但好像也沒有說很大。」林忠民說。

「所長，請問一下，這裡的流浪狗很多，是不是？」

「我們以前也抓過很多次，但牠都在魚塭裡跑來跑去，有的還會潛水抓魚來吃，很不好抓。」李朝全說。

「流浪狗過去曾有很多次攻擊人的紀錄，尤其是找不到東西吃的時候，野性和攻擊性也會更強，你們住在這附近要多注意，我回去就帶幾個誘捕籠過來。」

二〇〇四年十二月十一日

台南市動物防疫所的捕狗車，先後帶來了八個捕狗籠，從鹽水溪北側放到四草，再放到鹿耳門溪南岸。四草居民一面看著防疫所人員放捕狗籠，一面和李朝全說：「所長，我們昨晚好像看到有東西在魚塭游泳，一下浮一下沉的，不知是什麼？」

「現在的流浪狗很厲害，不但會在魚塭裡游泳抓魚，我還看過有的流浪狗會潛水，再一下子浮起頭來咬雁鴨。」李朝全說。

「靠近鹿耳門溪那邊的養雞場，最近兩天都發現有雞被偷吃，只有在養雞場旁的魚塭堤上，發現一堆毛和骨頭，其他什麼都沒有，但養雞場的鐵絲網有一個洞，聽說是野狗先鑽進鐵絲籠內，再把雞咬出來吃，這些野狗實在是……」民眾向李朝全抱怨。

※※

鹿耳門溪出海口以東三百米南岸，有一處約二公頃的開挖泊地，是四草漁港，當地漁民還是習慣稱呼它「四五堡漁港」的老名。漁港北通鹿耳門溪，南接改道前的古鹿耳門溪水道，寬度只有五、六米，春風哥的魚塭在水道以西，再往西就是海岸防風林，但不少都已枯死，如今平均寬度不到五十米，只剩下薄薄的一片，早已失去防風效果。

晚上十點多在家看完電視，春風哥來到魚塭旁的工具房，裡面有一張舊木板床，平時頂多是在這裡睡個午覺，但看魚塭的狗不見了，土堤上還發現死的虱目魚，春風哥想八成是有人晚上偷魚，搞不好還把狗抓走賣到了狗肉店，於是晚上改睡在魚塭看著。

想著老朋友蔡土兄弟失蹤，最後只找到了一隻手，現場的情景在他腦海中盤旋。他認識蔡家兄弟超過半個世紀，就這麼一下子不見了，只看到個變黑的手掌，可能是掉海裡被魚給吃了！可是在海邊住了一輩子，從沒聽過有人掉海裡被魚給吃了的事！又有人說是被野狗給吃了，這也是生平第一次聽到……。

「碰！」的一聲，春風哥被很清楚、也很紮實的聲響驚醒，有東西直接打在他小木屋外牆上，又掉落在魚塭旁土堤上。

趕忙穿起長褲和外套，春風哥帶著一支一米長的魚叉，先開了個小門縫，眼向外瞄了瞄，拉開小門，走出屋外。小木屋面西是一片防風林黑影，在風中搖晃，不時還聽到曠野傳來咻咻的北風吼叫。出了屋門左轉，朝著剛才床旁木板傳出聲響的地方走去，春風哥記得自己聽得很清楚，絕不會弄錯。

在比他頭稍高的灰色木板上，有個長條水印子，周圍還噴了一粗線小水點，春風哥用手摸了摸被水沾溼的木板，轉頭向四周看了看，除了北風和快到月尾的一線小月牙，從天到地幾乎全被包在靜靜黑夜中。

繞過小木屋，春風哥走到一旁產業道路，一眼就見到不遠地上有一點白亮，春風哥慢步走向前，是一尾虱目魚，動也不動的躺在地上。再望向道路兩側盡頭，和平日一樣的靜，什麼都沒有。

後方突然傳來「噗！」的一聲，春風哥感覺出有東西掉在水裡，回走到魚塭旁土堤上，依然什麼都沒有。

草叢中的土堤斜坡上，五、六尾虱目魚，掛在馬鞍藤雜亂蔓生的枝葉中，春風哥開始疑惑起來，才想靠近看個仔細，又一尾虱目魚從他左側不遠處魚塭水中飛起，劃出一條弧線，從他一米八高的頭頂上越過，掉入另一處魚塭，還甩了幾滴水在他臉上，冰冰涼涼的。

養了幾十年虱目魚，知道虱目魚偶爾會從水中跳起，但春風哥看得很清楚，剛才從他頭頂飛過的虱目魚，至少高過水面三米，不可能是風目魚自己跳的，但怎麼會無緣無故飛出水面，是偷魚的人在惡作劇？春風哥起初還有些疑惑，一頭霧水，還沒來得及多想，眼前不到十米，又有兩尾虱目魚從水中飛了出來，在空中劃出小圓弧的同時，白亮的魚身還在旋轉。

春風哥朝魚塭斜坡下看了看，什麼都沒有，心裡開始發毛，拿著魚叉的手抓得更緊，開始顫抖起來。春風哥開始往回走，恨不得馬上走進三十米外的小木屋，但腳似乎開始不聽使喚，好像軟得沒有了力氣，又好像硬得沒有了彈性。

前方又有一尾虱目魚斜飛過，就從敞開著的門飛進了春風哥的屋內，春風哥再也沒有勇氣往回看，也不再回頭理會魚兒從一個魚塭飛到另一個魚塭的落水聲，只想安穩鎮靜趕快走回屋內。手中硬梆梆橫撐著魚叉，三步併兩步跨進屋門，一個轉頭，碰的一聲，很快將門反鎖，春風哥先是喘了一大口氣，面無表情的坐回床頭，看著剛才被甩進屋內的那尾虱目魚還在土地上來回跳著，沒兩三下就全靜了下來，沾了一身土。

春風哥回想剛才眼睛看到的一幕幕，實在太邪門。又想到蔡土倆兄弟，除了一截小小手掌，其他什麼都沒找到，愈想愈不敢想，腦袋一片空白。想是否要走回家，看了看手錶，凌晨二點多，路上絕不會有人，而且外面……

又是「碰！碰！」兩聲，這回的聲音更大，絕不是魚被打到木屋的聲音，而是有東西在屋外撞擊著木板，連靠在屋內木板旁的空鍋子也「啷！」的被撞出聲響，鍋蓋「噹！」的一聲，掉在地上轉圈。

春風哥手中的魚叉握得更緊，似乎全身的皮都緊繃了起來，他聽到自己愈來愈急的心跳，在孤單的沿海魚塭中顯得十分無助，黑皮膚下的青筋爆了出來，在這間不到五坪大的小木屋內，屋外有著他不曾見過的東西，只要他出不去，外面的東西也進不來。

屋頂又傳來聲響，這回連電燈都開始搖晃，撞擊和摩擦的聲音讓小木屋晃搖，抖落一些塵土，還發出嘎吱聲響。

一定要將門擋著。春風哥腦海短暫閃過一絲念頭。

先從靠牆的木板旁搬下兩個平時裝魚的橙色長方形塑膠桶，緊擠在門邊，再撿了兩塊磚頭丟在桶中，無論木門外是什麼東西，一定非擋著不可。兩塊磚頭哪夠擋得住門？春風哥單腳跪在床邊，彎腰半跪，將魚叉放在床上，伸出右手拿床下磚頭，頭才斜低下了床板，整個人卻傻在那裡，在他兩眼前不到一米的床底的木板牆邊，有兩點綠綠的小圓圈，像眼睛般的朝著他瞪。

在屋外就被甩來飛去的虱目魚嚇了失神的春風哥，在躲進屋裡後，只想靜靜的、平安的度過漫長黑夜，對於屋外無法解釋的那一幕，春風哥根本就不敢去想。淺意識卻告訴他，有一個無法解釋的現象在他眼前發生，只要他能將自己鎖在屋內，直到天亮，恐怖的夜就會過去，明晚說什麼他再也不會來睡魚塭，就算魚被偷走了也一樣，他不能再冒險。但，他最擔心的事，也是沒想到的事發生了，居然就神不知鬼不覺的待在他的床底，兩個小綠眼就盯著他看，那麼的直接，毫不避諱。

春風哥全身血脈賁張，皮也緊繃了起來，右腳用力想把跪在地上的身子蹬起來，他的頭劃過了床沿邊緣，才只站了個半身，彎著腰馬上抓住魚叉，想衝向門邊，卻感覺左腳被一條粗繩捲住，一陣冰涼，而且愈纏愈緊，將他向後拉扯。

春風哥在跌跤前，用左手抓住擋在門內的塑膠桶邊緣，但只裝了兩塊磚塊的塑膠桶哪撐得住拉扯，斜倒了下來，原本被擋著的門，也出現了一條映著屋外黑夜的門縫，而且被愈推愈開。

春風哥頭部撞到地上凸起的土塊，「啊！」的一聲，整個身體平趴在地上，右手中的魚叉掉了下來，冰涼的感覺從左腳很快的滑向大腿，然後背部……，張著大嘴的春風哥無法呼吸，更叫不出來……

與「異形」的第一次接觸

二〇〇四年十二月十二日

對於警方來說，「弟弟」是一隻迷你馬，是一隻成天在外亂跑的動物，在查看現場，並聽防疫所人員說明後，研判可能是被附近的流浪狗攻擊致死再分食。雖然「弟弟」的主人林忠民依然認為從現場看來過於離奇，而且猜想近一百公斤的「弟弟」怎麼可能在一夜之間，就被野狗吃得只剩下一小堆乾骨和皮毛，但防疫所長李朝全解釋說，若流浪狗數量多，可能會先將被攻擊的動物肢解後，再拖到不同地點分食，或許分散在偌大的沿海防風林裡，只是尚未找到而已！

至於蔡土、蔡樹兄弟，警方研判可能是海上風浪太大，造成老班倆的膠筏駛進溪口，被大浪沖到海中淹死，隨後被沖流到沙岸，再被流浪狗啃食成好幾塊，沉到了水裡，其中較小塊的手掌被抽沙船抽上了陸地。

尤其是在防疫所長李朝全對於流浪狗的說明後，蔡土、蔡樹倆兄弟和「弟弟」的死，在報請檢察官相驗後，也研判以意外死亡成分居多；但春風哥的死亡卻是另一種不同案例。

楊秋亭浮屍在鹽水溪畔，找到了類似被狗咬的屍體。蔡土和蔡樹倆兄弟失蹤，只找到蔡土的一個手掌。「弟弟」的死亡留下了一堆毛骨，可能也是流浪狗幹的，這些全都是在室外發生。但春風哥把自己好好的關在屋內，爲何到了清晨卻只剩一堆被扯爛的外衣，連散亂的骨頭都沒有。

「弟弟」的死亡，原本已被視爲是流浪狗造成的意外命案，並未引起太大注意，但因和春風哥死亡現場實在太近，蔡土的手掌也是在附近發現，開始引起警方人員注意，三分局刑事組人員，在春風哥意外死亡現場調查後，接著又來到「弟弟」死亡現場拍照。三分局刑事組長吳銘祥一面指揮組內偵查員拍照，不停的張望四周。

「林春風小木屋的地點在那裡？」

「就在防風林的後面，被樹擋到了，從這裡看不見。」林忠民用手向林外指著說。

「可不可以帶我過去看看？」

「可以啊！」林忠民引著吳銘祥走過約三十米的防風林下雜草叢，來到防風林東側，指著春風哥的小木屋說：「就在那。」

吳銘祥若有所思的走回「弟弟」陳屍的地方，和小隊長呂子寬說：「呂小，請你畫個簡圖，標示出小木屋和死馬的位置和地點，還有距離。對了！還有魚塭和這兩個地方的位置距離也要標明。」

「龍志，你們那組問的怎樣了？有沒有人看到什麼？」

「都說沒看到什麼，但有一個人說早上起來也看到有五、六尾虱目魚死在魚塭旁的柏油路上，他們想可能是晚上有人偷魚，可是沒聽到狗叫。」小隊長李龍志說。

「有沒有人聽到夜裡有打鬥聲？」吳銘祥問。

「都說沒聽到什麼異常聲音，只是在報案人發現之前，有兩人從旁經過，發現附近有五、六隻流浪狗在小屋旁出沒。」李龍志說。

「防疫所那邊怎樣了？」

「防疫所的誘捕籠全都放好了。」

※※

「四草里防風林東側水溝道路旁，疑似有人失蹤，請前往查看………」

三分局巡邏車晚間在台南科技工業區執行巡邏勤務，聽到無線電傳來通報，一邊將車開往四草大眾廟，一邊透過無線電詢問：「是否可說出更詳細位置？」

「就在林春風命案發生地水溝的對面。」

「三一八收到。」兩人心裡一怔，對看了一眼，其中一人說：「妳娘咧！會不會又是野狗。」

車過了四草大眾廟，楊添進把車前燈打到遠光燈，仔細的看著前方，看著陳俊旭低頭檢查手槍中的子彈。

「幹嘛！」楊添進問。

「準備一下比較好，要不然等下被咬成狂犬病。」陳俊旭說。

古鹿耳門溪水道東側有一大片魚塭，土堤將魚塭分成好幾十格、幾百格，各有各的主人。

魚塭旁道路上停了兩輛小客車，車頭方向相對，前車燈都是開著的，照亮車前的兩頭路。

巡邏車減速逐漸接近，只見車卻不見人，還有半明半暗被車燈照得微光的產業道路，直到靠近並停車，才見到巡邏車前方不到二十米的小客車內，走出二名男子，二人快步跑向警車，一路神情緊張的東張西望，應該是早就聽說最近連續發生的怪事，所以看到一輛小客車未熄燈又未關門的停在路中，覺得詭異，就打行動電話報案，直到巡邏車來到才下車。

「就在那邊啦！」其中一人還沒跑到警車旁就半喊著說。

「你看，車燈還是開著的，但人不知去那裡了？」報案人面對著警員，側身用手指著前方的空車。

陳俊旭和楊添進拿著手電筒，先向車窗外看了看，慢慢打開車門，照向未關上車門的小客車，車內還亮著燈但卻空無一人，只有未關的收音機繼續傳來吼叫賣藥的廣告。兩道燈光從手電筒直直射出，彼端在黑暗的魚塭晃來晃去，混著一層薄霧，仍是不清不楚，並未發現任何動靜。

「進仔，把車燈照過來！」陳俊旭站在魚塭旁說。

巡邏車在路上繞出半個圓弧，兩個大大的車頭燈轉向小客車旁的魚塭，嘗試看清附近動靜。

顯宮派出所和三分局警備隊巡邏車隨後到達現場，紅色一明一暗的警示燈還不時發出「嗚！嗚！」聲，救護車也從魚塭間小路轉了進來，同一處魚塭在凌晨二時的黑夜水霧，被好幾束散射燈光照得發亮，像是電影「外星人」中，一堆人拿著手電筒走進黑森林晃動亂掃的場景。

從土堤往下看，只見到一名男子的上半身，趴在半水半堤土坡上，在手電筒照射下，明亮的一臉灰白，瞪著沒有表情的兩個黑眼珠。

「快！快！擔架拿過來！」陳俊旭用手電筒向出聲地方照去，然後向救護車方向揮手喊著。

一群人有的走下土堤斜坡，腳踩在及膝的水中，待腳跟固定在塭底池泥，從上方接下擔架，「來！一、二、三！」將趴在斜土坡的男子拖上擔架，踩著溼土混生的濱水菜，半滑半走將擔架抬上路面。

救護人員看著男子模樣，一臉驚異。

擔架上的男子，大腿以下有一半皮膚已經脫落，有的成了長條碎片，有的已被撕成了紅色皮線，掛在抖動的擔架外側晃蕩；已脫落的皮膚可見鮮紅筋肉組織，沾著淡淡不均勻透明黏液，淡灰色西裝褲在腹部以下被扯爛，皮帶斜歪一邊。

上身淡藍色夾克也沾著和腿部類似的透明黏液，右手袖子被扯斷至手腕，露出的半截手臂有一圈肉凹了下去，像是被擠壓過後一層軟趴趴的肉堆，有些碎肉已被擠壓到兩側，從皮膚裂縫口向外凸出，立刻送往成大醫院。

李朝全接到警方通知，趕到現場，聽完警方說明，拿著手電筒查看距離出事地點不到五十米的一個誘捕籠，依然空空如也。

「所長，來看一下這裡！」李文同在不遠處喊著。

兩支手電筒照了空的小客車外四周，再照向車前後方道路，發現車後方約二十米處路上有一條橫越道路的溼路面，溼的部分不規則的忽寬忽窄，還帶著幾條向外噴灑的水漬，好像拿著一支沾滿水的大拖把，在路上胡亂拖又胡亂灑出的一條大粗線，只是這條「溼線」太粗，過半都超過一米。

從粗線向垂直方向延伸，還看到另外兩條溼輪胎印，延伸不到二、三米，柏油路面就從溼的變成乾的，研判是小客車輾壓過了路上的一團水，再把水拖印帶到前方路面。

「會不會有一點奇怪？」李文同接著說：「所長，我和你說，還有更奇怪的。」

李文同帶著李朝全走向小客車旁，蹲了下來，用手電筒照了照車後輪說：「你看。」

李朝全看著車後輪胎縫裡，塞著好些半透明的肉塊，有的被車輪輾過擠成一片扁肉，有的成了肉絲。

「四個輪子或多或少都沾上了一些。」李文同說。

「錦德，請你把採樣盒拿過來。」李朝全對動物檢驗課長鄭錦德說。

「所長，你看，一定是有東西被車輪壓到，搞不好跟那個受傷的人有關。可不可以看得出來是什麼？」李文同問。

「一下子也看不出來，等帶回去做化驗查看看。」

鄭錦德帶著採樣盒，後面還跟了兩個人一起走了過來。

「文同，你說的就是這個車輪下的東西？」成大生物系教授王建平邊走邊說。

「對啊！我不知道這是什麼，請教授來看看。」

「有點像是還沒打爛的魚漿，是不是？」王建平說。

「嗯！像新鮮的海產。」李文同接著說。

話還沒說完，幾名警員和記者也圍了過來，拿起攝影機對車輪裡的碎肉猛拍，然後問：「這是什麼？」

「我們也不知道，等採樣後再看看。」王建平說。

二〇〇四年十二月十三日

五、六輛電視轉播車停在成功大學附設醫院門口，一條條黑色電纜線從車內拉到急診室內，扛攝影機的，背照相機的，拿麥克風的，全都在等待。上午七時不到，媒體一擁而上，堵住了剛走出手術室的急診室醫師。

「患者兩腳及右手脫臼，雙腳皮膚被嚴重撕裂，部分肌肉疑似出現強酸腐蝕跡象，右手骨受擠壓造成部分組織壞死……」

「這些外傷是如何造成？」「是被流浪狗咬的嗎？」「有沒有生命危險？」「過去曾發生類似案例嗎……」等不及的媒體，還沒等醫師說完，就忙著插話問。

「患者仍然昏迷，目前生命跡象穩定。」

※※

事發現場從凌晨開始封鎖，通往魚塭道路兩側，管制交通的巡邏車橫擋在路中，嚴禁所有媒體進入，即使找到距現場最近的制高點，也只是一間漁民的二樓住家，頂多只是從遠處拍攝管制現場內人員走來走去，隱約看著有人東張西望，有人低頭查看，現場的調查進度和內容，媒體只能用猜的。

包括警察局、台南市政府，還有一些不知名的單位人員，上午十時以後陸續來到現場，從車上搬下一堆大大小小儀器，有人把採集的野草、泥土和水樣本，放到一堆大大小小瓶瓶罐罐裡。還有人帶著桶子和塑膠袋、剪刀、夾子，在道路和魚塭東抓抓、西夾夾，所有東西全都放進了塑膠袋，袋上標明編號，再放入冰桶。

「記者背後遠方的魚塭，就是今天凌晨發生意外的現場，當時有一名五十多歲男子，獨自駕車經過這條道路，突然壓過不明物體，下車察看後造成男子受傷並送往成大醫院，急救後已沒有生命危險，但因男子仍在昏迷中，至目前爲止仍無法得知當時發生的狀況……

※※

「所長！你來看。」

台南市動物防疫所實驗室內，動物檢驗課長鄭錦德的雙眼離開了顯微鏡，高舉右手向李朝全示意。李朝全接過顯微鏡，顯微鏡下的細胞仍在蠕動，不是彎曲，而是扭轉變形，有些類似活體的變形蟲。已經過了十多個小時，有些組織才慢慢分解，而且還散發出夾雜著死老鼠和魚腥異味。

「快！快！趕快把牠拍下來。」李朝全指著顯微鏡說。

由於沒有連接顯微鏡的攝影機，鄭錦德拿著一台二年前買的數位相機，對著顯微鏡口，也不知道是否能拍得清楚，將相機對準，朝顯微鏡口猛瞄。

「王教授，你那裡的情況怎樣？」李朝全馬上撥了個電話給成大生物系教授王建平。

過去多年來，二人從颱風天在台南市黃金海岸搶救幼鯨，到四草查看水母，王建平和李朝全一直是充滿默契的最佳搭檔。

案發現場車輪胎下方的凹痕內，採集的十多塊小碎肉，分別送到台南市動物防疫所和成大生物系化驗。

「有的組織已經死亡，有的正在死亡。」王建平說。

「是不是可以再做培養分析？」

「嗯！再來試看看。」

「強酸在分解後可能已不具腐蝕性，但還是小心一點較好，剛才還好我們有戴手套。」李朝全隨後說。

「你那裡也有一堆記者？」

「對啊！」

「還是一樣，晚上七點的記者會再統一說明。」

「好。」

二〇〇四年十二月十四日

台南發現疑似不明生物？一名男子昨晚遭攻擊受傷！

斗大的標題出現在第二天報紙上，內容寫了一大堆，從案發經過到現場描述，再到成大醫院急救過程，還有警方調查和被害人說法，但大家最好奇的還是「究竟是被什麼東西咬到？」

有的報紙標題是醒目夾著刺激，只要一瞄到「台南市出現異形？」幾個大字，就會從頭到尾一字不漏的看到底。畢竟活了幾十歲，異形頂多是在電影中出現，一旦現實生活中出現了怪物，吸引力混著驚恐心，成了茶餘飯後最佳談論話題，看完了還和友人聚在一起嘀嘀咕咕討論。

報紙上一排排的小字寫著「……檢驗遺留下來的生物肉塊，高密度含水，半透明狀，具有腐蝕性及微量毒素，究竟屬何種生物？或體型大小及特徵，因樣本破碎且不周延，仍無法確定。」

王建平和李朝全是最接近採集樣本的人，也希望能將話說得更清楚，但有幾分證據說幾分話，是科學研究基本立場，可是在成大生物系和台南市動物防疫所兩處的分析樣本，連解剖都稱不上，頂多只是一堆碎肉，最大一塊也不過二兩重，碎得可以直接包水餃。

如果想憑一點碎肉塊找出完整答案，就好像想從水餃中的碎絞肉，循線向上找出一隻豬的模樣，根本是瞎子摸象。

暗夜來的怪物

「今天才撈到這些而已?這是要怎麼喝?」

「沒關係啦!等下讚仔會來,會再帶一些東西過來,一定夠的啦!免煩惱啦!」

阿福將報紙往小桌上一攤,水煮的十多隻不到手掌大的潛沙蟹,兩隻午仔魚,一尾比皮帶粗不了多少的白帶魚,全攤在小桌上,再從塑膠袋裡拿出一瓶大高粱。晚上收完鰻苗網後,阿福找來他在土城的朋友阿成,到四草漁港旁剝蚵的石棉瓦剝蚵小屋裡小喝袪寒。

「奇怪!最近總是抓沒魚,不知道怎麼搞的?」阿福說。

「市政府說,最近晚上最好不要亂跑,說野狗會吃人。」阿成說。

「沒那麼倒楣啦!要是我沒抓魚,你吃個什麼?」阿福一邊擺魚到小桌上一邊說。

「這一點有什麼好吃的,拼著老命去撈不划算。」阿成說。

「你是要吃還是不吃啦!撈魚買酒請你吃還嫌!」

「來啦！不要說了，喝酒！」阿成說著拿起酒杯，「鏘」的一聲和阿福手中的杯子碰了一下，回音在漆黑的漁港旁似乎顯得特別清澈。

「奇怪！不是說讚仔要來？都十二點多了怎麼還沒看到人？要不要出去看一下？」阿成說。

「免了啦，他又不是沒來過，不會找不到地方的，搞不好在路上又碰到誰，又開喝了也說不定。」

「沒關係，反正我要去尿尿，順便去看一下！」

「要去尿尿？會不會怕？」阿福故意調侃說。

「在海邊住了幾十年，什麼沒看過，怕什麼？而且就在門口，這麼近，都看得到的。」

阿成邊說邊走向十步外的漁港碼頭旁，面對著一片黑漆漆的漁港，碼頭下方約一米半是從鹿耳門溪灌進的海水，在無月的夜裡，只是輕微晃動，連漁港的岸也拍打不到幾下，整個漁港除了他身後的小屋亮著小燈，其他全是一片寂靜的黑。

「水裡有東西啦！」

只見到阿成手還拉著褲檔和拉鍊，一拐一拐的向回跑，還沒尿完，邊跑邊抖，邊抖邊叫。

「是什麼？」阿福似乎心裡也驚覺有異，從小椅子上站了起來。阿成一口氣跑進了小屋內，才回頭看向漁港說：「水裡好像有東西在動，嚇死人。」

「眞的假的！」阿福說著說著，想著最近幾天傳說野狗從水裡衝出來吃人的事，心裡也開始發毛，兩手上的雞皮疙瘩從乾黑的皮膚整片的冒了出來。

「我也不……不知道，我看不要喝……喝好了，先回去算了。」

「二瓶都還沒喝完就走，而且讚仔說等下就會到，要不要再等一下啦！而且我們有二個人，等下不要過去就好了。」

阿福的心在寒，但想著早就和讚仔說好了的，雖想心裡也是有點毛毛的，如果現在先走，似乎交待不過去。

「我看不要，等一下萬一出了什麼事，就不好了，最近的四五堡駐在所在橋的那邊，那麼遠，而且這麼晚了，人家早就睡了，如果碰到什麼東西，再怎麼叫也不會有人聽到。」

「好啦！那就改天再喝。」

「改天？我看白天好了，晚上還是不要。」

「好啦！再說啦！這裡先收一下就走。」

「不要了！有夠恐怖，明天再收啦！」

「這樣也好。」

未喝完的酒瓶還沒蓋上，屋外突然傳來「嘩啦！噗！」的聲音，兩人心中一怔，相互看了一眼，兩顆毛了起來的心臟碰碰跳個不停，一時間緊送不上的血液，讓嘴角也成了黑紫的豬肝色，抖個不止，卻吐不出半個字來，成了兩個木頭人。

阿福右手拿著酒瓶，抓得好緊，只差沒把它捏破；阿成的手伸進褲口袋，胡亂抓一通，就是掏不出鑰匙，四隻轉不動的黑死魚眼睛朝屋外看去，兩人瞬間呆住，放在港邊一大籠還沒倒掉的廢蚵殼，不知什麼時候突然不見。

一籠廢蚵殼，起碼也有好幾十公斤重，平時連二個人一起搬都要咬牙使出吃奶力氣，但如今在四下無人的靜寂黑夜港邊裡，卻一下子掉到了港裡，除了清晰的落水聲，連涼冷空氣都沒有半點反應。

一隻半透明的細長東西，軟趴趴的黏上了關燈後的碼頭，上了岸的一條長長肉條愈來愈長，愈來愈粗，接著另一隻相同的肉管，被同一隻母體內的其他幾隻肉管拉了上來，然後是三隻，四隻。

陸續上岸的淋水溼肉條，起初像蝸牛的腹足慢慢向前滑，無聲無息；還有兩隻從漁港看不到的碼頭下方，一下子甩了上來，成了一條抽向碼頭上就固定黏住的肉鞭。

一個半圓形的透明扁形肉蓋，被先前上岸的幾隻肉腳拉了上來，在繞過垂直的碼頭壁岸，被幾根直立的肉腳舉了起來，原本軟趴趴的肉腳也硬了起來，像是一下子灌滿了水的消防車水管，全都凸得滾圓。一顆西瓜頭般的扁肉蓋裡，出現了兩顆小圓圈圈的眼睛，整個身子慢慢直立，活像一個人從地上站了起來，兩個睒亮眼睛瞪著前方四顆蒼白臉上的黑死魚眼。

「成……成……成仔！快……快走！要不然就來……來不……不及了！」阿福被嚇得說話一字不接一字。

兩人一衝出小屋，就向左急拐，拔腿衝向連接港區外的混凝土斜坡，但四隻腿卻緊急一蹬，原本向前衝的姿勢，一下子變成了向後仰，還倒跳了一步。

另一隻比剛才門口那隻還大的傢伙，也不知何時已神不知鬼不覺的上了岸，而且早已站了起來，地上平鋪的好幾隻腳，將扁圓的頭部高高撐起，而且愈來愈高，兩眼和他倆平行相對，直挺挺的擋住二人去路。

站在大傢伙前的阿福和阿成，四隻眼睛露出投降和顫慄的眼光，延伸到早已被嚇出呆傻的四肢。大傢伙反而是一雙露出飢渴的眼神，和一付豺狼和獵豹突襲前的態勢，幾隻由粗漸細的肉棍，示威的抬甩了起來，還不停灑出一堆剛從漁港沾上的海水。圓滾滾的肉肢像有力的袋鼠尾巴，扭動起來比象鼻還靈活；底部隱約露出類似章魚的一整排吸盤，吸盤以外圈則是滑溜溜的一片弧圓，幾條看起來至少有二米長的肉鞭，向二人逐漸進逼抽來。

「從後面跑！趕快！」阿福喊著。兩人轉身拔腿就跑。

其中一隻大肉腳「啪！」的一聲，打在阿成右腳跟旁的地上，先是向一旁捲住阿成的腳踝，再向後縮了回去，阿成的左腳還沒向前跨，甚至連右腳都沒來得及拔起，雙腳都被捲住，一陣冰涼，「啪！」的一聲被拉倒在地，最先上岸那隻較小的怪物從左側逮住了他，將阿成拖向靠水的碼頭邊。

跑在前面的阿福，一個閃身，回頭想拉阿成的手，但緊跟在後方的二、三隻肉腳陸續抽了過來。阿成雙手在地上死命的猛抓，碼頭中央平時是車輛來往的通道，死硬硬的地面，除了幾顆比彈珠稍大的小石頭，其他什麼都沒有，根本沒得抓。怪物其他好幾隻沒用到較清閒的腳也伸過來，幫忙捕捉陸地上的大獵物。

「成仔！等我。」阿福喊著。

一心只想救同伴的阿福，拼命跑回剛才喝酒的小屋內，慌亂的東看西看，不知如何是好，隱約發現地上剛才墊小桌用的磚塊，立刻用腳踢開小桌，左右手各拿起一塊紅磚，往門外衝，眼睛搜尋到那隻小怪物正把阿成往碼頭旁拖，似乎想把他拖進漁港的水裡。

阿福舉起右手準備用磚塊砸向捲住阿成的較小傢伙，但另一隻大腳卻從左側向他抽過來，只剩二、三米，阿福急轉了個身，使出吃奶力氣，嘴一緊，牙一咬，一聲響透雲霄的「我幹！」，磚塊直鈍鈍的向大怪物的扁圓頭飛了過去。「噗！」的一聲，紅磚打中扁頭和長腳像脖子般的連接處，大怪物幾隻軟腳一下子縮了回去，整個身子在瞬間矮了一截，還向後方斜歪了一半，只剩下阿福的半身高。

只不過二秒光景，大傢伙又像橡皮糖般的堆高了起來，再把扁頭給擠到最高，一幅「老子打不扁，老子又來了」的流氓模樣。

阿福再衝回屋內，想找東西自衛，眼睛的餘光瞄到地上有一條長長白白微微發亮，在黑暗中暗暗反光，腦袋一閃，想起是剛才放在地上的殺魚刀，先是左手再補了一塊紅磚，右手拿著殺魚刀往外衝，狠勁的先飛出一塊磚，倒也眞準，「噗！」的一聲，正中大傢伙頭部中央圓心，大肉丸被打了個大凹。

不知是喝了酒的力氣狠勁，還是想到他的迷你馬「弟弟」只剩得一堆骨頭，阿福一個箭步朝向被打凹下去的傢伙跳過去，如同飛鼠跳躍的伸開四肢，幾乎在雙腳落地的同時，大傢伙至少已有三、四隻腳朝他飛甩過來，其中一隻在空中捕捉到他的左腳，還沒來得及纏緊，阿福手中的殺魚刀比大傢伙快了半秒，從大傢伙頭部正中央砍去，像橡皮糖軟軟又半透明的圓扁頭幾乎被砍成兩半，像是剛從蒸籠裡拿出來的發糕，只有左右兩片向外翹著開花，幾隻腳也失去了拉力，從阿福腳上慢慢滑下，攤了一地。

阿福持刀大砍的同時，林廷讚的機車騎下了漁港斜坡，車還未完全剎住，就把右手伸到車前塑膠籃內，一把抓起魚刀，用左手把機車放倒，先衝到距離自己較近的蚵吊架旁，朝伸入鐵架內纏住阿成的一隻肉腳砍去，「噹」的一聲，一刀砍在鐵架上，將伸到鐵架內纏住阿成的一隻腳，砍剩下兩條細細肉絲，沒力的垂了下來；但另一腳卻伸向林廷讚的肩膀，開始纏繞他的脖子。林廷讚脖子被涼水管一拉，手中的魚刀掉到了地上。

鐵架內的阿成趁纏住他的一隻肉腳被砍成肉絲，彎腰撿起林廷讚掉在地上的魚刀，往小傢伙靠近鐵架旁的側頭部戳了進去，就像一下子戳進了厚厚的水袋，似乎感覺出只有在刀口戳進表皮的瞬間，遇到了些微阻力，但在表皮被突破後，阿成的手倒也沒費什麼太大力氣，魚刀很輕鬆的伸進了大傢伙體內。

阿成手中的刀還在扁圓的水袋裡斜轉了兩圈，感覺出如同切花枝時的溼涼質感，大半個頭被一刀戳穿，「噗！」的一聲，圓扁頭噴了一些惡臭汁液，腳也鬆軟了下來，攤倒在吊蚵鐵架旁。「噗通！」一聲，掉落一旁漁港水中。

外星生物攻擊？

二〇〇四年十二月十五日

「所長，趕快，眞的有怪物啦，有一隻在四草被砍死了，好大。」

「好，好，我馬上就到。」「喂！等等，在四草那裡？」

「噢！對了，到漁港就看到了。」

李朝全接到李文同電話，馬上套了個長褲，又撥電話給黃嘉靖。

「嘉靖，快回所裡把車開過來！噢！不是，直接開到四草漁港。」

距離四草漁港還有好幾百米遠，李朝全就看到遠方警車的警示燈，在夜空中閃爍不停，將一旁的雜草叢和大葉欖仁及灰泥地上，照得忽紅忽藍。

「我是台南市動物防疫所長李朝全，來現場採樣，等一下我們所裡的人也會到。」

李朝全向守在四草漁港入口管制的顯宮派出所員警說明後，將車停在漁港外的鹿耳門溪堤防旁，帶著數位攝影機和照相機快步走向漁港的混凝土斜坡。

石棉瓦搭建的臨時小屋包圍住四草漁港東側和北側碼頭，從兩排小屋間的小路斜坡走下去，警方的刑案封鎖帶從吊蚵鐵架拉到石棉瓦小屋，再延伸到隔壁的另三間小屋，越過碼頭平地，繫住另一個吊蚵鐵架，形成一個不等邊的梯型封鎖區。五、六輛車前燈光照亮碼頭旁約半個籃球場大的混凝土地面，封鎖線外圍觀的民眾愈來愈多。

李朝全穿過圍觀的人群，還沒彎下腰準備從封鎖帶底下進入管制區，就迫不及待的用眼睛搜尋，發現一塊大面積雜肉塊平攤在前方十幾米的碼頭地上，半透明的還流了一地水。幾乎裂成兩半的頭部，斜靠在隆起的幾隻粗腳上，從粗到細的腳四散在頭部四周，在地上占去的面積比一張雙人床還大。

李朝全心中很難去形容那種感覺，不光是牠體積的大小，最主要還是因爲那是一種從未見過的生物，以一種未可知的形式直接挑戰自以爲是萬物之靈的人類，而且若不把智慧算上去的話，牠的天然本錢比人類優越得多，赤手空拳的人類如果和牠單打搏鬥，究竟有多少勝算？李朝全不敢想像。

這可不像是人類下到海裡看大白鯊，總是被隔開在安全的鐵籠外；也不像是在廣大的非洲莽原看獅豹，多半躲在車子裡；說穿了就是一種活生生的第一類接觸，大家各憑上天賦與的原始本錢競爭，爭取二選一的生存機會，既不是循環賽，也沒有第二場的可能，是單純的淘汰賽，簡單而明確，堂而皇之，直接挑戰人類。

全身半透明，在漁港打開的泛黃微暗燈光下，這隻被淘汰出局的生物，還帶著些亮亮反光。

「分局長你好，請問現場有沒有動過？」李朝全走到三分局長吳文忠旁邊，先是打了個招呼，隨後問說。

「沒有。」吳文忠邊說邊將口罩拿下。

「因爲我們還不知道這究竟是什麼東西，多注意一下總是好的。」

「我早已跟他們交待過。」吳文忠說。

成大教授王建平和協助他做研究的學生，和台南市長許添財、建設局長蔡長山，還有衛生局、環保局的人，幾分鐘內陸續到達，進入封鎖線內的人愈來愈多，都圍在大傢伙四周，每個人戴上了口罩，還有人戴上了手套，拿出布尺和紙筆，開始丈量記錄。

閃光燈不停的閃著，李朝全和王建平用長約一尺的細棍子，不時翻動大傢伙細長的腳，偶爾還可模糊看到從大傢伙身體流出來的透明體液，早已在漁港碼頭地上弄溼了一大片，發出半魚腥、半屍肉的惡臭。

「借過一下，謝謝。」一個大的橙色塑膠桶被三名防疫所工作人員從封鎖帶下抬了進來，放在漁港碼頭上。

「所長，現在要怎樣？」黃嘉靖說。

「等一下，等現場照片拍好，現場圖畫好再說。」李朝全說。

許添財靜靜的站在距大傢伙二米外，偶爾還走進一、兩步，彎腰低頭看著，並聽吳文忠說明發現經過。隨後又問李朝全：「所長，這要怎麼處理？需不需要幫忙？」

「我和王建平教授討論過，我們拍照記錄完後，就把牠帶回防疫所解剖，儘量不要讓牠留在這裡太久，因爲時間得太長可能會產生變化。」

「什麼變化？」

「我們還不知道，但一般來說，死亡的時間愈短，體內細胞就會保存得更完整，我們想如果能夠早一點送到所裡保存，在較安全的防護條件下先做切片或解剖，就能得到更多資料。」

「這是從來沒看過的東西？」許添財問。

「從來沒有。」

「看起來像是章魚，也很像是大的水母或魷魚！」

「有點像是海裡的軟體或腔腸動物。」王建平接著說。

「有沒有人受傷？」

「兩個人有輕傷。」

「是怎麼發現的？」

「是那邊的三人發現的，聽說當時他們在喝酒。」李朝全說。

許添財朝在封鎖旁蹲著的三人走去。「是你們發現的？」

「是。」三人點點頭。

「什麼時候？」

「十二點多快一點。」

「當時經過是怎樣？」

「我和阿成在那間小屋裡喝酒，突然聽到吊車旁好像有東西掉在港裡，然後就看到有一隻爬上來，我們就跑出來，但卻碰到這一隻，比我們最早看到那一隻還大，我們就向那邊跑，但阿成的腳被另外一隻捲到，我想救他，但另外一隻把很多腳捲過來，我沒有辦法，就跑到屋裡拿磚頭丟牠，最後再拿殺魚刀砍牠，結果一下就被我砍死。」阿福嘴角仍咬著檳榔，說話時東指西指的，酒紅的臉遮不住驚悸的表情，擠不出一絲笑容。

「你是說牠是被你用刀砍死的？」許添財又好奇的問。

「是啊！」

「你用什麼刀？怎麼那麼厲害？」許添財問。

「就是那支殺魚刀。」阿福用手指了指放在一旁被包在塑膠袋裡的刀說。

許添財轉身看了看一旁放在地上的殺魚刀，再回頭，邊點頭邊微笑的對阿福說：「你眞正厲害！你都不怕？」

「當時我有喝一點酒，而且看到阿成的腳被另一隻捲到，跑也跑不掉，就跑進屋內拿磚頭，後來看到地上有刀，就拿刀跳上去砍牠！」

「你不怕牠？」

「當時也顧不得那麼多了，我砍牠的時候，腳已快被牠抓住，但還好我跳了起來，很快朝牠的頭砍下去，牠就死了。」阿福做了個準備跳躍的姿勢，右手還高高舉起。

「你有沒有受傷？」

「只有左腳小腿有一點好像是被燒到還是燙到，好像是鹽酸那樣的東西。」

「有沒有關係？」

「剛才還有一點燙燙燒燒的，但剛才有人給我擦了藥，現在已經沒什麼流血了。」

許添財拍拍阿福的肩膀說：「我實在佩服你」。隨後又轉身問阿成：「你有沒有受傷？」

「報告市長，我的手和腳有一些地方受傷流血，但還沒關係，沒被那東西吃掉就算命大了。」

阿成用手指了下手上和腳上的傷說。

「好好休息，你們幫了很大的忙，也很勇敢。」

「市長！可不可以為我們說明這是怎麼一回事？」許多記者一擁而上，有的扛攝影機，有的拿錄音機，將許添財團團圍住。

許添財的臉在黑夜裡被攝影機的燈光照得透亮，向記者說了一堆，幾乎全都是問號。

「謝謝市長。」記者在訪問完許添財後，又找來阿福和阿成，請他們再完整的說一遍經過。

在一旁看熱鬧的林忠民向李文同說：「平時叫阿福不要亂喝酒，每次一喝就醉，但今天還不錯，不但沒有喝醉，而且還把那怪物砍死，還記得打電話通知你來，成了大英雄，阿福今天表現不錯，等下叫你大嫂弄些好吃的請他。」

李文同走到阿福旁邊，拿了根菸遞給阿福，幫他上了火，向阿福豎了個大姆指說：「漂亮。」

阿福狠狠吸了一口菸，抬著頭向黑夜星空吐出一口大大白霧，看著李文同，然後把菸夾在左手食指和中指間，用右手掌狠狠的揮了好幾個上下，比了個切菜的手勢說：「殺殺！我就是這樣殺了那個王八蛋」。

李文同拍拍阿福肩膀說：「你替『弟弟』報仇了」。

「對！我殺殺殺！我砍死牠！」阿福藏在那一身黑皮膚下的青筋，似乎和他嘴裡的檳榔汁一樣，快蹦了出來，手還不停顫抖。

「文同！謝謝你。」李朝全走了過來，向李文同說。

「不客氣，所長。這可能還要再忙一陣了！」李文同說。

「是啊！我們儘快把牠送回到所裡。」

「謝謝所長，你先去忙，別管我，反正我也得在這裡陪你們。」

「對了，我覺得最近連續發生的幾件命案或失蹤案件，如果你們還可以取得檢體的話，或許可以查一下，搞不好可以找出其中的關聯性。」李文同又說。

「搞不好還能爲流浪狗洗刷冤屈。」李朝全若有所思的說。

「如果眞的是這怪物幹的，問題就大了。」李文同說。

※※

台南市動物防疫所和成大生物系人員，凌晨四時將這隻大傢伙送到防疫所後方的水池，防疫所附近原本就窄小的忠義路交通也爲之打結，所有電視台的轉播車都聚到現場，原本只有二十名工作人員的辦公室內，一下子被扛攝影機、拿照相機和背錄音機的媒體擠得滿滿的。

每隔幾分鐘，就會有人離開，也有新人來到，除了農委會等有關單位人員到場，來得最多的還是政治人物，有的穿著筆挺西裝，有的打扮入時，由所內人員導引帶往後方水池觀看，每次觀看都是一臉驚訝說不出話的表情，並重覆詢問相同的問題。

防疫所一樓辦公室內，一下子擠進了太多的人，再加上一堆上流人物進出，空氣中彌漫著古龍水和香水的混和怪味，夾雜著吱吱喳喳的噪音，像極了農曆過節返鄉前夕火車站內的候車室。

「報告所長，XXX立委來了。」「報告所長，某某單位的某某長到了。」「王教授，一線有你的電話，是某某長從某某地打來的，說很重要，請你聽電話。」

工作人員總是做不到幾個動作，就會被突來的事打斷，李朝全和王建平的手機幾乎從沒斷過，他們根本來不及取下手套，也沒有辦法一邊做，又一邊接電話，只要行動電話一響，就由旁人接下電話，再拿到他們耳旁。

中午時分，一排三輛廂型車隊在警車開導下，停在防疫所大門前，有人為車內的長官開門下車，走下車的是行政院長，還帶了幾個部會首長，後面跟了十多名提手提包，或背攝影機、拿照相機的人。

「院長，這件事要如何處理？」「是否要取進一步的封鎖行動？」「今天發現的是不是全世界首次發現的新物種？」院長一下車，就被數十名媒體習慣性的堵在門口發問。

「台南市動物防疫所和成大人員正在調查，詳細情形還要等他們提出初步報告，至於是否要採取緊急措施，目前還很難說，我們希望在今天下午以前，先了解初步情況，再決定如何處理，我們也希望下午將最新訊息公開向國人說明。」

二十分鐘後，院長離開防疫所前，再度向媒體表示：「經過初步調查，預計傍晚會召開記者會向全國民眾說明，請民眾不要緊張。」

冬日的太陽下山得特別早，氣溫也低了下來，北風從忠義路北方向南灌，防疫所門口前路過的車輛塞得嚴重，車輛經過的駕駛也趁機將頭朝防疫所內猛瞄，想從短暫的停留時間裡多看幾眼。

從道路到防疫所大門前台階，到處都是或坐或站擠滿了人，一大票等待新聞的記者，有的聊天，有的抽菸喝水，打發時間，一樓內黑鴉鴉的一片，從路上看去全是一個個黑人頭，根本看不清屋裡面的模樣。許多條黑電線從轉播車沿路一直拉進防疫所大門，再沿進門後右側的樓梯一直拉到四樓會議室，等待下午六時召開記者會。

「很抱歉讓各位媒體久等了，實在是逼不得已，我們現在正在影印資料，十分鐘後會在四樓會議室召開記者會說明，也會把資料送到各位手中。」防疫所寵物課長張竹明，說完後又走回辦公室。

散發給媒體的紙上，寫著：「今天凌晨一時左右在台南市四草漁港發現的生物，發現時已經死亡，死亡主因是被一名漁民用殺魚刀朝生物頭部重擊並砍殺致死。從外表看來，這種生物像是水母和章魚的混和體，傘蓋直徑約六十厘米，有八隻腕足，或稱觸手，平均長度爲二點二米，最粗部分在靠近頭部下方，直徑約十一厘米，愈向尾端延伸愈細，每隻都有類似章魚的圓形吸盤。位於頭部下方的口會釋放出透明無色消化液，帶有強酸及腐蝕性，還有輕微毒性，初步研判構造接近軟體或腔腸動物，也有部分類似甲殼動物特徵，應該是一種未發現的新物種，還在查證中。」

「強酸性液體是攻擊造成死亡的主要原因嗎？」在場記者問。

「今天採集到的消化性強酸液體，初步分析和日前造成林春風死亡、四草魚塭攻擊事件，及迷你馬屁骨現場採集到的液體相吻合，研判應屬於同一種生物。」王建平說。

「這種生物來自那裡？至今有沒有在其他地區發現？」

「已知的出沒地點都位於四草到鹿耳門一帶，其他地區至今仍未發現。」王建平繼續回答。

「是否可以確定這種生物和前些日子在鹿耳門溪及鹽水溪發生的漁民失蹤事件有關？」

「還沒有確切證據。」

「牠如何攻擊人類？」

「我們懷疑牠的爬行方式是利用觸手支撐頭部爬行，但解剖過程也發現在牠體內有部分沙及雜物尚未排出，也猜測牠雖然可以在陸地上行動，且速度很快，但因沙可能降低體內循環及自淨力，估計在陸地運動距離有限，但究竟是否如此？或在陸地移動的最長距離、時間，及離水存活期限，都仍是個未知數。」李朝全說。

「攻擊方式可能是以觸手捕捉動物，在包覆後造成窒息死亡，再捲入口器前方，以消化液分解，以今天發現這隻重量超過七十公斤體型所分泌出的消化液，最快可能在二十分鐘內就將一名成年人分解；另外，我們較感到納悶的是，牠的體內有比一般海洋生物高出至少十倍的重金屬，鋅、銅、鎳、鎘可能都有，但仍需進一步化驗，且發現牠吸附水中營養鹽的速度很快，營養鹽和重金屬在體內產生化學變化，可能是消化液含有強酸的來源。」王建平說。

「是否要採取防範措施？」

「我們已將資料報農委會，再開會決定。」

八爪怪物大追捕

「阿福！阿弟！快點！快六點了，要走了。」

「等一下，我再拿兩條魚過去煮。」

阿福用報紙包了兩條烏魚殼上了林忠民的廂型車，車子離開了鎮門宮，向東開往二公里外的媽祖宮。

「東西都搬完了？」林忠民的母親在媽祖宮老家前等兒子，看到兒子的車停在門口，就上前幫忙搬東西。

「都搬完了，沒關係，這些我來搬就好。」林忠民說著說，將東西搬到屋內。

秋萍帶著兩條烏魚殼走進廚房，先用大鍋燒水，水滾了再把切成好幾段的烏魚殼丟進鍋裡，再灑下大蒜苗和麻油，用勺子攪了攪，不一會兒，一大鍋油黃黃香噴噴的烏魚米粉端到了客廳，大夥圍在桌前邊吃邊看電視新聞。

「……行政院跨部會開會後，決定從今天開始，從鹿耳門溪以南，到鹽水溪以北，沿著古鹿耳門溪水道西側到海邊地區，實施宵禁管制，管制區內的六十七戶民眾，在下午六時至隔天上午七時，不得在原居住地過夜，必需暫時離開管制區……。」

警方和里鄰長從上午九時開始，就共同前往位於管制區內的住戶家中說明，宣達這項緊急且不能打折扣的規定。

「阿福！你有夠厲害，一刀就砍死那隻大怪物，現在全台灣的人都認識你。」住隔壁的老里長林振雄，從門口走了進來，還帶了一瓶小高粱。

「里長，來坐！」林忠民放下手中的筷子，順手拉了把椅子到桌旁。嘴角旁還拖了一長條未入口的白色米粉。

「你看！」林忠民用手指著阿福腰間配帶的一把殺魚刀說：「就是這把魚刀。」

如果是殺人的刀，早就被帶走當證物了；但阿福這把刀，不但沒有殺人，而且還救了人，在警方和防疫所採取刀上檢體後，阿福向他們要刀，就把刀還給了阿福。

「不要亂摸啦！」阿福放下手中的筷子，把老里長摸刀的手推開，一臉不爽。

「摸一下是會怎樣？搖擺什麼？」老里長有些不高興的說。

「刀又不是你的，叫你不要亂摸就是不要亂摸！」阿福把筷子用力往桌上一拍，人站了起來，開始光火。

「你娘咧！你們兩個在我家吵算什麼？來來來，把酒打開來喝！」接著又說：「秋萍，去拿杯子。」

老里長倒了三小杯酒，一杯放在自己面前，兩杯放在林忠民和阿福桌前說：「來來！喝。」

林忠民和老里長都是門前清，頭一仰，全沒經過喉嚨就灌到了肚裡，還「哈」的吐了口氣，就是阿福還是埋頭猛吃，放在前面的酒動也沒動一下。

「阿福，喝啦！」林振雄半笑著勸著阿福。

阿福依然不理不睬。

「叫你喝你就喝，我知道『弟弟』死了你很難過，今天你也算報仇了，人家老里長拿酒來請你，再這樣你就出去！」

「好了好了，他不想喝就不要勉強他！」老里長說。

阿福不吭聲的拿起桌前的酒杯，頭一抬，酒全下了肚，然後說：「里長，抱歉。」隨後將喝完的空酒杯放在里長前的桌上說：「再來，我敬你。」

在這個只有幾百人居住的沿海小漁村裡，入夜以後除了有人相約喝酒談天，整個漁村幾乎一向都是靜悄悄的，但今天串門子的人卻特別多，有附近鄰人好友，有巡邏車經過走下來的警員，大夥有進有出，還有守著新聞不放的媒體記者，開車在只有幾條小巷的漁村裡繞來繞去，所有人的話題都只有一個。

「爛記者，你也來？」阿福抬頭看到李文同走進屋裡，抬頭打招呼。

「忠民　、嫂仔、老里長，你們好，都九點多了還在吃？」

李文同走進屋內找個空位坐下，把手中的大高粱往桌上一放，說；「我也要來一杯。」

秋萍又從廚房裡拿出來一個小酒杯，老里長隨即在杯中斟滿了酒，又拿起自己的酒杯：

「來，阿同，喝一杯。」

「來，大家一起來，祝大家都身體健康，萬事如意。」李文同說。

隨後又倒了一杯說：「來，爛漁民。」李文同又和阿福乾了一杯。

「我在這住了二十幾年，從來沒看過這麼多記者晚上還來，就算以前在大白天也沒看過這麼多記者，而且還有電視台轉播車就停在天后宮廣場，記者好像比警察還多。」

林忠民接著說：「阿同，你的床我們已經給你弄好了，就在二樓，喝完酒就帶你去看。」

「忠民，謝謝！」

「自己人老說什麼謝，只要聽說有事，一定馬上叫你起來！」林忠民說。

「我在你旁邊保護你！」阿福拍拍他腰間的刀向李文同說。

「咦！他們什麼時候把刀還給你了？」

「是我下午去跟他們要的。」

「既然今天晚上住這裡，就不必擔心開車，我們可以多喝一點！」林忠民說著笑了出來。

「不行啦！萬一晚上有事爬不起來就慘了，而且喝醉了，碰到那東西，站都站不穩，更別說用跑的，我又沒有刀。」

「我教你，你可以先用電腦丟牠，趁牠被打到的時候，趕快拿起相機拍照。」阿福說。

林忠民又補上一句：「對哦！阿福是第一個拿刀把牠砍死的，你是第一個用電腦把牠丟死的，這張照片保證你獨家。」

「你有幾台電腦？」林振雄斜著臉問李文同。

「一台，你以為我是賣電腦的？」

「那你可要丟準一點，像阿福一樣才可以。」

「阿福常練習丟磚頭，我可是從來沒丟過電腦，丟到了還好，沒丟到就進了漁港。」李文同說。

「沒關係，如果丟到海裡，我明天再撈起來給你。」林忠民說完，嘿嘿笑了出來。

坐在一旁看電視的秋萍說：「阿同，如果電腦撈起來都是泥巴，我再用水幫你沖，保證跟新的一樣。」

「嫂仔！謝謝囉！我看洗完以後妳就留著當切菜板好了。」

「不行，電腦那麼多按鍵，不平，不好切。」

「沒關係，我告訴你，電腦不是有兩面嗎？妳可以把平的那一面用來切菜，另一面有按鍵不平的拿來墊熱湯」李文同說。

大夥你一言我一語的胡扯，笑得一個比一個大聲。陸續進屋的人不知道一群人笑些什麼，秋萍又再一次的解釋給人聽，又笑成一堆。

※※

「嗨！文同，你也來陪我們了！」李朝全哈哈笑著說。

「非常時機，大家都辛苦。」

「看得清楚嗎？」李文同繼續問說。

「找了半天只找到二台紅外線監視器，另外兩台就用普通的，不知道可不可以拍得起來，全都裝在屋頂上，還有海巡辦公室樓上也裝了二台。」

「有沒有開燈？」

「普通監視器附近開了小燈，紅外線的沒有，作爲比對，可以了解牠們對於光的感受。」李朝全說。

「誘捕籠呢？」李文同接著問。

「抓流浪狗的我們擔心太小，臨時請人做了兩個比較大的，一個放在紅外線較黑暗地區，另一個放在有小燈照的地方，不敢放在太靠港邊，怕牠掙扎時萬一掉到港裡，就前功盡棄了。」

李文同突然想到打電話給林忠民：「忠民，不要等我了，我就睡在監視站這邊，這裡最近。」

※※

「喂！喂！李記者，起來了，我們所長說有動靜了，看你要不要來看看！」

凌晨三點不到，李文同從睡袋裡揉著眼睛被搖了起來，拎著一旁的包包下樓，一樓的客廳裡早已擠滿了人，大夥全擠在其中一台監視器前。

「阿同，你要不要先過來拍一張照片？」

「不好意思，先借過一下！」李文同話還沒說完，就聽到三、五人輕聲喊著：「來啊！來啊！再進來一點………。」大夥兒個個似乎都屏氣凝神，一雙眼睛全盯著監視器看，因爲人實在太多，有的蹲，有的彎腰，還有的踮起腳尖，伸長了脖子看著那十七吋小小的畫面框框。

李文同心想先把監視器內傳來的畫面拍好，不拍的話搞不好等下就沒得拍，拿著相機朝畫面猛瞄猛按。

這是首次看到活體從監視器呈現出來，雖然在暗淡的漁港旁，不是十分清楚，但卻可見到那隻像八爪魚的大傢伙上岸後，把其中二隻腳伸進了誘捕籠，但擠不進誘捕籠的龐大身軀仍待在籠外扭動徘徊，圓圓扁扁有點像是大鍋蓋的頭還在籠外，距離鐵籠至少還有一米。

「匡！」的一聲，幾乎和大夥嘆氣聲同時發出，誘捕籠的鐵門一下子關了起來。

「噓！噓！小聲點，繼續看！」有人說。

「不要吵啦！繼續看！」

大傢伙被誘捕籠夾住的二隻腳，其中一隻慢慢的從鐵棍間抽滑了出來，另一隻腳還捲在籠內的狗脖子上，似乎捨不得放，狗一邊嘶鳴，四隻腳還不停猛踢。

被夾住的圓腳從兩根鐵棍中抽出，一米多高的誘捕籠，和大傢伙相比竟是相差那麼多，像是手掌中緊握的火柴盒一樣，一腦兒想把它壓扁，接著又突然爬到誘捕籠上方，將誘捕籠團團包住。對大傢伙來說，誘捕籠小得可以，但可不是一下子就會被壓扁的小火柴盒，畢竟還是鐵做的，尤其是那隻被鐵棍夾住的腳，扭了半天，怎麼就是抽不出來。

也不過十秒光景，牠似乎放棄，整個身體離開了懷抱中的鐵籠，慢慢朝港邊滑去，卻留下一隻已脫落的斷腳在鐵籠上，較粗的半截腳在鐵籠外扭動，籠內狗兒脖子上被纏繞的細腳卻一點都沒鬆，狗兒四肢伸得直直的，只剩張開的嘴還不停喘氣，愈來愈慢。

那傢伙「噗通！」一聲，從岸上掉下了港裡，誘捕籠裡留下不動的流浪狗，還有一隻圓滾滾的大肉腳，從狗身上緩緩滑落。監視器前圍觀的人有的站了起來，不停的指指點點，有的伸伸懶腰，驚訝個不停的走向屋外。

臨時監視站北側是鹿耳門溪堤防，西側一百五十米外才是四草漁港管制區，也就是說，從管制區到監視站還有約一百五十米的「安全距離」。原本在白天為監視器拉電線時，還有另一家民宅在管制區外約五十米尺處，距離漁港更近，架線也方便得多，但在警方建議後，將監視站設到更遠的此地，原來計畫作為監視站的民宅住戶，也在勸說後暫時成了空屋，避免影響監視作業。

「喂！喂！又來了，快來看。」十多分鐘後，又有人尖叫的喊著。

從監視站屋內傳出了聲音，還有人走出屋門口在大門前比手勢，招呼在門外抽菸談天的人進屋，只剩下二名警員待在巡邏車內，其他的都憋不住好奇心，趕快下了車，也跟著其他人進入屋內看實況轉播，大夥都想看看這會吃人的怪東西長得究竟是什麼模樣，這可保證是從來沒看過的新玩意兒，就算是「發現」頻道也不曾出現。

漁港北側三號監視器傳來的畫面，畫面中一口氣有三隻先後上了岸，其中一隻已靠近了誘捕籠，另外兩隻距離前面帶頭的不到三米遠，三隻都是頭斜靠在後方，一副懶洋洋的樣子，用腳慢慢向前爬行。

「來來！加油，快進來！」有人似乎很用力，但又不敢大聲的喊著。

這座長度三米、高和寬度各接近二米的大誘捕籠，是臨時請人用鐵棍銲接的，下午四時左右才用卡車運到漁港，再用吊車吊下放在漁港邊，雖然看起來顯得笨重，但感覺上卻「十分有力」，在工作人員眼裡，除非牠不進來，否則一進來，位於上方入口處的大鐵架一旦落下，保證活逮，絕對溜不出去。

鐵籠尾端趴著的一隻流浪狗，在那東西還沒上岸就突然站了起來，開始對著漁港猛吠，眼看著有東西從碼頭旁的地平線漸漸隆起，流浪狗叫得更凶，只要狗兒一開始叫，監視器前的人就開始圍了過來，知道一定是有了不尋常動靜。

一隻傢伙滑進了大鐵籠，開始向流浪狗伸出長腳，還沒碰到狗的肚子，被狗咬了一下，很快蜷縮了回去，在空中甩了好幾下，可能是被咬痛了，但大傢伙並不死心，緩緩前進靠近流浪狗不到兩米，這回幾乎同時伸出了三、四隻腳過去，像包肉粽一樣一下子就把狗包了起來，好像用手去拿小籠包，幾根手指頭一彎，狗兒叫不到兩下，聲音全沒了。

另二隻傢伙也進了鐵籠，似乎也想上前去分一杯羹，但唯一的一隻流浪狗早被捷足先登，準備送到腳上方中央的口中。流浪狗身上綁住的皮套，開始拉扯連在鐵籠上方的鐵絲，眼看著鐵絲被愈拉緊，但鐵門一動也不動。

「慘了，可能門太重，拉不動。」有人擔心的說。

「不會啊！今天在鐵工廠和漁港這裡都試了好幾次，雖然比較緊一點，但應該有效才是。」李朝全接著說。

「拜託拜託！加油。」「再用力一點！」大夥看得緊張中倒還不忘加油打氣。

眼看流浪狗被大傢伙包住，不過十秒二十秒光景，已經奄奄一息，整個軀體被好幾隻有力的腳擠成一團，愈來愈小，愈來愈模糊，只見一團小肉塊慢慢往口裡送。另外兩隻在籠內經過一陣攀爬摸索，其中一隻用好幾隻大腳爬在鐵籠側邊，不斷向前探索延伸，一曲一扭的，從籠內爬到了籠外，就像一隻緩緩移動的大蜘蛛。

吃著熱狗的大傢伙用好幾隻腳撐住鐵籠，使勁想把狗全部往口裡塞，一個用力，狗兒皮套牽引的鐵絲，拉動了朝下的鐵門，「匡！」的一聲，鐵門在牠後方重重落下，感覺上好像連監視器畫面似乎也被鐵籠的關門震得抖動。

「YA！」「水啊！」

有人擊掌，也有人小聲喊著：「再跑啊！看你能跑到那裡去？」

屋外巡邏車內的警員聽到屋內叫聲，也衝進屋內擠著看監視器畫面。

「厚！有夠大隻，嚇死人。」警員說。

一團褐色毛肉在大傢伙口中似乎愈來愈小，不到五分鐘，包住流浪狗的皮套和一小堆狗毛，混合著黏液從牠口中流了出來，還連著那幾乎看不見的鐵絲。

另一隻被關入籠內的小傢伙，一堆亂腳在籠內爬來滑去，不停的將好幾隻腳伸出鐵籠小洞外，換了好幾個地方，抓抓停停的，最後終於被牠找到一處較大缺口，先將一隻腳伸出洞外，再來是另一隻腳，然後側著縮小的傾斜頭部，從一個接近頂部的洞口溜出，先是爬到了鐵架上方，又慢慢滑到地上，「噗通！」一聲，掉進了漁港。先前就溜出籠外的另一隻小傢伙，在離開鐵籠後，爬到鐵籠旁的小屋旁，進入了監視器的死角，消失在黑暗中。

八爪怪物入侵民宅

二〇〇四年十二月十六日

「對不起，這裡禁止進入。」台南市四草野生動物保護區南寮入口遊水將軍廟前的管制人員，每過十來分鐘，就得不厭其煩的重覆一次。

「爲了讓研究單位人員順利進行，規定除非有關人員，其他人員一律不准進入。」管制人員說。

「可是我們只是進去看一眼就走，不會影響你們工作……。」

「先生，很對不起，我們必需依照上面交待的規定辦事，這種事我們也不能做主，如果讓你們進去，我們就倒楣了！」

「可是我們從大老遠趕來，都已經到了這裡了，就通融一下嘛！」

「能讓你們進去我何必還在這裡花時間擋你？問題就是不能進去啊！就算是你再怎麼說，我還是不能讓你進去！」管制人員說著說著總會帶出一些火氣，再無奈還是得擋人。

南寮在十一年前劃入四草野生動物保護區，三十多戶居民在三年前全部遷走，遷到距此地一公里外的台南科技工業區住宅區內。南寮民眾遷出，三百五十公頃的保護區南區內，只剩下鹽田生態文化村工作人員，和四草保護區的管理及研究人員，讓保護區更易於管理。

南寮東側靠近古運鹽運河旁的一塊空地上，搭建了一個大塑膠棚，可遮陽避雨，棚下有一個臨時搬來的塑膠大水槽，就像是大人買給小朋友在自家後院灌水玩水的小游泳池，只是這個池大多了，直徑有八米。塑膠池周圍在中午過後一直就擠滿了人，還裝上了監視器，廿四小時派人看守，警方巡邏車也排定全天守候，隨時處理可能發生的意外事件。

「所長，說來也巧得很，你記不記得幾年前我們也在這裡搶救那隻小鯨？」李文同和李朝全談天。

「對啊！當時就是在這裡，但沒有兩天小鯨就死了。」李朝全說。

「來來！請大家先讓開一下！我們要開始架網了。」

一輛卡車在塑膠棚外的小路停下，五、六名工作人員從車上搬下一堆網具進入棚內，準備架設在水池四周，水池外的土地固定了七、八根粗粗的鐵棍，上方有鐵架和滑輪。

「我們擔心光是一個大鐵籠放在水中，而且還有一半裸露在外，萬一出事就很難防範，所以在水池外側再加上大塑膠網，除了第一線工作人員可進入網內調查，其他在場所有的人，包括媒體在內，全部都必需待在網外，保持安全距離。」李朝全說。

電視台的轉播車停放在五十米外舊安順鹽場辦公室外的土地上，一整排的攝影機架在封鎖帶外側，固定瞄準藍白相間的大塑膠棚。

「昨天深夜在四草漁港捕捉到的生物活體，因爲台南市動物防疫所的水池太小，台南市也無法找到其他更大的容納空間，經過討論後選擇在這裡暫時安置。」電視記者背對著塑膠棚，一邊說明，一邊將畫面傳送出去。

「剛才我們看到的是幾名工作人員從車上將塑膠網搬到棚內，將架設在水池四周，進一層防範……。」

「請問我們什麼時可以進去拍？」媒體記者問李朝全。

「我們預估半小時以內可搭好防護網，也要將網固定在地上，然後就請各位進去。」

「這裡進出只有一條路，很不方便，而且距離市區又遠，爲何要選在這個地方？」

「就是因爲進出只有南寮是唯一的路，而且居民都已遷走，比較容易管制；一旁就是古運鹽運河，隨時可以取海水更換，幾年前我們就在這裡搶救幼鯨，王教授今年農曆春節還在這裡解剖一隻全台最大的抹香鯨，台南市已經找不到其他更適合的地點。」李朝全向媒體解釋說。

「啊！趕快爬起來！」「快！快！」

棚內突然傳來急促叫聲。

李朝全趕忙往棚內跑去。

一名架網人員站在鋁梯上想將塑膠網掛上鐵棍上的鐵鉤，一個腳踩失，整個人「噗通」一聲跌進了水裡，在一旁的人看了，緊張的大叫，還好人掉下去只是在水池邊，距離鐵籠至少還有二米，大夥虛驚一場。

半浸在水中的大鐵籠裡，畸型的八腳怪，在水下一動也不動，偶爾緩緩上浮，在靠近水面的鐵架上，伸出蛇妖女般靈活的觸手，從鐵籠內向外摸索探路。

「牠一直想往外跑。」

「給牠跑出來就完了！」

「現在所有的責任全在我們身上，防護措施千萬大意不得。盧老師，你有什麼建議沒有？」李朝全說。

「只要你們把牠看好就好，要不然我晚上就甭睡了！」盧建銘圓黑的臉笑著。

盧建銘是受台南市政府委託在四草保護區做生態調查，也參與鹽田生態文化村的規劃工作，平時除了在外教書，多數時間都待在南寮。

「盧老師，我們睡得比你還近，離這裡大概只有一百多米，沒想到來了一隻這麼大的鄰居。」許宏彬說。

「而且還會吃人。」張福國說。

「我今晚睡覺一定要關門，還要上鎖。」

「怕什麼？牠又沒有鑰匙。」

「你放心，我又不會給牠。如果怕的話就睡床底！」

「我睡裡面，你睡外面。」

「你看牠，那麼大，腳那麼長，如果到床底找我們，不管是睡裡面還是外面，結果都一樣，最後一起都會被包成肉粽。」

「不是肉粽，是肉燥。」

許宏彬和張福國你一言我一語的輪流耍嘴皮子。

※※

「課長，你有沒有覺得好像有些巧合？」顏昇祺走向運鹽運河畔，李文同跟上前去。

「什麼巧合？」

「記不記得前年第一次發現水母進入內陸，就是在對面那個水池？」李文同手指著對面的另一處水域說。

「對啊！你是想這兩件事是不是有關聯？」

「是有想到，但關聯在那裡？」

「以前是小水母，現在是大水母，而且還是會吃人的怪水母。」

二年前的一個秋天，李文同開車到四草保護區，地點也就是現在的南寮，碰到許文彬，問他最近有沒有看到水母，許文彬當時隨意說：「有啊！就在那裡。」還用手指了個方向。

李文同在三年多前就聽說曾經有水母游到保護區水域，但從沒拍到過照片，什麼證據都沒有，所以就按捺下來，不知道前後跑了多少次保護區，那一次終於被他等到，滿池水母的照片隔天上了全國版。

爲了保護獨家新聞不外洩，當時李文同在拍完照片後，先問了許宏彬現場情況，隨後打電話給台南市政府農林課長顏昇祺，證實水母進入四草保護區水域已經好幾天，爲避免太多人前往觀看水母造成騷動，農林課一直未對外宣布，直到新聞見了報。如今李文同在幾乎相同的地點碰到顏昇祺，重提舊事。

「你這樣說也讓我覺得多少有幾分怪怪的感覺，你看，第一次發現水母的水池就在對面，後來陸續出現了好幾百萬隻水母，在更遠的那一塊，這些都是在運鹽運河北側，現在我們在南側，還是吃人怪水母。」顏昇祺說。

「對啊！我還記得後來在四草的魚塭，一直到鹿耳門溪口陸續發現水母，有的在魚塭，有的在溪口，而且大小都不同，這是過去從來沒有的怪現象，雖然去年沒有發現大量水母入侵，但今年卻出現這種怪東西，難道這裡有什麼東西吸引著水母？」李文同說。

「我們只是這麼想，但究竟是什麼原因還要調查。」

※※

晚上十一點多，棚子裡裡外外，十幾人守候著大傢伙，棚內吊著十多支長管日光燈，北風呼呼的吹動翻浪的棚布，日光燈在棚布下東搖西晃，還有兩個強力聚光燈，緊盯著水中的大鐵籠，像漁港旁水箱裡被夜燈照著的鮮活大海產。

「今天下午所有的媒體都拍到了牠在這的情形，我們晚上在電視裡看了不知多少遍，我想畫面可能都傳到國外去了，或許在短時間內就會有更多國外專家來，看看能不能找出答案，今天牠在我們這裡，我們就得看著，等一下文煌還要來接班。」顏昇祺向一旁值班的警員說。

棚架像一個大大的貼地燈籠，給燈照半透明的放在一大片土地曠野上，這裡可以看到幾公里外的台南市櫛比高樓，相對來說，從幾公里外高樓上也能看到這裡，在這靜黑的夜裡，肯定有人拿著望遠鏡向這猛瞄。

夜深沉，大傢伙漸出現疲態，在水面下的整個身子，散亂在水底的鐵架上，動也懶得動一下，大塊頭在燈光折射下，有時被拉長成了斜線條，有時還折疊在一起扭曲，還有變形的燈管和布棚，全都皺成了一塊兒。

十多人在裡裡外外，陪伴著這隻讓人既驚奇，又恐懼的大傢伙，氣氛已不再像凌晨那麼緊張，但沒有人敢大意，畢竟這可不是養在水族箱裡可愛的小金魚，也不是海洋界裡跳水逗樂的胖海狗，大夥總是一邊好奇的看著，又一邊驚懔的躲著，一種說不出的微妙。

※※

四草漁港旁的監視站，聚集的人比昨天更多，還來了一堆不認識的，有某某大學來的，有某某中心來的，最多的是守候在現場的媒體，大夥在屋裡和室外的棚內進進出出，氣氛不再像昨天般緊張，取而代之的反而是興趣和刺激，尤其是一眼看到那傢伙，大夥兒從眼睛到口，總都是瞪得圓圓大大的，再傳導到身體上每一寸神經末梢。

鹿耳門溪堤南道路上多搭了兩個棚子，只有面向南給人進出叉空的，其他三面都垂下了綠色厚厚的塑膠布，底下撐著竹棍，壓著紅磚塊，阻擋入夜後寒冷的北風。

昨天在四草漁港的四個誘捕籠，其中一個送到了四草保護區，關著那隻大傢伙，漁港又增加了三個，全都是臨時趕製的大型鐵籠，被監視器緊盯著不放。電視台的十多架攝影機，在屋內和臨時塑膠棚內，盯著一台台監視器。

「喂！喂！好像有動靜了。」李文同指著監視器的畫面說。

凌晨一時多，棚架內又引起一陣騷動，一群人擠到監視器前，躺在一旁椅子上休息的人，一下子全圍了過來，攝影機和照相機也對準監視器，每個人都在等待。

「在哪裡？怎麼什麼都沒看到？」有人用手指著監視器的畫面說。

「咦！剛才有看到一個東西在那隻膠筏上動，後來看不到了，好像被碼頭擋到了。」李文同用手指著監視器，一臉疑惑。

「你看，膠筏在動！」

「那裡？」

「膠筏旁的水原來是靜靜的，你看，膠筏在晃動，旁邊還有水波。」

「看看，又來了。」

「上來了兩隻！快快來看！」負責監看另一台監視器前的人突然喊著。

「喂！拜託一下，手不要擋住啦！」、「噓！不要說話啦！」

一時看不到的，聽不到的，全都有了意見。

有人圍擠到另一台監視器前。

「那隻狗怎麼不叫？你看是不是趴下去了！」

監視器裡，一隻比昨天逮到那隻小一點的傢伙，像是從港中的膠筏爬了上來，有的腳在地上滑，有的還蹺了起來，不停的亂甩，根本算不清有幾隻腳，但都是相同的向前移，移到了誘捕籠入口。

籠內被繫住的流浪狗依然沒叫，這隻被抓來當活餌的小黃狗，早就被眼前大怪八爪魚胡亂甩的四肢嚇得沒有聲音，兩隻前腳慢慢的趴了下來，猜想牠此時的小腦袋眞不知在想些什麼，只不過幾天前面對捕狗人員的自我防衛狠勁，全都沒了個影，反而是從其他籠裡傳來的狗叫聲此起彼落。

爬進鐵籠的傢伙，朝向那隻早已癱在地上發出哀嚎的流浪狗包去，只見狗的四隻腳沒蹬幾下，沒力的扭曲，再也動彈不了。大傢伙倒是一副若無其事的自在模樣，整個身子蓋了下去，幾隻粗腳把可憐的狗兒，往扁頭下方的口慢慢的送。

另一隻隨後闖進來的傢伙，向已開始享用大餐的同伴近逼。正在進食的傢伙，見同伴逐漸靠近，緩慢開始移動轉向，幾隻腳向上攀附著鐵籠，整個身子一拉，「碰！」的一聲，兩隻穩當當的都進了鐵籠。

「漂亮！」監視器前的人有人擊掌喊著，也有人鬆了口氣，還有人被眼前活生生一幕生吞活狗景象嚇到，不說話的猛搖頭。短短不到一分鐘，全都被攝影機和照相機完整的記錄下來，像光碟片般的燒錄在每一個人的心裡，又在他們的臉上重新播放。

十分幾鐘後，另二台監視器也有了動靜，一堆人又圍了過去。

「三二八、三二八，聽到請回答。」

雙眼正盯著監視器看的執勤警員，身上無線電傳來呼叫聲。

「三一八聽到。」

「顯草街一段三百廿五巷卅八號有人報案，發現有食人水母接近住宅，請立刻趕往現場查看。」

原本在看監視器的人，眼光全都轉移到警員身上。

「三一八立刻前往，請重覆一次地址。」

「顯草街一段三百廿五巷卅八號，顯草街一段三百廿五巷卅八號，聽清楚沒有？」

「聽清楚了，立刻前往。」

「四草那裡有狀況？」李文同詢問正拿著無線電回話的巡佐問。

「對啊！我們現在要過去看一下，阿宗他們的車還是留守在這，只要有最新情況，我們都會通報，你隨時可以去聽阿宗的無線電。」巡佐對李文同說。

※※

三百多年前的古鹿耳門溪，曾是台灣近代歷史之門，鄭成功由鹿耳門水道帶領二萬五千大軍，登陸大員，也就是今天的安平。

三百多年來古溪改道無數，在新鹿耳門溪疏浚完成後，新溪東西流向，反而曾經一度是老大哥身分，站在歷史最前端的古鹿耳門溪，如今成了一條寬不到十米的小水溝，和鹿耳門溪垂直，從四草漁港注入新溪。古溪以西的南北狹長養殖魚塭地帶，居民限制入夜以後必需遷離，溪東一條寬不到八米的產業道路，連接著鹿耳門溪出海口和四草，巡邏車接獲通報後，沿著小路向南行駛。

三百廿五巷卅八號，和它左右其他的五、六間房子一樣，都是坐南朝北的二樓建築，四周全被養殖魚塭包覆。躲在二樓開著小窗戶向外張望的住民，看著遠處有警車的閃紅燈慢慢接近，仍無法消除心中的恐懼，直到巡邏車停在家門口，才將二樓窗戶打得更開一些。

「在二樓啦！」二樓窗後的男子探出半個頭縫，向剛到的巡邏車喊著。

巡邏車內警員搖下車窗，朝二樓看了看，準備走出車外。

「喂！不行啦！不要下車！」二樓窗戶裡的居民突然緊張的喊叫。

巡邏車內的警員將原已半打開的門又碰的拉了回來，只留下車窗上方一道小縫。

「剛才是在那裡看到的？」

「就在你們車子後面的那片魚塭！」窗內的人還用手指了指。

車內的四名警員幾乎同時將頭轉向車後方，從左到右掃了一遍，什麼都沒有，只看到兩台水車在魚塭內不停打轉濺水，在黑夜中閃亮著白花。

「什麼時候發生的？」

「差不多十幾分鐘前。」

「有沒有怎樣？」

「有一隻爬上來，就在電線桿旁邊，爬到路口拐彎那裡，就沒再看到，不知道會不會跑到後面去？」二樓的居民邊說朝著魚塭東指西指。

「這後面有沒有路？」警員朝著居民住的房子指了指說。

「後面都是魚塭。」

大聲的對話讓整排住戶都探出頭來，向樓下看著巡邏車，一樓早已關了門熄燈。

源。

「啊！」黑夜中突然傳來一陣尖叫，似乎所有住戶都聽到，將頭轉向屋內，想找出尖叫聲來

「發生什麼事？」巡邏車的警員高聲問。

「不知道是那一家，好像是隔壁的。」

靠古溪算過來的第二家，突然有人衝到窗戶口，向樓下的警車喊著說：「壞了啦！我阿母不見了啦！」

「怎麼會不見？」警員問。

「不知道啦！剛才說去一樓上廁所，後來就沒有了啦！你們要不要進來看一下？」

警車停在門口，二名警員先看了看四周，沒敢下車，待一樓客廳亮起了燈，屋主打開窗戶探頭向外望，做了個手勢喊著：「來！快進來！」

兩名警員幾乎在同時打開車的左右後車門，三兩步就衝進屋內。

「我們到後面去看看！」帶隊的巡佐說。

一樓後方廚房旁一間小小的廁所，靠著屋後牆的抽水馬桶旁，散落一地還沒用過的衛生紙，馬桶後方有一個比電腦螢幕大不了多少的小窗口。

「你們這都沒有裝鐵欄杆？」警員指著空洞的窗戶說。

「啊！慘了啦！」屋主的女兒還沒來得及回警員的話，一眼才看到破碎的木板散落在廁所地上，一下子喊著。

家人現在才看到原來的窗戶現在成了一個小小的空洞，什麼都沒有，怎麼剛才沒注意到？

「一定是被從這裡抓走了啦！」家人哭著跳腳說：「這是要怎麼辦啦！」

隔壁的人聽到哭叫聲，隔牆喊著：「春仔！是怎麼樣了？」

春仔走出廁所邊哭邊吼著：「我阿母被抓走了啦！」

「你們有沒有裝鐵窗？」警員再問一次。

「沒啦！這是鄉下地方，誰會想到要裝這個，只是兩片小的木頭窗戶，可以拉的那種。」春仔邊哭邊跳腳。

「趕快把門鎖起來，外面再用桌子擋住，不要再進來了，用二樓的廁所就好！」警員說。

無線電裡傳來：「巡佐！請你來後面看看，水車上好像有東西！」

「好。」

巡佐和另一名警員走到客廳，門才開了一半，似乎又想到什麼，馬上又關上了門，然後拿起無線電說：「你們的車不開過來，叫我怎麼走過去？」

巡邏車繞到了門前停在廣場上，巡佐和警員看了一下四周，一個箭步鑽進了不到兩米外的車內，瞬間關上了門。

春仔家廁所後方有一個小小的土斜坡，坡下不到二米就是魚塭，距離塭堤約三米外有一台水車，但並未打水，水車槳片上似乎纏掛著東西。

「你們二人留在車上，阿賢，你和我下去看一下！」巡佐說。

「這樣好嗎？」

「沒關係，你們替我看到後面，我和阿和不會走很遠。」

二人把槍拔了出來，輕輕推開車門，腳還沒著地，眼前一隻大腳從魚塭斜坡甩了上來，打在塭堤上的雜草叢堆，還甩上一條水絲，灑過巡邏車前方。

「快進來。」

「碰！」的一聲，巡邏車門又拉了回來。

一隻傢伙從草叢慢慢滑向巡邏車。

「快走！快。」巡佐說。

駕駛踩了油門，想繞個圓圈回到房舍前，但產業道路太窄，根本無法迴轉，只得先衝上前方二十米前通往一之九號道路的小斜坡，先開上較寬道路再繞圈回來。

才衝上斜坡，「啊！」的一聲，從底下根本看不到斜坡上的柏油路面，等到車衝上了斜坡，車頭瞬間朝下，已經來不及，車前三米有一隻傢伙趴在地上，幾隻大腳還沒來得及抬起，狀況還沒搞清楚，就被警車撞個正著。「碰！」的一聲，警車不但撞倒了那傢伙，還從牠正中央壓了過去，先是「噗！」的一聲，車子向左右晃了好大一陣，像是壓到了一個原本飽滿但隨後被擠破漏了水的大水袋，很有彈性，還噴了一些水到車前擋風玻璃上。

巡邏車來了個緊急左轉彎，繞回一百八十度，車燈照著那傢伙有好幾隻腳不聽使喚，有的黏在原本乾乾的柏油路面上，好像一團透明肉泥，靠尾端較細的腳還在不停扭動，在四周磨來跳去，像是被驚嚇後故意斷落引人注意的蜥蜴尾巴，沒過多久就靜了下來，全部攤平在地上。一個被撞破開始流出汁液的大頭，斜靠在幾隻擠成一堆半圓半扁的散亂大腳上，再也抬不起來。

「好像還沒死 ？」

「我看不死也差不多了，給我們撞得快爛了。」

「可是牠好像還在動，要不要再撞一次？」

「早就已經不動了啦！你是在怕什麼？」

「不用了，繞過去到剛才的地方。」

春仔家後方水車槳片上，掛了一隻透明的大腳肉條，就和剛才被車子壓扁的東西一樣，其他什麼都沒有。

八爪怪物再襲運河

沒有月亮，烏雲不散的凌晨二點多，低溫讓坐在椅子上的人直打哆嗦，保育課的楊文煌值班時帶來的二本書，還有下午才從網路印下來的一堆資料，散亂在桌上。

農林課在二〇〇四年改為自然保育課，並非主管保育業務的楊文煌，因為興趣，平日就時常進出保護區，看看鳥，算算樹，如今面對的是從沒碰過的大怪物，不停的看著資料，還猛查書，彌補濃厚興趣中的大缺口。

保溫杯裡的茶還是熱的，杯蓋一打開，冒出一股白色濃煙，瞬間就被冷風化去。

「嗨！李記者，你怎麼還不去睡？」楊文煌喝了一口熱茶祛寒，看到李文同走進棚內。

「事情那麼多，你們沒得睡，我也差不多。」

楊文煌倒了一杯熱茶給李文同，然後說：「剛才四草發生的事你知道吧？」

「知道啊！我本來在鹿耳門溪那邊看監視器，後來聽到無線電在叫，說四草有人失蹤，就開了車去四草部落，只看到一堆被壓在地上死亡的大傢伙，防疫所的人已過去採樣本，我拍了照，就順便搭巡邏車來這裡看看！」

「你們也有聽到無線電？」李文同繼續問。

「是啊！真的很可怕。」楊文煌用手指著警員胸前的無線電，眼神又瞄向池中的大怪物。透過消散的茶煙望去，鐵籠內的大傢伙，一動也不動的泡在水中，像是水族館的魚兒，入夜後早已靜悄悄的睡去。

呼呼的北風中傳來「沙！沙！」聲響，李文同不知道自己是否聽得仔細，拿起手中的相機，看了看四周。

塑膠布將中間的水池圍住了至少三百四十度的圓圈，只留下一個折開的小斜布出入口，門外十多米處停了一輛警車，還有二輛保育課和成大的廂型車。

又是一陣沙沙聲，李文同相信自己的感覺，也聽得很很清楚，肯定是從隔了水池對面封閉的塑膠布後方傳來。

李文同斜背著背包站了起來，看向對面的楊文煌，楊文煌也聽到了聲響，站了起來，先看看水池對面的塑膠布，再看看李文同。

睡不著的許宏彬，才過十二點就來到棚內陪楊文煌，二人聊了一個多小時，許宏彬斜靠在椅背上睡癱了，只剩下楊文煌和一名警員盯著眼前的大鐵籠和桌上的監視器，除了單調呼呼的北風，只有警用無線電不時傳來的通話聲和磁磁響。

對面的布棚外，傳來厚實「碰！」的一聲，連塑膠布也晃了一波，從對面傳導過來；頭斜靠在椅背上的許宏彬，被李文同在肩膀上硬拍了兩下，張大了眼睛，頓時從椅子上縮坐了起來，向四周瞄了一圈。

一旁的警員，右手按住槍套，左手拿起無線電，慢慢站了起來。左手抓起掛在胸前的無線電。「呼叫三一六、呼叫三一六。」

無線電停止通話的時間，不時發出「磁！磁！」聲響，讓他們避免打瞌睡，也是連接外界支持的精神力量。

「不對勁！外面可能有問題，要去看一下！」李文同快速走向棚架門口向兩側張望。

「三一六聽到，請講。」

「塑膠棚東側好像有動靜，請前往查看！」

在這個摸不清楚狀況的節骨眼，四周一片漆黑，沒人敢獨自下車。

警車發動了引擎，躺在後座睡覺的二名警員也被驚醒。

「我們開過去看一下！」開車的警員說。

「不行啦！後面靠近運河，開不過去，而且大門在前面，只有我們在這裡，萬一離開時有什麼東西跑過來就完了。」坐後座的另一人說。

「要不然你要怎樣？」

「要不然我們轉個頭，用車燈先照一下。」

「兩邊都順便看一下。」

「好。」

布棚北側及東側和運河距離都不到十米，地上是一片黃土地，還長了幾小叢孤單的鹽地雜草，地上的鹽定被車燈照得發出冷冷的暗紅色，細細在風中晃動。車燈掃過棚布的後側邊緣，地下出現不均勻光暈，微微亮亮，像是積水的小水灘。

「喂！喂！不對啦！」坐在車後的一人突然往前靠到駕駛座背後，用力拍了一下駕駛的肩膀喊著。

後座的另一人也瞪大了眼睛向燈照的地方望去，就在短短時間裡，三人都嚇得起雞皮疙瘩，六隻眼睛瞪著那塊約有車頂蓋般大的地上亮片，竟然伸出了另外二、三隻光亮大腳來，其中還有一隻靠在布棚外滑動。

「叭！叭！」的兩長聲，車內的警員一個個眼睛瞪得銅鈴大，全然傻在那裡，不知如何通知在布棚裡的人。一下子看到從沒見過的吃人怪出現，全亂了手腳，不知怎麼就壓下了喇叭，打了結的腦袋，也不知道按喇叭是在警告棚裡的其他人，還是想嚇走那大東西！

「現……現在要怎樣？」駕車的警員頭也沒回，問坐在後座帶班的巡佐，說話已開始結巴。

「等一下，先趕快回報，並通知在布棚裡其他的人。」

原本站在布棚門口的李文同，看著布棚前沒有動靜，向左轉了個彎，彎著身子看向布棚南側空地，哪還得了，就在二、三十米外，地上出現了好幾堆直立的模糊物體，發出低沉沙沙響的緩慢移動。

多年來，從拍東方環頸鴴的鳥蛋，到拍水母，再到鯨的解剖，李文同不知來過這裡多少次，對這裡地貌景觀熟得不得了，就算是在平坦地面長出的深紫色鹽定，也知道沒有幾棵。如今李文同一眨眼的向空地望去，雖然眼前黑暗中出現的物體十分模糊，但卻可以確定，眼前這些看不清的，是這塊平坦地多出來的東西。

在警車叭了兩聲後，李文同和棚內的人，和兩輛停在棚布出口處不遠公務車裡的人，全都嚇了一跳。尤其是兩輛公務車一下子打開了車前燈，原本眼前模糊不清的物體，全都現形成一隻隻怪物，而且被照得全都把下垂在後方的大扁頭給拖到了一堆腳的正上方，移動的速度也加快起來。

連續的喇叭聲驚醒了布棚裡的人，還沒走到布棚門口，就見李文同衝入棚內大喊：「那個東西來了啦！快跑。」

棚內的警員手摸著槍套，走到靠近門口附近，先用手電筒往布棚門口四周上上下下照了一圈，再照門外的巡邏車，看到巡邏車後座有人向他比了一個往前指的手勢，比得似乎很急，還連續向前指了好幾次，好像有話要說，又嚥了回去。

「那東西來了啦！快……快跑啦！」憋不住的李文同，站在警車和布棚門口揮手喊著。

停在棚外的另兩輛廂型車，聽到了急促的警車喇叭聲，早已發動了引擎，等著接自己單位的人上車。

面朝東停放的廂型車，原本的目的就是爲了萬一發生狀況，車燈可以照向布棚南側，卻沒想到才一開燈，燈光就掃到正前方才剛從運河上岸的兩隻大傢伙，原本拖在後方的大軟頭，被燈照得一下子直立了起來，沾著黃土的身子好似沾了花生粉的大麻糬。

「叭！叭！」也不知道是那一輛車出的聲，站在布棚裡的警員還沒向站在兩旁的楊文煌和許宏彬說話，兩人已經明白外面一定是出了事，慌亂中又不知道如何是好，三人只是對眼互看。

「趕快上車啦！」保育課廂型車內的人也猛喊。

「快快！這裡有三隻要過來了啦！」

已先衝到警車旁的李文同又大吼：「快上車，還等什麼等？」

布棚裡的三人見狀，拔腿跑向各自的車裡，「碰！」的一聲關上車門，按下保險鎖。

「三二六、三二六，請回報現場情況。」

「現場發現兩隻大……」

回報的警員突然停住，不知道該叫牠大什麼。

「嗯！就是……那個電視上的大怪物啦！」

原本停在南寮入口管制進出交通的另一輛巡邏車，聽到呼叫後也閃著紅燈趕到現場，在到達運河前五十米處，看到地上有一團亮肉在過馬路，馬上踩緊急剎車，那東西就在車前不到五米的地方，從右側草叢滑向左側的舊宿舍。

突然間有一隻透明大腳從舊宿舍牆內跨了出來，一個往下就到了半牆高，隨後又是二、三隻腳翻過舊牆，然後看到一個大扁頭被支撐到了牆頂，再靠其他大腳送到隔壁無人居住的空屋。

巡邏車的四名警員早已看得目瞪口呆，說不出一句話來。

「趕快開過去啊！還看什麼？」車內的巡佐喊著。

駕車的人恢復神智，找回了右腳，踩下油門。

車行到一百多米外運河尾端，還沒來得及右轉，在直亮亮的燈前，十多團大亮肉在移動，有高有低，大小都有，像一群沒有組織透明散亂的幽靈，在黑地上飄蕩，夾雜著從泥土地捲起石頭滾動又落下的碰撞聲。

「三一五、三一五，是不是已趕到現場支援？」

「三一五回答，已趕往現場，距布棚還有約一百米。」

「請回報現場情形。」

「至少已見到十多隻在陸地上爬行。」

「是否受到攻擊?」

「並未受到攻擊,但發現數量愈來愈多,至少有好……好幾十隻。」

「請描述得詳細一些,有辦法應付嗎?」

「嗯……牠們體型很大,而且有的正陸續從運河爬上土地,還……還有較遠的地方,也看到許多小白點,就在運河旁的堤防上,而且……」全亂了手腳的警員不知如何描述。

已衝進車內的楊文煌,用半抖的手撥行動電話給顏昇祺,手機掉在座椅下方,彎著腰也沒摸著。只是急喊著:「快啦!再不走就走不了了!」

早已上岸的五、六隻大傢伙,朝保育課的廂型車爬來,嚇呆的駕駛,生平從沒見過此等場面,那敢向前開?心想萬一撞到這些大東西,根本就是羊入虎口,大夥全會成了肉包,靈機一動,先向後倒車,轉個彎再調頭將車開走,才是保命上策。

沒想到車一倒,整個車身先是向下猛然一震,車上的人又從椅上給彈了起來,心知不妙,才想到車後有一條深約二十厘米的長溝,是挖在鹽山四周的排水溝,水溝裡雖是沒多少水,卻是一堆爛稀泥,無論車輪再怎麼轉,也只是打滑旋起一堆泥濉水,不停打轉。

「啊！壞了！你實在……要不要趕快下車，衝到成大的車裡？」楊文煌說。

「不行啦！出去穩死的，你看！」駕駛人用頭示意著車窗玻璃外。

二十米外的警車見到廂型車後輪陷在水溝裡打滑，知道情況不對，加速油門衝向前去，想要解圍，但廂型車後方是水溝，水溝再後方是廢棄堆置的廢磚塊和枕木，根本就過不去。廂型車前方五米內，五、六隻大傢伙有進無退，警車不敢冒然插進窄小的危險地帶。

「砰！砰！」兩聲，槍聲震響了附近方圓幾公里的夜空。距離廂型車最近的一隻大傢伙倒了下去，只見到頭下方的幾隻腳還在地上亂打一通掙扎，濺起一陣乾灰塵土。

「衝過去！快！」巡佐說。

車後座的二名員警，見巡佐開了槍，一隻大傢伙馬上倒下，瞬間也壯了膽，把後車窗搖下一半，掏出手槍伸到窗外，對準正靠近廂型車的另外幾隻開槍。

砰！砰！接連著又幾槍，一隻被槍打中連著頭部下最粗的腳，發出「噗！噗！」的聲音，體內噴出一堆液體，被槍打中的大腳，瞬間抬得老高，甩了一陣肉鞭，高高舉起，在空中劃出一個小圓弧，重重打在地上，動作遲緩了下來，但並沒有死，不停蠕動。

坐在警方後座中間的李文同，看著五、六隻傢伙在連續槍響後，非死即傷，再也站不起來，攤了一地。十幾米外仍有傢伙向前擁上來，就像是一批前仆後繼的肉圓敢死隊。

李文同被左右警員的連續槍聲，震得耳鳴，身子趴向前座的巡佐和駕駛中間喊著：「快！趕快用屁股朝他車頭撞，我知道可以撞起來！」

巡邏車趁機衝進廂型車前的空地，還壓過幾隻趴在地上的肉塊，車子連續顛了好幾下，車後座警員的頭撞到了車頂，車頂的警示燈也晃蕩作響，只差沒掉下來。

衝向廂型車前的警車，使勁一個倒車，廂型車被猛撞了個朝後一擠，「碰！」的一聲，後輪被撞離溝底，上了水溝後方的廢磚塊區。

「快啦！」巡邏車後座的警員將頭伸出車窗外，還打圓圈比了個手勢，示意廂型車駕駛趕快踩油門往前衝。

臉色早已發青的廂型車駕駛，經過這麼一撞，魂又給撞了回來，看著不停閃著警示燈的巡邏車擋在前面，清出一塊安全的行駛空間，右手一拉，換到加力檔，全身重量集中在腳底猛踩，「碰！」的一聲，廂型車在瞬間跳過了水溝，向上彈了一尺高。

先前早已駛上柏油路面的成大生物系車輛，眼看著後方市政府廂型車衝過了泥水溝，又緊轉了個大彎，繞到他們車後方，兩輛車沿著舊宿舍區小路，頭也不回的往南寮宿舍開去。

棚架南北兩側的巡邏車，警員不停的從車內向東側和北側運河畔開槍，在短短二十多米距離內，有傢伙被一槍擊中頭部，斃命後軟趴趴的倒在地上，再也囂張不起來；但也有的只打到了靠近頭部的粗粗大腳，一團肉球在地上喘動，在發出「噗！噗！」聲的同時，慢慢流出無色體液，將附近一片黃土地弄得溼溼黏黏的。受傷的大傢伙，半歪著斜斜的扁頭，液體從扁頭底部向半空中噴出，有的竟然噴到超出一樓高。

「喂！快走！」

「好，一起走。」

兩輛警車在土地上轉個半圈，開上了柏油路面，後座的警員還回頭向後張望。

數百米保護區低地停曬鹽田之外，遠方的本田路低空出現紅藍間歇的閃爍燈光，至少有五、六輛巡邏車朝此急駛而來。

大傢伙繼續上岸，兩輛警車棄守後方的戰場，快速衝出無人居住的舊宿舍區。十多輛警車在南寮社區入口處的小十字路口停下，警員下車持槍向四周張望，還不時用手電筒在附近掃射。

李文同下了車，看向四周。警笛和警示燈在濃濃黑夜中，映照在路兩旁黑漆漆的紅樹林，隨風輕搖，從游水將軍廟向東望去，一長排南寮社區三樓的房舍仍靜靜的豎立在地平線上，就和平日一樣，房舍東側的運鹽運河，已陸續被入侵一大群怪生物攻占。

「李記者，還好吧？」下了車的巡佐，拍著李文同的肩。

「還好啦！只可惜照片沒拍到。」

四草野生動物保護區內出現了從未被記錄的野生動物新品種。

八爪怪物從何而來？

二〇〇四年十二月十七日

運鹽運河旁的的大塑膠棚，除了中間一塊凸起，整棚散亂折痕的平趴在地上，像古早馬戲團表演完，已拆了一地，卻還未收起的大帆布蓋，中間被鐵架撐凸了一大塊。棚布上東一塊西一堆的黏液，有的拖了長長一條，有的好像胡亂畫符，被小雨沖得四散漫流，在泥土地上凝聚出許多小泡泡。

警車、救護車、消防車和各單位的行政及專業車輛，停滿在運鹽運河尾端西側空地。黃的雨衣、灰的雨衣，全是溼的雨衣。還有打傘的人、帶手套的人、拿鐵棍的人，在一片泥地上整理凌晨二點以後留下的爛攤子。

「沒想到一下子來了那麼多，還好我們溜得快，要不然你們現在就會看到我的相機在地上。」李文同在警車上小睡後，一大早又回到了布棚旁的案發地。

「不光是相機在地上，還有背包。」許宏彬說。

「噢！對，背包太大，也不好吃。」李文同回嘴說。

「不是太大，是太髒，牠嚥不下去。」許宏彬故意調侃李文同。

經歷一夜的驚恐，幾個人疲累的臉上，難得的露出笑容。

「那兩個在宿舍裡的人，昨天一定喝醉了，根本就沒聽到來來往往忙碌催叫不停的警笛。要不然就是已經醉得不醒人事，連門都沒跨出一步，實在是……」鹽田里長林清城邊說，邊看著進進出出的警方人員。

「我總覺得牠們會選到這個地方，和三年前水母聚集在那邊那幾個大池，一定有關？一定有什麼我們不知道的理由，吸引著牠們。」李文同隨後向李朝全說。

「我也覺得有些怪的，文同，你記不記得二年前我們在四草地區撈到一堆海月水母，帶回所裡飼養，後來養不活，全死了，當初養水母的水池就是昨天我們放那隻大的水池，只不過昨天多加了一層鐵網。」李朝全說。

「三年前第一次發現水母進入保護區，有漁民把牠放在手中把玩，說沒有毒，還笑嘻嘻的展示給人看，想來的確可愛，牠的圓頭好一個小排球一樣。但二年前我們在四草魚塭撈起來的水母，卻幾乎全都是海月水母，沒有第二個品種，較三年前共發現六、七種水母的情況差了很多，現在來的卻是變異種，我覺得你們不妨可以嘗試做水質分析。」李文同說。

「你是說？」李朝全再問。

「我是想說可不可以用一般的海水，和運河的水，甚至還有漁港的水，最好是再加上牠們曾經出現水域的水，做交叉比對分析。如果能夠抓到一定的量，甚至可以分養在不同水中觀察，說不定可以找出一些蛛絲馬跡……」。

李文同話還沒說完，防疫所課長張竹明走上前來：「所長，那兩隻放在魚塭裡的怎麼辦？我們和成大的人現在都還在那裡看著。」

「我已和農漁課長張福平聯絡過，我們那裡的池太小，這裡已不能用，實在太危險，所以可能會先運到安平漁港旁的活魚儲運中心，他們還在請示農委會。」

塑膠棚已被拆下，從二、三十米外，很清楚可看到放在水池內的大鐵籠，但並未看到那隻大傢伙，大傢伙早已無力的平趴在鐵籠底，動也不動一下。一輛吊車倒車慢慢靠近鐵籠，準備將鐵籠吊上卡車，一併送往活魚儲運中心。

「我看這隻不太行了！」王建平說。

「我看活不過今晚，可能最多到明天就會完蛋。」李朝全說。

「那也沒辦法了，該採的都採了，也沒有什麼進展，新的那兩隻再看看有什麼可以做的沒有。」

王建平接著說：「對了，剛才李記者說到不同水域的水質分析，我覺得可以試試看，至少目前採取各點的水樣還不是很困難，如果捕捉到的數量夠，還可以測試牠在不同水質間的反應。」

「嗯！這個我們可以馬上做。」李朝全隨後找來張竹明交待了幾句，張竹明也拿起行動電話開始撥號。

「所長、教授，這裡還有沒有什麼要幫忙的？如果沒有的話，在鐵籠運走後，我們這裡預計下午四時以後開始封閉，宿舍裡今晚一律不准留人，我們的巡邏車會守在入口處的游水將軍廟路口。」吳文忠說。

「分局長，不好意思，等鐵籠運走我們就會一起跟到安平漁港去，這裡晚上絕對不能再留人了。」

李朝全接著說：「那四草那邊怎麼辦？」

「我們已派人前往通知，凡是住在古鹿耳門溪旁的民眾，今天下午四時以前全部遷離，光是今天凌晨就死了三人，還有二人失蹤，搞得我們焦頭爛額，我看那兩個失蹤的也凶多吉少，絕不能再冒險！」吳文忠說。

「什麼？不是說兩個人？」

「一個是在家中上廁所時被從廁所後窗拖出去的；還有一個是獨居在魚塭旁小屋裡；另一個是騎機車經過發生意外；還有二名釣友失蹤。」

吳文忠接著問：「這樣下去如果找不到其他防範辦法，實在很難圍堵，除了警政署已決定調派其他單位支援，聽說也考慮請軍方協助。」

「我聽李記者說，過去三年來這裡都曾出現過水母，有大有小，而且數量有時多到好幾百萬隻？」吳文忠問。

「去年春天我們爲了研究，從安平漁港抓來約五十隻海月水母，放在陳平常的停養魚塭裡，但一個多月後，水母全部消失，反而在旁邊的另外兩個魚塭裡大量繁殖，更怪的是這兩個魚塭並不相通。」李朝全向吳文忠說。

「我也聽說過，而且還看到老里長王佐雄早上餵魚吃飼料時，飼料才灑在水中多久，一群水母就聚集過來，搶吃飼料。」四草里長蔡進壽比手劃腳，說得炯炯有神，還看了看李文同說：「阿同也有去看過，對不對？」

「可是水母一看到相機，全都不出來。」李文同拿著相機有模有樣的說。

「牠們也會害羞。」王建平說。

「不是！牠們看到比牠們大得多的水母肚，還以爲是祖先前輩來了，嚇得不敢出來。」許宏彬斜眼看著李文同的圓肚。

「哇例累！」李文同右手高舉起相機，作勢要打許宏彬。大夥又笑成一團。

「老里長養的是什麼魚？」王建平隨後問。

「我也不知道。」蔡進壽說。

李朝全在一旁答腔說：「我以前和屏東海生館的人去撈過一次水母，老里長說是他哥哥的魚塭，也沒特別養些什麼魚，但多半都是吳郭魚。」

「有沒有虱目魚？」

「雖然有，但好像很少。」

「我們去找他問一下，順便看看現場。」王建平說。

※※

四草里老里長王佐雄卸下里長重擔，無事一身輕，在他哥哥的二處魚塭養魚，魚塭東側是古鹿耳門溪，西側五十米外是四草堤防，王佐雄每天上午八時至九時，提著一個小小塑膠桶，再用小勺把飼料灑向魚塭。

「所長你們怎麼來了？那邊的情形怎樣？」王佐雄餵完魚後，正在反鎖魚塭旁倉庫的門，準備離去。

「不好，所以才來向你請教。」

「你是說水母的事？」

「對，我請問一下，你現在灑飼料養的是什麼魚？」

「沒什麼啦！根本也沒有放什麼魚，多半都是養好玩的，多數是吳郭魚。」王佐雄說。

「你還記得去年秋天，你這裡不是跑來一大堆水母？」

「是啊！是怎樣了？」

「當時養什麼魚？」王建平想問個仔細。

「一樣，還不都是魚塭停養後一些剩下的，魚不多，幾乎全都是吳郭魚。」

「有沒有虱目魚？」

「最近幾年都沒放，就算有也是很少。」

「哦！」王建平若有所思的說。

「聽李記者說你去年早上餵魚吃飼料時，很多水母都會聚集過來？」

「對啊！我當時看到他在遠處的另一個魚塭拿著相機拍照，太遠了，看不清楚，沒有認出他來，覺得很怪，就站在這裡大喊，後來他認出我來，走過來問我是不是在魚塭裡看到水母，當時我就說有，而且還告訴他說我不但有看到水母，而且還『餵水母』，當時他還不信。」

「後來呢？」

「後來我就到屋裡拿出飼料，走到前面這裡，灑飼料餵魚，但說也奇怪，當時餵了好幾次，只有看到一堆魚，沒看到水母。」王佐雄邊說邊用手指著魚具倉庫和魚塭說。

「隔壁是不是陳平常的魚塭？」王建平問。

「你說那裡！」王佐雄用手指著靠北側的另一處魚塭說。

「對。」

「陳平常的魚塭裡有虱目魚，雖然有時養有時不養，很少在餵，但他的虱目魚好像不少，而且我還看過超過三台斤大的。」

「爲什麼沒餵飼料還會長那麼大？他的魚塭裡是不是有很多藻類？」李朝全問。

「我看藻類是多了一些，但好像又不是很多，可是好像全年都有。」王佐雄又補充了一句：「虱目魚會吃藻類，可能是長得比大的原因。」

「可是藻多了也不好啊！」李朝全說。

「對啊，我也覺得奇怪。」

「你說你的魚塭和陳平常的魚塭是不通的？」

「是啊！」

「也不通海？」

「是。」

「你沒有用勺子從那邊弄水過來？」

「從來沒有。」王佐雄肯定的說。

「我一直到現在還搞不清楚，爲什麼你們防疫所去年在他的魚塭放水母，但水母後來不見了，反而我這裡沒放水母，卻來了一大堆。」王佐雄接著說。

「我們也搞不清楚。」

「教授，你看最近這個會吃人的東西和以前看到的水母是不是有關？」王佐雄問。

「我們也還不清楚，只是覺得有些東西好像怪怪的！」

「什麼東西怪怪的？」王佐雄一臉疑問。

「我也說不上來，就是最近幾天在有些魚塭旁，會看到一些死的虱目魚在魚塭土堤或一旁小路上，起先還有人懷疑可能是有人在晚上偷魚，後來證實是被那傢伙給丟上來的，難道這傢伙不喜歡吃虱目魚？」王建平說。

「你這裡最近都沒有出現大傢伙？」

「沒有。」

「以前你這裡有水母時，有沒有發現吳郭魚死亡率特別高？或是撈起來以後數量比較少？」

「以前那時的水母都不大，了不起和一個碗口那麼大，我知道牠們會吃小魚苗，但大魚牠們吃不下；對了，你們可以去問嘉南大排小木橋南側有一塊魚塭，那裡養的是石斑魚，以前聽說被水母吃了不少，塭主氣得半死，卻一點辦法也沒有，因為水母進到他魚塭時實在太小，根本就看不到。」王佐雄說。

「嗯！這我也聽李記者說過。」

「對了，我想起來了，李記者去年來我這裡看我養水母的時候，還在我和陳平常間的那條塭堤上來回走了好幾次，拿著照相機猛拍，當時他還問我有沒有看到水母爬過魚塭，當時我覺得根本不可能，但從現況看來，當初李記者說的搞不好是眞的呢！只是沒被我們發現，如果是在夜裡，根本就不會有人知道……」

※※

安平漁港西側燈塔旁，一棟高三樓的大建物，是漁港旁唯一一棟建築，是農委會在全台興建的第一座活魚儲運中心，各地的水產種苗收集在此臨時儲養，再用船運送到東南亞一帶。

活魚儲運中心總工程經費約九千萬元，二〇〇二年十月開工，二〇〇三年底完工，儲運中心內的四十二座水槽，中心一樓地上一字排開，長九米、寬二米、高八十五厘米的水槽，兩側呈圓弧形，原本是輸往國外的活魚先在此集中養殖，再透過天車和吸魚機等設施，進出移動水槽，魚苗從中心旁的安平漁港碼頭上船駛往國外，希望提高台灣活魚的國際競爭力。

「再下來一點！」

「兩邊要壓緊！」

「好了沒？好了就要開門了！」

一輛天車吊著大鐵籠，緊靠在已加了鐵架的長型水槽上方，「匡噹！」一聲，大鐵籠平放在水槽上的鐵架上。

「快啦！快！一定要壓緊！」

「那邊好了沒有？」駕駛堆高機的人長聲喊著。

「等一下！」

「要對準一點！要不然被牠跑出來就不好了！」

「知道啦！我又不是不怕。」

兩個在水槽側邊的堆高機，兩個大鐵叉上架著兩片大鐵架，擋在大鐵籠旁的兩側，當鐵門斜開時，鐵籠裡的大傢伙直接斜滑到水槽裡。

大水槽旁和天車旁的高台，至少聚集了上百人目不轉睛的看著。

「有沒有放魚？」

「放了。」

「牠怎麼都不太爬？不想吃魚？還是吃飽了？」

「不知道！可能是沒有精神了，就和前面二隻一樣。」

「我看眞可能是差不多了。」李朝全說。

「我們的東西搬過來沒有？」王建平問。

「等下就到。」工作人員說。

李朝全似乎突然間想到了什麼，就拉著工作人員問：「前面兩隻餵的是什麼魚？」

「餵的魚種和數量有沒有記錄？」王建平似乎也想到了相同問題。

突然被拉住手的工作人員似乎也被嚇了一跳，接著說：「都是活魚。」

「我知道都是活魚，但是什麼魚？有沒有虱目魚？」李朝全趕忙著再問。

「多半是吳郭魚，還有一些雜魚切塊，沒有虱目魚，怎麼了？」工作人員一頭霧水。

「現在可不可以找一些虱目魚來？要活的。」

「應該可以，但要到魚塭去撈，可能需要一些時間。」

「快去找，找個十幾尾來，全都要活的。」

「可以，要多大的？」

「過冬的現在還沒養肥，如果有五寸的，找個幾十尾過來，再找一些十兩以上的，如果有更大的也拿個幾條過來。」

「要到不同的魚塭才能找到不同大小的魚。」

「哦！對了，如果可以的話，再帶一些吳郭魚和白蝦過來，全部都要活的。」李朝全再叮嚀。

「好，這就去。」

「等一下。」李朝全話才說完，就打開手機，「理事長你好，我是防疫所長李朝全，我們現在需要找一些不同大小的虱目魚，如果有吳郭魚、白蝦或其他魚種也可以，但都要活的，可不可以請你幫我連絡一下？」

「可以，我找幾個班長問一下，什麼時候要？」漁會理事長陳大圍一口答應。

「愈快愈好，因為他們都很分散，我們的人過去可能不好載，如果方便的話，看他們有沒有時間替我們送過來最好，請他們送到活魚儲運中心，是要研究用的，就是那個大水母。」

「沒問題，我現在就打電話，等下給你回電。」陳大圍回話說。

折騰了二個多小時，三隻大傢伙全被封進了三個水槽，水槽上方平蓋著鐵架，並用天車吊到最靠邊的角落，和一旁將運往國外的活魚水槽分開。

二樓走道旁的三台攝影機，每一台瞄準一個水槽，繼續記錄水槽內動靜。進了水槽的大傢伙，懶洋洋的在槽底滑動，偶爾見到幾隻伸出鐵架小洞細軟的腳，攀捲在鐵架上，不時扭動著，有時一下子又縮回到水中，不一會兒又換著腳從其他鐵架洞口伸出，繼續和先前一樣的摸索，大大的透明軟頭始終平躺在水中。

一堆人站在二樓平台上望著，沒有人確定下一步該怎麼做。

※※

活魚儲運中心開張幾個月，從沒如此忙碌過，也沒如此緊張過。在月黑風高的安平漁港，樹影搖晃，映著幾分儲運中心明亮燈光，這裡不但擁有活魚輸出賺取外匯的本錢，如今更成了新發現物種研究中心。

大鐵籠把大傢伙送入水槽後，又載運回四草，但只有一個和過去晚上一樣，繼續放在漁港旁漆黑的碼頭，另外二個鐵籠改放在昨晚被大舉入侵的四草保護區運鹽運河畔；還有一個嘗試性的架在古鹿耳門溪東側魚塭邊，工作人員在不同點繼續錄影監測。

古鹿耳門溪沿岸居民在下午四時以後全部撤離，附近產業道路被黑色拒馬封鎖，除了少數微亮的路燈，此地的沿海如同棄守的家園，廣大的魚塭民舍，除了魚塭內傳來水車打水聲，混著間歇的呼呼北風，全然寂靜。

儲運中心一樓辦公室內，多了好幾台顯微鏡和分析儀，桌上小格鐵架內，整排滿光透試管，靠牆的瓶瓶罐罐，不同節肢浸泡在福馬林液體內，透過弧狀玻璃望去，細細的腳也被折射成好粗一條。

「只剩下一隻活的，還要送到澳洲嗎？」

「我看不要了，這一隻我看也活不過明天，等今晚四草抓到活體再說。」李朝全說。

「牠們體內的汞含量怎麼解釋？」張竹明又問。

「黃副教授也覺得奇怪，他認爲雖然過去曾在舊台鹼水池和鹿耳門溪做過水產檢測，底棲水產的確有含汞量偏高，但都只限於內陸水域，而且都是靠近舊池的水體。但這些來自海洋，汞含量卻偏高。」李朝全看著黃煥彰說。

「漁業署過去長年在台灣地區沿海檢測水產，最明顯的發現是綠牡蠣，都是含銅量偏高，但近幾年來偏高數値海域都在新竹香山一帶海域，就算是二仁溪含重金屬量偏高，但距離這裡有十幾公里，檢測並未發現其他重金屬含量有明顯異常，卻只有汞，是未見過的新例。」

農漁課長張福平接著說：「除了汞以外，會不會還含有其他未檢驗出的物質或毒素？」

「如果我們猜測這些汞的來源和大池有關，我們就必需再檢測五氯酚和戴奧辛，但檢測一件需要三萬元，而且很費時間。」中華醫事學院副教授黃煥彰說。

「我們如果有合理的懷疑，而且現在是非常時期，能夠儘早找到答案最重要，我想上面一定會支持。」李朝全說。

「好！我來和成大毒物研究所問問看。」黃煥彰說。

一個新訂製的大玻璃水箱運到了儲運中心一樓，吊車將已死的大傢伙屍體裝入箱內。一個大而圓歪歪的頭，泡在水中，讓人想到電影情節中被逮到死亡的外星人，也都是泡在這種大玻璃缸裡，兩個死魚眼睛猛盯著向外看，頭底下的幾隻腳，散亂的堆纏在箱底，舊蓄養槽內的水也被放光，全流到距中心旁的安平遠洋漁港。

「所長，編號三水槽內要不要再放虱目魚？」

「暫時先不要，我們現在只剩這一隻了，如果要做新嘗試，等今晚抓到其他的再做打算。」

「現在可以證實在封閉水域中，虱目魚可能是造成牠們致命的原因嗎？」張竹明問。

「還不能，頂多只能看出牠們對虱目魚有明顯的排斥感，或者是說比較強烈，至於不同區域水樣的差異，還有待分析。」

王建平接著說：「似乎愈大尾的虱目魚，對牠們所造成的直接影響愈明顯，我們都看到虱目魚才放入水中不久，牠的活動力就明顯增強，起先還猜測可能是類似在水中加入了興奮劑的物質，但後來看又不像，也許是一種強烈排斥，不得不使勁的除去它，可是因爲被鐵架封住，甩不出去的虱目魚體漸漸被打爛，也造成更多物質滲入水中。」

「教授，你過來看，趕快！」成大生物系的研究人員從另一間房間跑進來，打斷他們的談話。

顯微鏡底下的半透明球形物質，有的開始變成長橢圓形，有的開始出現兩個小灰點，不仔細看還根本瞄不到，而且數量多得驚人。

「啊！慘了！」

王建平的眼睛離開了顯微鏡，衝出辦公室跑向大水槽旁，拉著人就問：「那兩隻死的水槽，水都放掉了？」

「編號一的放完了，編號二的還在放。」

「趕快停住，不要再放。」王建平急喊著。

一頭霧水的工作人員，也不知道究竟發生了什麼事，看著王建平緊張忙亂的表情，似乎立刻反應過來，知道情況不對，馬上擰住水槽下方的開關，雙手用力旋緊。

王建平趴近水槽旁向裡看，然後說：「放了多少？」

「不到三分之一。」手還擰著放水開關的學生，蹲在地上抬頭斜看著王建平。

「以後所有水槽裡的水都不能放，工作人員絕不能靠近，更不能用勺子舀，知不知道？」王建平說。

一臉狐疑的工作人員還沒來得及發問，王建平趕忙用手向水槽內指了指：「水裡面有東西。」

包括李朝全和其他研究室裡的幾名工作人員也衝了過來，除了成大生物系研究人員之外，沒有人知道這一群人究竟發生了什麼事，只看著大吼大叫的沒完。

王建平推著李朝全的肩膀，帶他到剛才研究室裡的一個顯微鏡旁說：「你看。」

李朝全低下頭，不到二秒，猛然抬起頭來，一臉驚異，只說了「壞了」兩個字，頭向遠處的水槽望去。

「編號一水槽裡的水還有沒有沒倒完的水？就算是剩下一點點也好，快去問！」

「好！」一名研究生朝水槽快跑出去。

「還有一些，可是只剩下底水。」研究生從外面傳來喊聲。

李朝全和王建平又跑到編號一水槽旁向裡看。

「嘉瑜，多拿幾個乾淨的空瓶來，全部把它裝起來，再用新海水沖洗一下水槽，沖出來的水也倒在瓶子裡，拿到房間裡去。」

王建平接著說：「達開，通知所裡再搬一些東西過來，再多叫幾個人過來幫忙；還有，所有過程全部都要錄下來。」

儲運中心西側的木麻黃防風林，平日的夜晚單調淒清，今晚的樹影依舊晃蕩在枝頭，映著中心傳來的燈光，長條光影透向夜空，一群人在幾百坪大的屋內忙碌。六台顯微鏡前的人影來來去去，桌前的樣本不停更換，貼上不同顏色的標籤。電腦畫面上大大小小的表格跳來跳去，每過一段時間，就填上新的數字，ＸＹ軸的圖形線繼續不規則延伸。

「牠的直徑太小，不像櫛水母，反而像是多毛類的浮游生物，所以被我們給忽略掉了。」研究人員接著說：「所有的類似樣本都是在編號一水體內發現，編號二的都沒有。」

「所長，依你看，虱目魚體內是否有某種物質迫使牠感到不快，甚至會激化牠體內的變化？」

王建平說。

「教授，這種現象有可能是激素激化的結果，但會不會有可能正巧碰到牠的繁殖期？」研究人員問。

「或者是二者都有也說不定，只是我們的樣本太少，還難以確定。」王建平說。

「牠體型太小，卻含有高量的汞，汞會不會是造成牠死亡的原因？」

「教授，搞不好虱目魚是造成牠『人工流產』的原因？」

「不對啦！是『魚工』流產。」

「虱目魚可能是牠很有效的『墮胎藥』。」

「對哦！搞不好還是新發現，可以考慮開發。」

大夥笑成一團。

二〇〇四年十二月十八日

東方天色微白，大夥兒躺的躺，倒的倒，換班的人繼續在天台和研究室裡忙碌，看著編號三水槽內唯一的傢伙活動力逐漸減低，一動也不動。才餵食的巴掌大吳郭魚在水槽裡游來游去，偶爾還用那小黑嘴去啄牠那幾隻粗粗的觸手，一點也不怕眼前這隻大怪物，一付自在模樣，好像住在海葵中的小丑魚，有得吃又有得玩，還安全得很。

「所長，放在四草的四個鐵籠，只有在四草漁港捕到一隻，其他三個鐵籠都沒進帳。」防疫所人員輕搖李朝全的肩膀說。

「奇怪了，怎麼會這樣？」

「我們也不知道。」

「捕到的那一隻現在怎樣？」

「比這三隻都小，只有牠們的一半大。」

「警方那裡有沒有新消息？」

「昨晚全部平安，簡直就是出奇的靜，值班的人全都回去休息了，連警方人員也感到意外，但這也是最好的結果。」張竹明說。

「所長，有你的電話，李文同打來的。」

「你好，我是李朝全。」

「所長你好，因爲你的手機打不通，所以才打電話來。」

「抱歉，因爲整天都在外面，還沒有回家，手機沒電了，謝謝你。」

「跟你說，昨晚到今天上午，只有在漁港發現一隻小的，正在運往儲運中心，其他三個鐵籠都是空的，警方說會繼續派人看守，你那裡有沒有什麼特殊的？」

「沒有，沒有，天亮了，我看暫時是沒事了，謝謝你；對了，還有昨晚都沒有發生其他意外？」

「都很順利，而且是出奇的平靜，如果都能這樣就好了。」

「我也希望如此。」

「你們那有沒有什麼新發現？」李文同繼續問。

「三隻已死了二隻，但是在其中一個水槽裡發現有新的小東西，王教授的學生發現的，目前擔心可能是牠新繁殖的幼體，但還不能夠確定。」

「你的意思是說牠已經開始有了後代？」

「我們擔心的就是這個，如果是在魚塭裡出現新的繁殖個體就麻煩了。」

「魚塭裡會不會有？」

「我們還不知道，但是有一槽的水已倒在漁港裡去，現在還是一團亂，也不知道會有什麼後果，眞是的！」

李朝全接著說：「不過我們也發現許多疑似後代的小個體尙未成長就已死亡，有些在發現時就沒有活動跡象，還被其他較大的浮游生物給吃了，而且水在倒進漁港後，還得面對其他比牠們更大的許多浮游生物和魚類，存活機率很低，很難掌控。」

「我現在過去看看顯微鏡！」

「好，等你。」

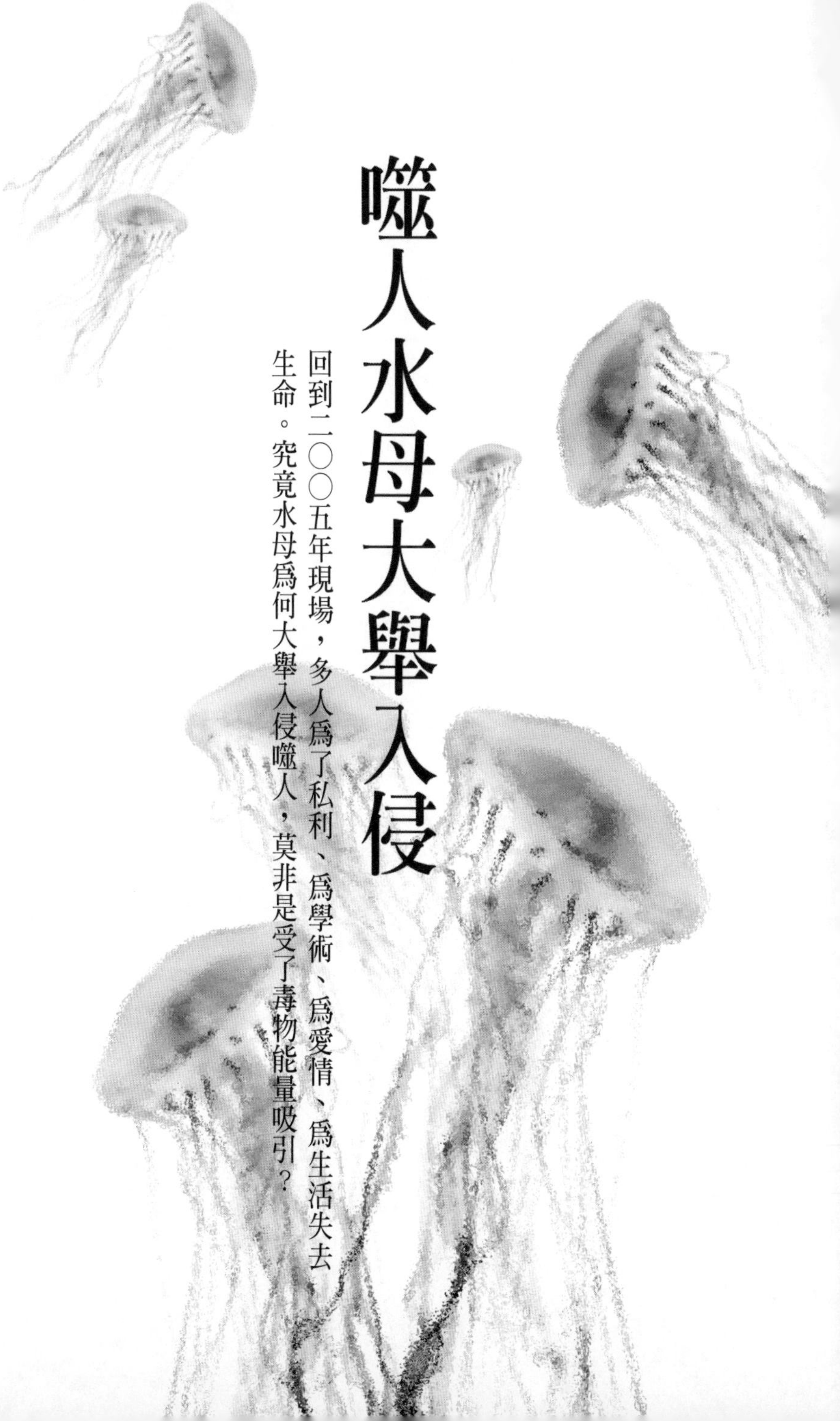

噬人水母大舉入侵

回到二〇〇五年現場，多人爲了私利、爲學術、爲愛情、爲生活失去生命。究竟水母爲何大舉入侵噬人，莫非是受了毒物能量吸引？

怪物夜訪防風林

二〇〇五年十二月廿七日

鹿耳門公館，是一棟三樓建築，是依出土的前清朝「重興天后宮碑記」內容敘述及鹿耳門古圖仿建，在前清時期曾是來往於唐山和大員之間商旅宿居地，二〇〇二年完工，是鹽水溪以北到鹿耳門溪以南沿海地區唯一可供住地點，是由鹿耳門天后宮管理的香客大樓。十二月的冬日，海風強勁，原本是住宿淡季，卻在不到一天時間裡，進駐了六十多人。

十多輛警車、消防車、救護車和所有研究車輛，停放在鹿耳門公館西側的龍魚廣場，工作人員依序從一輛廂型車上搬下顯微鏡、分析儀，抬到公館一樓大廳。管制局、警方及地方研究人員全都住在三樓。二樓有三間大通鋪房被改爲臨時研究室，擺放搬來的各種儀器。中央二樓天井有五個大玻璃水箱，其中二個水箱裡浸泡著二〇〇四年冬捕獲的四草水母標本，另外三個是空的。

「莊主任，如果還需要什麼，可以和我說一聲，只要這裡有的，我們都會盡力提供。」天后宮祕書陳熙城說。

「陳祕書，謝謝，我們先把所有東西搬進來安置定位後，等下先開會討論，一樓這兩間房間不知道那一間才適合？」莊文淵說。

「沒關係，主委交待說這段時間公館全都提供你們利用，會議室和簡報室我都已打開，不再上鎖。」

「謝謝了，眞不好意思麻煩你們。」莊文淵彎著腰向陳熙城點頭。

「不客氣，每天開飯的時間是上午七時、中午十二時，和晚上六時，就在廟旁的餐廳。」

陳熙城接著說：「我們已請人幫忙去拿微波爐、冰箱和簡單的炊煮器具，放在二樓改裝過的一間臨時廚房，如果你們肚子餓了，隨時可以自己弄。」

「我們先開個會，等下就過去吃晚飯，然後再將所有東西就定位。」莊文淵說。

一輛黑色廂型車繞過天后宮廣場的鹿耳門牌樓，停在龍魚廣場前，車上下來的四人，有人拿著書籍資料，有的抱著大大小小的紙箱，還有一些電腦線和插頭露在紙箱外。

有的管制局人員是第一次來到天后宮，一下車，把裝資料的紙箱搬放到地上，看了看四周，被一座五、六米高，深紅鮮綠又深藍，扭彎著身子的大魚雕像所吸引，一個大圈圓水池將大魚圍在水池中央。五顏六色的龍魚，是一尾魚身龍頭神獸，捲著彎曲的尾巴，仰頭向上。兩根圓捲的鬍鬚直指藍天。相傳只要碰到不平靜的海上時日，龍魚就會出現，可鎮海避邪、去危轉安。

「你好，我們是台北來的管制局人員，請問這裡是前進實驗室嗎？」從廂型車下車的人，抱著大紙箱，一走進鹿耳門公館就問。

「噢！是的，你們好，這裡有樓梯，後面還有電梯，所有工作人員都住在三樓，二樓是研究室和廚房。」公館入口左側櫃台裡的警員說。

櫃台後方一間不到五坪大的小房間，原來是鹿耳門天后宮公益文教基金會的辦公室，現在成了臨時警衛辦公室。

「請問剛才我們停車場旁的噴水池中，有一條長著很像是龍頭的魚，那是什麼？」才走進實驗室的總局人好奇的問。

「噢！那是龍魚，聽廟裡的人說，龍魚在太平時期是天上的吉祥獸，遇到亂世就會下海，消滅海中的妖魔鬼怪，好像是這樣，詳細的我也不清楚。」警員說。

「噢！沒關係，謝謝。」抱著大紙箱的人說完，走向電梯。

黃昏時分，天后宮前道路車來人往，比平日繁忙許多。經過媽祖宮公園前的車輛，速度總會明顯的慢了下來，車裡的人向公園內猛瞧，四歲男童中午就是在這座公園水池內，被怪生物抓走，至今沒有下落，經過男童母親觀看放在公館內的標本，指認應是四草水母攻擊事件，於是許多車輛人員在廿四小時內，全都擠向小小的鹿耳門漁村。公園內的封鎖繩在調查結束後拆除，一群人逛來逛去，指指點點，除了少數和案件有關的調查人員，八成以上全是看了新聞，來到此地看熱鬧的外來觀光客。

「阿同，你在這裡幹什麼？」林廷讚站在天后宮大門前，向正走來的李文同揮手。

「管制局和台南這邊的人在裡面開會，我要等著問結果。你們也是來開會？」李文同邊走邊喊。

「是啊！是臨時通知的，還不是爲了那隻四草水母的事。」林廷讚接著說：「你看是不是牠又回來了？」

「咦！我看你今天講話還很正常嘛！中午沒有喝酒？」李文同故意開玩笑。

「哪敢喝！通知說要開會，連安平那邊的全都來了，而且還聽說從今天晚上起，每班都要增加一個人，還不知道找到找不到人呢？」林廷讚說著說著走進廟裡找人談天去了。

※※

蔡清男兩手抬著一大鍋剛煮好熱騰騰的虱目魚麵線，走進實驗室大門。一樓警衛是顯宮派出所的人，跟他熟得很，不但沒攔他，還走過來故意歪著頭，往鍋裡猛瞄。

「漂亮哦！」警員裝做一臉羨慕想吃的饞樣，還故意「咻！」的一聲倒吸了一口口水。

這一大鍋虱目魚麵線，看上去至少有十來斤，蔡清男抬進實驗室裡，累得先把鍋放在地上，休息喘口氣，還轉頭瞪著警員說：「看啥！這是給工作人員吃的，你想要吃什麼東東？還不趕快幫我抬上去？」

兩人一左一右的各提著一邊的提把，從樓梯上了二樓中央的天井，向右轉了個彎，抬到了廚房桌上。廚房裡早有一個人正打開冰箱，彎腰斜頭的東翻西找，看到有人抬著東西來，光是用聞的，就知道一定是吃的，還沒等蔡清男二人開口，就先拿了免洗碗筷在鍋裡繞圓圈的瞎翻一通。

「這是什麼？」一名穿著灰色夾克，年約五十出頭的男子，筷子沒停過的在鍋裡撈，矮胖的身材似乎比放在桌上的鍋高不了多少，臉也沒抬一下的問。

「虱目魚麵線。」蔡清男說。

「這是廚房煮的？」

「不是，廚房要等到十點或十點半才會煮東西送來，這是我煮的，是自己養的虱目魚，怕大家工作辛苦餓了，所以先送一點過來，可以嚐嚐看。」蔡清男說。

男子先是「哦！」的一聲，放下了手中的碗筷，看著蔡清男，隨後又問：「還有沒有其他的？」

「廚房等下煮什麼我就不知道了，現在天寒，可以先吃熱熱身子。」蔡清男說。

「冰箱裡的東西你會不會煮？」胖男子續問。

蔡清男打開了冰箱看了看說：「這是廚房的東西，我不知道他們準備要怎麼做，我弄了會不好意思。」蔡清男還是半微笑著。

「哦！那我就先吃這個好了。」

男子又拿起了先前放在桌上的碗，用筷子夾了鍋裡四塊切成一圈一圈的虱目魚肚放在碗裡，然後問說：「這裡有沒有湯匙？」

「不知道，我來找找看。」蔡清男在廚房裡翻了一陣後說：「我去廚房問問看。」

「對了，是不是可以請你和其他的人說一下，如果他們肚子餓了，可以先吃一些墊墊肚子？」才踏出廚房門口，蔡清男又回頭對男子說。

那人用兩手正從咬在口中的虱目魚肚裡，一根根的清除虱目魚刺，上下兩片肉肉的嘴唇一合，沒刺的魚肚肉就消失在油亮的口中。聽著蔡清男說話，只是「嗯！」了一聲，沒有抬頭。

兩人走下樓梯。蔡清男問：「那人是誰？」

「我也不知道，只知道是台北管制局來的人，今天下午才來的。」警員淡淡的說。

「怎麼這個樣子？請他們吃東西，就算不是什麼好東西，但也不要當面給人嫌。」蔡清男說。

「其他幾個台北來的都很客氣，就是這個人最挑。剛才聽前一班的人說，這個人今天下午還下樓問說有沒有單人套房，前一班的辛仔和他說沒有，他還一臉不高興，說什麼他們以前到其他地方出差，都是住小套房，而且吃的又好，說什麼早知道就不來了。」

二人走到執勤櫃台旁坐了下來。警員拉了把椅子靠近蔡清男坐，用手指著樓上說：「你沒看，剛才你搬東西上去，他說什麼我都不吭聲，我一眼就看出他就是下午那個人，根本就懶得理他。」

「沒關係啦！管他去，要吃不吃隨便他。」蔡清男兩手一揮，拉著警員進警衛室。

蔡清男的太太林美芳手中提了一個小鍋走進實驗室，眼睛還在屋內掃過一圈，看四下無人，進了警衛室，小聲靠近章仔耳朵旁說：「章仔，這是你們的，你們比較辛苦，放到裡面的桌子，才不會有人看到。」

「我也有喲！眞是不好意思讓妳送來。」章仔一臉皮像又笑嘻嘻的說。

「別假了啦！你也會不好意思。快快，我還帶來了碗筷。」林美芳說著說著把手上掛的塑膠袋也放到了桌子後，一副怕被人看到的模樣。

「嫂子，妳和清男對我這麼好，我都不知該麼報答你們夫婦倆？」

「報答？免了，其他的人不在，你只要把這給我吃完就算報答我們了，這可是今天朋友才送的烏魚，因爲只有二尾，人多了不夠吃，所以好的留給自己人，所以樓上的就只能吃虱目魚了，如果這裡沒吃完，看我怎麼扁你。」林美芳雙手插腰，一付典型大姊頭模樣。

「這麼多叫我怎麼吃得完？」章仔手拿著碗筷，還沒向鍋裡挖，臉看著林美芳問。鍋裡熱騰騰的白煙不停向上冒，隱約還看到浮在湯上黃色的魚油。

「吃不完你自己想辦法？到時你娘把你丟到鍋子裡，你可別後悔！」

「厚！妳給我恐嚇！」警員用手指著美芳說。

「你娘打人從來都不用付利息的，恐嚇你算什麼？」林美芳瞪著大眼指著章仔。

「好好，我怕你、我怕妳就是。」

「知道怕就好，我明天再來收。」

蔡清男是天后宮常務委員，是出了名的個性直爽，和他粗壯黝黑的膚色相襯成對，大聲公爽朗的說話，笑得像太陽。

蔡清男的兒子和媳婦前些年到大陸上海玩，據說在上海的浦東懷了孕，所以就命名為「蔡浦東」。有人笑說他們兒子是在浦東「搞」出來的，以後「搞什麼東東」就成了他的基本問候語。

她老婆林美芳和他一個模樣，都是近一百七的身高，體重一看就知道比老公至少還重個十幾公斤，說話的聲音和她的體型一樣有力，平時早上在媽祖宮旁的路口賣魚，看她刀起刀落，刀鋒在手中稍一斜轉，魚頭和魚身俐落的一分為二，有人說她殺魚是大材小用，大刀小砍。

去年一月四草在解剖十七米長的抹香鯨，十幾個人花了快一個星期才搞定，當時有人和林美芳說：「成大那群人不知道在搞什麼東東，連殺個魚也殺半天，如果請妳去，我看兩三下就沒了，連卡車都來不及載。」

林美芳說：「還要找卡車？他們那群學生連拖個魚肉都哇哇叫喊重，要是老娘來，砍完直接把肉往車上丟，連『庫雄（避陣器）』都叫他重換。」

※※

一群人嘰嘰喳喳的在天后宮西側餐廳吃飯，伙房媽媽們很快上了五、六道菜端上桌，全都是沿海鄉土菜，有蔭鼓鹹水吳郭魚、炒孔雀蛤、紅燒虱目魚、豬肉滷油豆腐、炒大白菜。一旁桌上放著二個大鋁桶，一桶是炒米粉，另一桶是麵羹。

突然一句「局長好。」正在吃宵夜的幾桌人突然放下手邊碗筷，站了起來，多數人不認識這名剛進屋的人物，但聽了叫聲，知道一定是個大人物，你看我、我看你的跟著站了起來。

「各位，不好意思，打擾一下，這位是管制局羅局長。」嚴啓明說。

一堆人有的站起來點頭，有的彎腰，七零八落的喊著：「嗯！嗯！……局長好！局長請坐。」

羅嘉文轉了兩個方向，各鞠了一個躬。「謝謝大家，大家辛苦了。」

嚴啓明請一旁的工作人員加了把椅子，拿了副碗筷，請局長入席。

「多少年來沒有這麼冷過了，請問局長要不要來杯酒，暖暖身？」鹿耳門天后宮總幹事尤進家，手中拿了個小杯詢問說。

「噢！不不，謝了，還有好一堆事還沒處理，等下還有得忙的，希望最好是沒事，過幾天我就請大家喝個小酒，感謝一下。」羅嘉文雙手作揖，點了點頭。

「報告局長，這位是天后宮總幹事姓尤，叫尤進家，他平時可是滴酒不沾，今天特別來陪我們的。」

王建平接著說：「報告局長，這位是跑這裡的記者，姓李，幾年前四草地區第一次有大量水母入侵，就是他發現的；結果去年就在他發現水母的池旁邊，他跑給水母追。」

「噢！李記者你好！我看過你寫的報導，還寫了很多有關台鹼舊廠汙染的事。」羅嘉文說。

「局長好！第一次發現的水母很小，可以拍照；去年的水母很大，還好我跑得快，希望今年沒事。」李文同說著說著拿起酒杯「來！來！我們大家敬局長，這件事局長可能得多費心了。」

「報告局長，來一小杯就好，不要多。」尤進家繼續勸酒。

話沒說完，一小杯高粱已放在羅嘉文桌前。羅嘉文起身彎了個腰說：「那就謝了，一杯就好，眞的，不能多喝。」

「好！好！喝酒本來就隨意，不勉強。」尤進家隨後自我介紹說：「報告局長，我姓尤，就是魷魚的魷左邊沒有魚字邊，以前大戰黃帝失敗那個蚩尤的尤。」

「總幹事，這次謝謝你們了，從台北來麻煩你們。」羅嘉文拿起酒杯，接著站起來轉了身，面對大夥說：「各位好，我是異常生物災變管制局局長羅嘉文，這次的事件十分感謝大家的幫忙，小弟就用這杯薄酒向大家聊表敬意，希望在大家共同努力下，去年的事不要再發生，讓大家平安過冬。」

「敬局長！謝謝局長！乾！」大夥兒喊著。

有人高喊，有人把頭一抬，將酒杯裡的白乾全倒入喉嚨。

「報告局長，尤總幹事的名字中雖然有一個尤字，但是和魷魚沒有關係，和水母及章魚更沒有牽連，但最近一年以來，還是時常被人消遣。」張世昌說。

「爲什麼？」

「報告局長，這也是我今天下午來時才聽說的，因爲有人說總幹事的名字就是『游進家裡』，在這個節骨眼，沒有人希望『那東西』游進自己家，所以他常被損。尤其是昨天事件發生後，他說今天已不知被人提起了多少次！」張世昌繼續向羅嘉文解釋。

「眞是同音之累，但說一句實在話，我們希望大夥都能平安『走進家裡』，那個東西能『游出海外』，不要再來了。」

羅嘉文低頭輕聲和嚴啓明說：「嚴組長，你們組裡就來了你一個人？」

「陳天祥說他有些不舒服，剛才先吃了一點就回房裡去了；陳延東說他剛才有吃人家煮的虱目魚麵線，現在不來了，說要出去買一點東西，待會就回實驗室。」嚴啓明說。

「大家來這吃住都隨便，我就是擔心陳延東，他比較不習慣。」嚴啓明說。

※※

鹿耳門天后宮西北側三百米處的鹿耳門溪南岸，一條麻繩從水上越過，一直拉到溪北。黑夜中麻繩下方有一艘小小膠筏，膠筏上一名男子坐在保麗龍塊上，不時低著頭向後張望。另一人站在膠筏上，抬高的雙手一前一後，緩緩拉著繩索，讓膠筏無聲無息的滑過溪面。

「那邊會不會有人在？」坐在保麗龍上的人低聲問著。

「沒有，你放心，警方今天上午就和區公所的人來，要求沒事的人晚上一律離開靠海的魚塭，下午天還沒黑，大夥早就走得不剩人影了。」

「你住在這附近？」坐在保麗龍上的人問。

「看到沒有？前面那輛黑車沒有？」站在膠筏上一個高瘦的黑影，隱約指向鹿耳門溪對岸的前方。

「你是說在房子旁邊那一輛？」

「對啊！除了那輛你還可看到其他的車嗎？」

「沒啊！」

「那不就對了，車後方的魚塭就是我的。」

「噢。」

膠筏輕輕的靠上溪北堤岸，林三連把膠筏上的繩索繫在鐵棍上說：「小心一點，這裡很滑。」

兩人摸黑靜悄悄上了岸，上了車，連車燈也不開，一直開到城西垃圾道路上才開了燈。

「這是那裡？」

「城西焚化廠。」

車輛穿過焚化爐和掩埋場間的道路，車子向下晃震了一下，進入城西海岸防風林內碎石土路，又關黑了車燈。

「還很遠嗎？」

「很快，五分鐘就到。」林三連說。

「復興仔已經到了嗎？」

「鐵籠已經架好了，現在等我去拉繩子。」

車子避開曾文溪出海口南岸的青草崙堤防海巡哨站，在防風林內一條小路向南行駛，除了地上黃土路隱約可見的暗褐色，一旁高大的木麻黃防風林全是一片漆黑。

「這條路原本是通往另一處海防班哨，但幾年前班哨廢了，曾有釣友走這裡到海邊釣魚，但在靠海堤防旁的新路鋪上了柏油後，這裡幾乎沒人走。」林三連說。

陳延東感覺出車子經過了一小段沙灘，轉上了一段柏油路面，不過兩分鐘光景，車停在海岸堤防旁沙地上。

「這裡不會有人來？」

「不會，最後一個蛇籠管制在前方的哨所，我們是繞林內小路進來的，他們根本不會想到晚上還有人來這裡。」林三連說。

前方幾十米的防風林內，出現一個小小亮點，閃啊閃的忽明忽亮，閃了個兩三次。

「就是那裡？」

話還沒說完，陳延東突然感覺好像被地上什麼東西絆住，右腳還來不及伸出，就摔到在沙地上，馬上又爬了起來，刷了刷沾在臉上的沙，還看了看四周。

「噢！抱歉，忘了和你說，這裡的沙灘上有很多蔓藤，會絆倒人。」林三連說。

「這叫馬鞍藤，台灣很多海岸沙灘都有這種植物，是不是開著紫色的花，很像牽牛花？」被絆倒的陳延東，從沙地上爬起來時，順道摸了摸地上絆倒他的植物。

「對！對！你怎麼知道？」林三連好奇的問。

「以前唸過。」

「還是你們厲害，我聽復興說你是唸什麼博士還是碩士的？」

「碩士而已啦！沒有博士。」

「那已經很厲害了，我只有國中畢業，除了養魚什麼都不會。」林三連繼續領著陳延東在沙地上走著。

兩人進了林中，在靠近防風林西側邊緣不到十米處的沙地上，地上擺了一個大鐵籠，在黑夜中看得不是很清楚。

「林東仔！好久沒打牌了喲！」張復興說。

「對啊！等這裡的事結束了，改天再找個時間打兩將。」

「只要這裡能搞定，再打個幾將都沒問題。」感覺上張復興似乎是笑著，但黑暗中看不清臉上表情。

陳延東以前在苗栗縣山區的林管處服務，當時張復興和幾個人標了一塊林班地砍伐林木，常盜採附近其他未標售區的林木，先將林木鋸斷，有大有小，大的推滾到山下的乾河床，待大雨來，順勢向下沖流帶走；小的先背到產業道路旁裝車，再運下山。

常在颱風過後的大雨天，不見外人上下山，陳延東和張復興等人，就在產業道路旁的管制站打牌，一個風雨晚上過去，載運木材的卡車下了山，在屋裡打牌的人也似有似無的沒聽見，在看山的三年多日子裡，只要是在糟透了的天氣打牌，在陳延東的記憶中，從來沒有輸過。張復興和他帶來的人正好相反，就算是帶酒菜上山來的客人輸了牌，但牌品一向超好，從不翻臉，而且快的話，二、三個月後又重回到山上。

有一次，苗栗縣山友在山區測量三角點時，在密林內發現了被鋸成一塊塊長寬各約三十厘米、高約四十厘米的樟樹頭，從表面還有溼溼的水分和平滑面看來，估計才被鋸下沒多久，知道是山老鼠背完了大塊的，小塊的還沒來得及背下山；或是根本就懶得理這些沒啥賺頭的小木頭，才被留在山上，山友向警方報案。

警方配合林務局展開調查，雖然懷疑盜林可能和林務局管制疏忽有關，但找不到證據，最後把陳延東調下山，到另一個單位服務。陳延東知道被劃上了記號，以後升官不易，拼命考了一個研究所，拿了一個和解剖有關的碩士學位，管制局一成立，透過人事調進局裡服務。

陳延東離開林務局後，兩人還有連絡，也因爲陳延東曾在林務局工作，張復興和幾個友人都叫他「林東仔」。「林東仔」家中有幾尊木雕，都是張復興那幫人送的，其中還有一尊是稀有紅豆杉雕成的達摩像，放在一進大門客廳的正中央，氣派得很。

在漆黑的防風林內，陳延東說：「弄得怎樣了？」

「都是按你所說去訂的，我裝了一整個下午，連飯都還是在這裡吃的，應該差不多了，你過來看看。」張復興說。

「還不錯嘛！我以爲你只會砍樹抓猴子，沒想到連這個大鐵籠也裝得起來！」陳延東半開玩笑半挖苦的說。

「在台灣除了雲豹沒抓過，台灣黑熊都賣過，這個只不過比較大一點，多花一點時間就好了，如果運氣好的話，今晚能夠抓上一隻就賺翻了。」

張復興接著說：「就是這個鐵門太重，我一個人拉不上來，你們來了正好，你看要拉在哪裡比較好？」

「就這前面這兩棵就好，這兩棵夠粗。」

連仔依林東所指，爬到鐵籠右前方的一棵木麻黃樹上，張復興在地上把繫住鐵籠大門上的一根繩索往樹上拋去，林三連接住了繩索，將繩頭繞過高出地面三米的樹幹。

「好了，先不要動。」

張復興拿起地上的鐵棍撐著鐵門下方說：「好了，林東，該你了。」

「該我怎樣？」陳延東說。

「該你爬樹了啊！」

「我等下還要趕回去，我怎麼爬？」陳延東一付不想爬的樣子。

「又不是叫你待在這裡，只是叫你爬上去幫我拉個繩子，等繩子拉好了，你就下來，等下叫連仔開車帶你回去，又要不了幾分鐘！」張復興似乎開始有些不快。

「我這麼胖，怎麼爬？」

「大家說好要賺錢，而且只有我們三個人分，就心甘情願一點，只是叫你爬個樹，拉下繩子就好，我都在這忙了一整個下午了，你還叫什麼叫？」張復興開始大聲。

「爬就爬啦！叫什麼叫！」陳延東好不容易爬上了鐵籠左前方的樹幹上，喘吁吁的看著樹下的張復興，還沒來得及反應，聽到對面樹上的林三連大喊「喂！」的一聲。

地上的張復興舉起右手正準備甩出手中的繩子，眼看著樹上的林東，只見林東雙手將樹抱得緊緊的，黑暗中像是一個圓滾胖的無尾熊，動也不動一下，並沒有伸手準備接繩子。張復興才感到不對，又聽到身後樹上的林三連大叫，轉過頭想搞清楚是怎麼回事，頭才向右偏轉，看到一個和他肩膀差不多高的大圓頭，站在他右方不到二米的地方。

嚇呆了的張復興甩下了手中的繩子，朝林內跑去，那怪傢伙直立著大頭，幾隻粗粗的觸手在沙地上扭動向前，經過拉平的鐵門下方，一隻大腳很自然向前跟，捲在支撐鐵門的鐵棍上，掛在樹上尚未繫緊的繩索，原本就支撐不住幾十公斤重的鐵門，如今在鐵門下方支撐的鐵棍，被怪物的腳一捲，順勢向前拉，「啪！」的一聲，先是打中了那大傢伙，大傢伙被打得在半空中朝張復興飛去。

才跑到鐵籠入口旁的張復興，還沒來得及轉彎，就被一個軟趴趴的大肉袋打到背，面朝下平趴在鐵籠裡，儘管雙手猛撥，兩腳亂踢，根本來不及出聲，頂多只是挖起一堆亂飛的細沙，哪抵得過八隻大肉腳，大傢伙將張復興頭部整個包了進去，像是一個包滿餡的港式燒賣。

在樹上的林三連和陳延東，眼睜睜看到這一幕，就好像人掉進了動物園的獅籠，戲碼很快結束，一點掙扎都沒有。不同的是，獅子總是先咬住獵物的脖子，把獵物壓在地上，等獵物慢慢斷氣；但這隻大傢伙卻直接將張復興的上半身包住，除了幾隻靠近尾端的細腳來回扭動，其他身體幾乎停了下來，像一條大蟒蛇開始吞下獵物，只有緩慢的蠕動。

林三連和陳延東兩人在黑森林樹幹上互看一眼，嚇得連屁都不敢放一個，只想到馬上爬下來逃命，卻發現另一隻半透明的傢伙也從地上爬了上來，兩人在樹上動也不敢動一下，急速的心跳傳到樹幹裡，再透到地底，又不敢大聲呼吸，只希望老天爺眞的能幫幫忙，讓樹底下的大傢伙趕快離開，他們只要一爬下樹幹，就可以拼命的跑，跑到數十米外開車逃命。

可惜天不從人願，地上那隻大傢伙，發現了樹上有獵物，還在兩樹間沙地上猶移。大傢伙選擇了林三連，從沙地上向林三連的樹幹移去。林三連雙手抱緊著樹幹，把腳踩在剛才掛繩索的斜枝幹往上爬，但上方抓到的地方，就是連一隻可抓的枝幹都沒有。

是誰叫他選上了這棵樹，他壓根兒沒時間去想，只能找出國小時雙手雙腳爬竿的記憶，一個狠勁的往上拼。沙沙作響的乾樹皮，一片片掉在他腳下的大傢伙身上，林三連手腳破皮流血，除了連續不斷傳來刺痛，根本沒膽叫出聲。

大傢伙跟著林三連往上爬，只有雙手雙腳的林三連，平時哪用得著爬樹，此時又遇到比他多出好幾腳的大傢伙，一絲逃命機會都沒有。「咻」的一聲，林三連的小腿被一條比他手臂還粗的肉鞭抽到，纏吸住他的腳跟，將他往下拉，再也爬不上去，整個人成了被包在樹上的一個大蛹。

沒被大傢伙選中的陳延東，管不得自已身上沒有車鑰匙，先是看了看對面約五米樹上的林三連，又看了看地上，沒有任何動靜，向下滑不到一米，「碰」的一聲，摔了個四腳朝天，依著先前摸黑走進來的記憶，拔腿死命的往林外跑。這輩子從來就沒有如此用力跑過，開始痛恨腳下的沙堆，一個又一個的腳印深陷在沙地裡，沙地阻力太大，比以前在山中雪堆裡跑來更吃力。如果以前在山上好好工作，就算是碰到了台灣黑熊，跑著平坦的土地，也比這裡好得多，而且也不會被地上的馬鞍藤絆倒；更扯的是這裡還有從沒見過的大怪物，把他當成可口的漢堡追。

陳延東又被絆倒，手裡又抓到了馬鞍藤細細的莖，還有一兩片涼冷的扁葉，但這回不是被馬鞍藤絆倒，是被正趴在藤上另一隻更粗的腳繞了好幾圈，緊緊纏住。陳延東才使力的跪了起來，又被一床溼涼大棉被整個蓋住，再壓扁在沙地上，無法呼吸。

靜靜黑夜，淒冷海風，在距離最近哨所也有好幾百米的沙灘上，還隔著一片防風林，沒有人看到這一幕海灘上物競天擇的自然戲碼，連防風林內的鳥也沒飛走幾隻。

失守的封鎖線

莊文淵指著掛在牆上的掛表圖說：「所有的哨所從今晚開始加強人力，但我們擔心仍會有疏漏，位於管制區外的民眾我們不能強行遷移，所以只有請警方加派巡邏車。」

「上面支持圍堵做法，光是硬體設施就花了二十億元，還不包括持續中的人事及其他經常性支出，哨站和攔網是我們的主要防線，絕不能有疏漏，否則將前功盡棄，這點你是知道的。」羅嘉文說。

莊文淵很清楚了解這位曾經提拔他上級長官的意思，也知道在他們情同師徒間，利害關係彼此相連，事情發展的一靜一動都會造成牽扯，不光是升官發財的表面，更讓他們擔心的是，一旦防線失效，繪聲繪影和他們有關的更多利益輸送傳聞，可信度將會變得更高，尤其是當初不同意見的對手，心裡想的一定比實際更誇大、更可怕。

「是！局長。」

去年底四草水母災變突然消失後，羅嘉文是主張興建防線圍堵的人；另一派主張範圍遷移的人，在具有決定性會議中戰敗，政策也棄守，政府很快陸續通過多筆緊急預算，前後加起來二十多億元，主要用於陸上和哨站和防護牆的連線，還有水中的攔網。

防線完工後的七個月，從未發現有四草水母入侵，或許是防護得當，或許是狗屎運好，先前他們寧可相信是前者。而且在好幾次會議中，羅嘉文一直拍胸脯保證，說話的聲音就算不是很大，但話中卻也充滿自信，也讓更多的工程進行，更多經費進入局裡。但在媽祖宮公園發生幼童被攻擊失蹤後，雖然當時在場的七歲小女孩被嚇得說不出話，描述內容也缺乏整體性；但被害幼童的母親卻現場目擊，更重要的是在前進實驗室裡，看著去年的標本指認。

「防線有漏洞。」羅嘉文在關了門的莊文淵辦公室內來回踱步。看著莊文淵桌上玻璃墊下一張編制表：

管制總局前進指揮部：四草野生動物保護區南寮。

鹿耳監視所四草漁港駐在所。

鹿北一站……………

鹿北二站……………

鹿北三站……………

鹿南一站……………

鹿南二站……………

鹿南三站……………

嘉鹽監視所：嘉南大排和鹽水溪交會口堤防。

嘉北一站……………

嘉北二站……………

嘉南一站……………

鹽北一站……………

鹽南一站……………

鹽南二站……………

羅嘉文手壓在玻璃墊上，看著這些才幾個月前在他手中陸續執行的各項計畫，還印有各哨所的電話及人力編制及位置簡圖。在配置表右側，另一張表圖上，標明著從鹿耳門溪到鹽水溪及嘉南大排共七座攔網位置，另一張則標示著鹿北、鹿南、嘉北、嘉鹽、鹽南五座蛇籠的位置及長度。這些政府臨時緊急預算的建設，每一處所站的地點選擇、攔網和蛇籠的位置，他都曾經參與過，沒有人比他瞭解更深，也沒有人比他更熟這條爲防範四草水母入侵而設的台灣馬其諾防線。

在和不同派爭執的過程中，他打贏了第一仗，也依照他所鼓吹的內容，開始建立防線；但如今攔網卻出現了漏洞，而且更是大喇喇的進入距海二公里之遙的媽祖宮公園，突破了他的防線，羅嘉文不知道別人會怎麼想，尤其是當初那些主張區域撤離的一派。

「前幾天發生斷網的是嘉北二攔網？」

「是，局長。」

羅嘉文走到靠近面東的窗旁，陣陣東北風從窗外吹上他的臉，帶來些許寒意。

「去年初那尾全台最大的抹香鯨在這裡解剖，去年底四草水母也是從這裡上岸，很多事就是那麼巧，爲什麼許多事都在這裡發生？」羅嘉文自言自語。

「局長兩次都來看過。」莊文淵接著說：「還有幾年前最先發現水母的水池，也是在這裡，而且更巧合的是，這些地點正好都是在古運鹽運河尾端的四周。」

「那隻抹香鯨沒有新的訊息？」

「骨骼已經做成了標本，現在每天還有很多人來參觀，但死因卻未定。」莊文淵說。

「噢！」。

莊文淵遞上了一根菸，給局長上了火。

羅嘉文大大的吸了一口，菸夾在右手，菸霧很快隨著北風四散。

「四草水母死亡後，體內的毒素發酵，加速自身腐爛，鯨體內其他雜食也受到影響，氣體封閉腹內造成膨脹，運送過程中的震動，終於造成抹香鯨腹部爆裂。」羅嘉文說。

「這些我從來沒想到過。」

「當初我來看王建平他們解剖，就想到了這一點，但是因爲腐爛速度太快，隔了幾天後才解剖，全都成了一灘血水，原本計畫要送到化製廠，但最後全都進了水肥廠和掩埋場，根本沒人會去注意。」羅嘉文說。

「局長是認爲抹香鯨的死亡可能和四草水母有關？」莊文淵問。

「我也不知道，只是冥冥中覺得有些巧合。」羅嘉文接著說：「這件事沒人知道就算了，如果說出來，可能又會有枝枝節節，還不知道會有什麼後遺症，眼前最重要的是我們的防線不能有漏洞，有的話麻煩就大了，這個你也知道的。」

羅嘉文走出莊文淵辦公室下樓。

「被換掉的攔網都銷毀了?」羅嘉文走在樓梯上停了一下，回頭問莊文淵。

「是，局長。」

「那就好，還是要注意。」

二〇〇五年十二月廿八日

四草漁港一號鐵籠，凌晨二時多捕到一隻，體型較以前的小，卻有十隻觸手，其中八隻和過去捕獲的四草水母類似，但卻有另外二隻更細長的觸手，尾端兩片尖橢圓葉片狀的扁形構造，有成人的巴掌般大，內側滿生半透明絨毛，像是海岸沙灘上生滿了密刺的金武扇仙人掌。

「被螫到的人呢?」

「報告局長，已送往醫院急救。」嚴啓明說。

「已經做了那麼多防範，現場人那麼多，怎麼還會有人被螫？而且還是自己人？」羅嘉文一臉不快。

管制局人員在捕水母時受傷，羅嘉文打從心底就不太高興，除了受傷的人員，更讓他擔心的是上面對管制局的做法可能有了抱怨。先是陳延東在來到台南的第一天，還沒開始工作，就因和外人勾結私捕水母，送掉了一條命，如今又有人在捕水母時受傷，眞不知道上級會怎麼想。

如今又有一隻水母被發現死在四草大眾廟前休閒公園內的水母池裡。

大眾廟前休閒公園內的水母池，並不是因爲上午十時多，被當地民眾發現了一隻死水母，才叫它水母池，而是三年前因四草水母事件，發現有許多水母湧入四草水道，大眾廟管理委員會也開始規劃一座水母池，希望未來能在池裡養水母，發展觀光和生態教育。二年來，從嘉南大排進入四草水道的水母數量突然減少，規劃的水母池也閒置，卻沒想到今天上午眞的出現了水母，但不是大眾廟人員一直期待的小隻可愛水母，而是大隻的食人水母。

水母池眞的出現了水母，名符其實。發現水母屍體的地點，位於四草水道和休閒公園間的抽水站裡，所以一直到上午十點才被人發現。

水母要進入抽水站，必須先爬過寬度至少二十米的土堤，再進入休閒公園，才能到達抽水站，而且從出海口到四草水道間，還有三層攔網，也就是說，水母是連續越過三座攔網，後翻越二十多米的土堤，來到陸地。

就在發現水母屍體的水站不遠的公園親水區，清晨被人發現幾件破爛衣物，一旁停放一輛機車，警方根據車牌查出失蹤者的身分，再和現場遺留的皮夾，確認二名一男一女身分，是一對不到三十歲的男女戀人。

讓警方人員感到納悶的是，抽水站裡死亡的水母，初步採樣化驗後，並未發現任何和人類有關的體液物質，也就是說，已死的水母和失蹤的二人並沒有直接關聯。從親水公園附近採集的樣本，得知失蹤的情侶一定和水母脫離不了關係，但不是死在抽水站裡的那一隻，而是另有其他水母。但，可能犯案的水母哪裡去了？而且還可能不只一隻。

兩件案子放在一起，擺明著就是攔網已經失效，也就是羅嘉文的圍堵政策失敗。在羅嘉文的心裡，四面八方的水母，似乎開始向他包圍而來，不但威脅這塊土地，也挑戰他的政策。

二〇〇五年十二月廿九日

上午九點多，天后宮公館從館內擠到館外。

廣場外電視台轉播車一字排開，工作人員忙著將電線拉到公館內的小禮堂內，管制局人員準備向行政院長做簡報。小禮堂木架上臨時寫好的圖表，還有工作人員用手提電腦連接投影機，試著投射角度和排放順序。

天后宮前廣場內外，到處都是人，多半是從各地趕來看熱鬧的民眾，全被擋在公館外，公館已成了前進實驗室，是對四草水母前線作戰的統合研究單位。

警車開道的警笛聲由遠漸近，警車、黑頭車和廂型車陸續在實驗室前停了下來。

「借過一下，請讓院長通過，謝謝……」院長身旁的隨扈，一如往常，慣性的張開雙手，橫伸在媒體前開路。

連續兩天，鹿耳門的小漁村出現了不平凡的熱鬧，也十分不自然的擁擠，出現的人比大年初四天后宮辦迎喜神大典時的人還多，不同的是，出現的人潮不是以往常見的信眾，而是被水母引來的好奇觀光客。平時沒啥生意很少開店的天后宮西側停車場旁小店家，現在全開了張，從早上一直到晚間，生意好得不得了。

「生意不錯厚！做工的也來吃，觀光的也來吃，好像過年一樣。」林明吉站在紅腳的飲食店前，看著人群聊天。

「對啊！從冷飲賣到熱飲，從冰棒賣到竹棒，什麼都賣光光。」紅腳仔說。

「賣什麼竹棒？」林明吉轉頭好奇的問。

「吃飯的人實在太多，連牙籤都用完了，吃完飯的客人問說怎麼沒有牙籤？最後只有用竹棒！」紅腳歪著頭望著林明吉說，還一邊看他表情。

「連插黑輪的那支你也可以賣？厚，你實在是……，我看什麼死人骨頭、魚骨頭你也把它搬來賣。」林明吉接著說：「對了，還好現在大池裡沒有什麼魚了，要不然也給你撈來賣。」

「騙你的啦！不過如果是你要吃大池的魚，我可以免費請你。」紅腳仔說完哈哈大笑。

「大池現在還有魚可撈？」林明吉信以爲眞的問。

「早就沒了啦！就算有的話頂多也只剩下小魚。」紅腳仔繼續說：「我和你說喲！聽說最近不但撈到的魚很少，還有一點很奇怪，就是幾乎都沒有虱目魚。」

「怎會這樣？以前池裡不是虱目魚一大堆？現在怎麼沒有了？」林明吉說。

「誰知道？」

「阿同，記者會開完了？」林明吉看到李文同從公館走出來，走上前喊他。

「不是記者會啦！是院長來聽管制局的人提出報告。」李文同說。

「有什麼新消息沒有？快說來聽聽。」

「我和你們說，你們現在住這裡晚上可得注意一點，最好是都不要出門，因爲光是昨晚就死了五個，而且還有三人失蹤。」

「什麼？五個？不是說只有二個？」

「你們知道的是不是四草大眾廟前水母公園裡的一對談戀愛情侶？」

「對啊！那還有呢？」紅腳仔一臉驚異的問。

「城西防風林裡昨晚死了三人，其中一人還是昨天才到公館的管制局人員。」李文同說。

「怎麼會這樣？」林明吉好奇的問。

「現在問題可能搞大了，依據警方調查，死的管制局人員，可能和另外兩人有勾結，到城西防風林想捕水母，卻被攻擊，三個全死，其中一個還是在鐵籠裡被吃掉的，結果人死了，水母反而被關在鐵籠裡，還是活著的，你知道嗎？。」

「怎麼會在鐵籠裡被吃掉？」

「警方還在調查。還有就是昨晚在安平區漁光里防風林，有二個露營的人失蹤，一男一女；另外在國姓大橋旁的洋香瓜田，也有一人失蹤，都已查出身分。」李文同說。

「為什麼會失蹤？」林明吉問。

「安平防風林失蹤的是一對男女朋友，和其他幾個朋友一起租帳棚在防風林露營，失蹤的二人說吃得太飽，要出去散步，就沒有再回來，但在沙灘上發現兩人的拖鞋，擺得整整齊齊的，還靠在一起，跟著一塊去的朋友一直沒找到他們，在發現拖鞋後覺得情況不對，今天凌晨向警方報案。」

李文同接著說：「還有在國姓橋下曾文溪河川地農作區，發現一輛小貨車停在產業道路旁，車上還有二、三十個洋香瓜，但是人不見了，猜測可能是去偷洋香瓜，在溪旁被水母給拖下水，黃土地上還有很明顯爬行痕跡，警方根據車號查出失蹤的人住在台南縣。」

「現在要怎麼辦？」

「他們要檢查所有的攔網，還有，封鎖區可能會擴大，最慢今天中午就會宣布，下午就會開始趕人，你們搞不好下午就被趕走也說不定。」李文同接著說：「不陪你們了，我要去看一下換攔網，搞不好會發現什麼也說不定。」

「城西防風林的比較重要，你不去拍？」林明吉問。

「一大早就去拍了，所以現在好睏，先走了，拜。」

李文同似乎又想到了什麼，又回過頭來說：「對了，紅腳仔，告訴你弟弟最近兩天不要到大池撈魚，我覺得大池一定有問題。」

「已經查出來了嗎？」紅腳仔好奇的問。

「是還沒有查出來，但我覺得牠們可能是被一種物質吸引過來，大池到四草和鹿耳門溪口，距離差不多，而且幾十年來水流一直相通，可能有底泥被帶動到不同地方，水母可能就是被這種特有物質吸引上岸。」李文同說。

「你懷疑是大池裡的汙染？」林明吉問。

「我是這樣想，因為衛生局和成大在過去的身體檢查報告中，都已證實這裡的戴奧辛和汞汙染，會對人體造成影響。」李文同說。

「那和水母有什麼關係？」

「去年的水母含汞，後來因為水母突然全體消失，就沒做戴奧辛分析，在這塊土地上，除了這裡，沒有其他地點能夠符合條件。也就是說，汞和戴奧辛，對於水母來說，就像是狗聞到了香骨頭，一定會想辦法把骨頭給找出來。」

「阿同，你會不會想太多了？哪有說動物吃毒會長大的？」紅腳仔說。

「我也不知道，但我是有想到這點，反正你們多小心點，絕對沒錯，你們如果被水母吃了，我就少了兩個可以相罵的酒伴。」

「好了，不說了，我還要趕場，先走了，拜。」李文同說完就開車離去。

「阿同跑這裡跑了十幾年，台鹼安順廠的汙染案被他搞大，水母游到四草保護區也是他最先報的，他一定想到了些什麼。」林明吉向紅腳仔說。

※※

「查網會不會有問題？」

「報告局長，不會。」莊文淵接著說：「待會第一個檢查的是鹿北二站南向攔網，這是新網。」

「記者會不會去看其他攔網檢查？」

「我昨天就安排好了，最早檢查的是車輛最容易到達的鹿耳攔網，約要二小時，嘉鹽所那邊的攔網，在鹿耳攔網開始拆除十分鐘後動手檢查，現在所有的轉播車和記者都在鹿耳門溪南岸，我已和記者說好，局長待會去的是鹿耳攔網，他們要請局長講話，所以嘉鹽那邊不會有人。」莊文淵說。

「所有的攔網都一樣，如果發現破損就立刻更換，換下來的舊網，馬上送去焚化。」

「還有，千萬記得，用局裡的車。」羅嘉文又說。

「上次報紙上登的那張照片，後來沒事吧？」羅嘉文又說。

「沒事，當時就是那個姓李的記者拍到，先前我就和他說是被膠筏的螺旋槳割斷的，當時是生化組龍哥收的網，拿斷頭的一邊給他看，其他記者來的時候，龍哥已收了網。」莊文淵說。

※※

漁民站在兩艘膠筏上，撐直手中的長鐵棍，從溪南依序取下掛在兩片鐵架間的攔網，才取下第二個掛環，將攔網拉至鐵架外側，半黑的網繩上，凌亂掛著藻類綠絲，還有泡水後浸著汙泥半紅半黑塑膠繩，塑膠繩旁明顯有一個破洞。掛環陸續被取下，從溪底拉上水面的網繩愈來愈長，出現愈來愈多的缺口破洞。

堤防上管制局工作人員、記者和圍觀民眾，雙手環抱著厚厚外衣，頂著寒冷北風，開始指點起來，你一言我一語的，隨著攔網拆除的面積擴大，擔心的人也漸多。

有人只是靜靜看著，不知心中想些什麼；也有人每看到一個新的網上破洞被從水中拉起，就按捺不住的拉著旁邊的人叫說：「哇！壞了，又一個洞。」

溪岸堤防南側道路上，一輛工程車開始轉動車後方的捲輪，輪上的鋼索將水中剛拆下的攔網拉上斜坡混凝土堤岸，穿著白色防護衣的管制局人員，先將成一條線的攔網拉開成一個面，有的戴著手套低頭查看網繩，有的拿攝影機，一個個將破洞拍下來。

「局長，請問造成這些破洞的原因是什麼？」「破洞是不是已成爲封鎖漏洞？」「是不是要擴大管制？」一堆記者問羅嘉文。

「等新網拉上，我們要分析破洞的原因……」羅嘉文說完話就離開了現場，坐上車打開手中的行動電話。

第一個檢查的攔網就發現破洞，羅嘉文比誰都清楚究竟是發生了什麼事，發現破洞的是新攔網，說明圍堵政策的失敗，這正是他拉高分貝強力主張的對策。但，從另一個角度看，破的是新攔網，如果是舊攔網的話……

去年底四草水母事件發生，中央部會邀集農委會、環保署等多個單位人員開會，謀求對策防範，當初另一派以潘昌東教授爲主的學者，主張擴大淨空區域以替代圍堵；但羅嘉文的一派認爲擴大淨空範圍受影響居民太多，耗費社會成本太大，主張小範圍淨空區域再配合封鎖線。

也不過是近一年前的事，當時會議中他曾是戰勝的一方，站在金字塔的頂端，也是後來被派任管制局長的主要原因，行政院也同意隨即開始依他提出的計畫執行，一口氣二十億元的經費很爽快的答應，這是過去不曾見的超高效率，尤其是在三個月內就完成了所有溪內攔網，陸地上所有的站所和隔離牆也在四個月內完工，這些都曾是他得意之作。

還記得台下坐著總統，羅嘉文在台上洋洋灑灑的說了一大堆，所有高官都在台下看他獨自表演，靈活而肯定的言語，他也從大夥眼神中，看到自己引以自豪的效率，和別人信任的眼光。

攔網破洞，這只是才開始檢查的第一具攔網，而且還是距海最遠的鹿北二站南向攔網。距海最遠的攔網都會受損，其他比鹿北二南向攔網距海更近的攔網，究竟會是什麼樣子？他不敢想像。

羅嘉文關上了手上先前打開的手機，現在事情搞大了，不知道如何向閣揆報告，這位當初力挺他的閣揆，把他的計畫當成有力解藥，如今卻可能變成燙手山芋，不但丟不掉，而且更愈來愈燙，燙得沒有人可以接。

雖然手下還有一個莊文淵，是他一手拉拔進局裡，理應不會背叛他，也不敢背叛他，因爲背叛他的後果，不但以後宦途無望事小，而且絕免不了牢獄之災。強力的政策訴求贏得勝利，讓羅嘉文獨力主導整個圍堵的各項工程，從陸上的站所蛇籠，到水下的鐵架攔網，他沒有一項不清楚，也就是因爲實在太清楚整個工程的來龍去脈，才讓他更擔心。

潘昌東那一票現在一定在等著看笑話，搞不好等一下就會在台北開記者會數落不是；要不然就是一下子衝到台南，直接挑毛病；或是故意以協助的身分參與；要不然就是找人研究斷裂的網繩；還有陳延東和外人勾結的事……

頭剔了一半，只有硬著頭皮推到底，先洗了再說，難道不成低頭認罪，啷噹入獄？結束一生？當然不會，開什麼玩笑，不論現在這個職位是誰在坐，碰到了一樣的事，只有一樣的選擇，沒人會故意找死。

羅嘉文再打開了手機，打給莊文淵，請他到前進實驗室辦公室來一趟。

「拉上的舊網馬上送到城西焚化爐銷毀，叫龍哥他們全程看著，處理時外人不要靠近。」羅嘉文說。

「已交待過了。」

羅嘉文點了一根菸，走到陽台上慢慢的吸著，不早不午的金色陽光，和過去每一個日子一樣，平均的灑在地上。

「要不要來一根？」羅嘉文順手遞上一根到莊文淵面前。

「謝謝。」莊文淵收下了菸，羅嘉文爲他的部屬上火。

「你不是戒菸了？」羅嘉文問。

「是啊！」

「那爲什麼還抽？」

莊文淵「哼！」了一聲！然後說：「我和局長都一樣！一堆惱人的事。」

※※

鹿耳門溪水母意外事件，在電視上整天播報，一次又一次，重覆再重覆，就像聽不煩的錄音帶一樣，引起更多人的注意，但聽在羅嘉文耳中卻十分刺耳，又不能不聽。字幕跑馬燈出現在每個新聞電視台，有直的也有橫的，永遠跑個不停；沒過幾分鐘，記者的現場畫面陸續出現，放在最前頭的都是管制區擴大範圍的消息。

一會是電話響，一會是局裡人進進出出的報告，然後又是「碰！碰！」的敲門聲。

「報告局長，樓下的記者請局長前往說明。」

桌上的菸灰缸裡早已塞滿了菸頭，有的被折斷露出一絲絲褐色菸草；有的才抽沒幾口，就彎曲的硬塞在菸灰缸裡。

上門報告的管制局人員將盒裡的菸灰倒入垃圾桶，再放回桌上，羅嘉文在手中的菸壓了兩下，還轉了轉，菸頭未熄，還冒著小白煙，再用手梳理按了按依然烏黑的頭髮，走下樓梯。

一堆記者早已等在公館大門前，分配好了位置，一見到羅嘉文，麥克風全都嘟了上去。

「到下午一點爲止，已經拆除三個攔網，至少發現四十處以上破損，經過初步研判，有些是被水沖流斷，但有些卻是明顯被腐蝕的痕跡，我們擔心可能已有四草水母入侵，所以決定擴大管制範圍，也就是說從台南縣市交界的曾文溪出海口以南，到台南市安平商港以北，這段海域全天候禁止漁業活動……」

※※

滿福春和滿福春一號，從七十年開始就在台灣海峽成對撈捕烏魚，算得上是台灣海上捕烏的「老字號」巾著網漁船，二十多年來不知在海上捕到過多少烏魚。

這天上午，在台南縣國姓港外海半浬海域，滿福春和滿福春一號，發現烏魚群，二船開始分離前行，一左一右，向前包抄，往南側的安平港海域拖行。船行至四草海域，突然感覺拖網拉力減弱，繼續拖行至鹽水溪出海口西側海域收網，卻發現巾著網底部已破了一個和臉盆般大的洞口，不知有多少烏魚已從網洞中溜走。

二艘一組的巾著網漁船，在過去二、三十年中，一直是台灣海上捕烏的主力，但在過了民國七十年台灣海上捕烏高峰後，台灣的巾著網漁船愈來愈少，目前剩不到二十組，海上傳統的捕烏文化也漸式微。

巾著網漁船總是在二船接近合攏後開始收網，兩船靠得愈近，海中的巾著網就被縮得愈小，網內一肚閃亮的烏魚也開始跳躍，但今天卻不見會跳的魚兒，就算船上漁民伸長了手，用手網在已合攏的巾著網內撈魚，卻撈不到幾尾，拉起全網後發現有一個破洞，整個心都涼了。早在巾著網漁船開始圍網，漁業署巡護船漁建貳號，就在海域上跟著巡護，防止有漁民駕駛舢舨衝入已下海的巾著網內搶撈烏魚。但二船合攏後，船上漁民用二個手網一共才撈不到一百尾烏魚，這一幕全看在漁建貳號船員眼裡，心知有異，以無線電連絡漁業署後，跟隨漁船駛進安平漁港。

一個約臉盆大小的破洞在漁港碼頭上被攤開，不似被利器割傷，繩節末端不均勻的斷裂，類似被火蠟熔解的模樣。

「以前有沒有碰到這種情形？」漁建貳號船長莊瑞基問說。

「去年在安平漁港，聽說另一組蘇澳的巾著網漁船，也碰到類似事件，聽說是在海上撈到一隻水母，被用棍子在漁船上打死，然後丟到海中，當時我去看他們在碼頭上補網，缺口就和這次很接近。」船長說。

「可不可以把你們的下網和收網位置和我說？」

「等我一下，我去看一下導航器。」漁船船長說。

「如果沒猜錯的話，我想你們可能撈到四草水母，我要把資料報到管制總局。」莊瑞基說。

※※

「對不起，不是我們不讓你進去，實在是管制局的規定，除了他們局裡的人，其他一律禁止。」台南市環保局派駐城西焚化廠工作人員，對著來到焚化廠採訪焚燒攔網的李文同說。

「可不可以請你們替我轉達，我只是來拍張攔網焚化的照片，或是請他們工作人員來一下，我直接和他們說明。」李文同說。

一名身穿白色防護衣的男子，走到焚化廠門口，看了看李文同：「對不起，我們局長有交待，擔心焚毀的攔網可能受汙染，所以除了有防護衣的工作人員，其他人一律不得進入，包括環保局工作人員也一樣。」

龍哥過去在嘉南二攔網收網時，曾見過李文同，當時李文同東問西問了一堆，還拍了攔網破洞的照片，其他記者後來才到，龍哥當時見苗頭不對，馬上收了網離開，無論記者再問些什麼，龍哥就是口風緊得很，不是說不知道，就是說待調查，這些全是上頭的交待；如今來到焚化廠要看燒攔網的，又是這個他認得的記者，心中早已防範。

「我有和你們一樣的防護衣，我可以穿進去，只拍張焚化的照片就好！」李文同說。

「你怎麼會有防護衣？」龍哥不解的問。

「向台南市環保局借的。」李文同說著就取出防護衣給對方看，但龍哥只瞄了一眼，連碰也沒碰一下，就說：「你的防護衣和我們管制局的不一樣，防護能力有限，爲了防範意外，我們還是不能讓你進入。」

「可是我剛才有問過局長，局長說是一樣的，所以才借給我！」李文同有些無奈的說。

「那個局長？」

「台南市環保局。」

「這件事是管制局處理，除非我們局長同意，否則你還是不能拍照，你可以打電話給我們局長。抱歉，我們還有事要忙，我必需回去。」龍哥說完話掉頭就走。

李文同拿出手機打電話給羅嘉文，但羅嘉文的辦公室電話和行動電話一直嘟嘟的占線，只能看著焚化爐高高的煙囪冒出淡灰黑煙。

悄然而至的句點

每年入秋以後，來自北方西伯利亞、中國大陸東北和日本北海道的冬候鳥，陸續南下度冬，從台灣、中國大陸福建、廣東沿海到菲律賓一帶，在廣大的度冬區成了每年特有的冬候鳥季。

鹿耳門溪南岸的四草，向北一直延伸到台南縣市交界的曾文溪，和台北淡水河口、台中大肚溪口、宜蘭蘭陽溪口，過去一直是台灣地區四大賞鳥地，也是台灣現存重要溼地之一，每年冬候鳥吸引民眾前往賞鳥，也是鳥友在台灣地區調查繫放的重點地區。

「腳環的顏色記下來沒有？」鳥友黃南銘說。

「有，我去看那邊還有沒有。」張學誠說著，將已繫腳環完成記錄的一隻青足鷸放飛。

很快的「噗！噗！」兩聲，青足鷸拍動不到幾次翅膀，消失在夜空。

「這邊沒有了。」張學誠走向攔網西側，停了下來，發現靠近右運鹽運河旁撐住鳥網的竹棍有些傾斜。

「沒有就回去了，已經快兩點了。」黃南銘說。

「你先回去，我等一下就走。」

「那我先回去了，上午還有資料要在會館整理。」黃南銘說。

「好，我等下就走。」

張學誠在攔網西側傾斜的竹棍旁蹲了下來，看到地上有些散落鳥毛；再抬頭看上方的鳥網，有一個破洞，拿手電筒照去。

去年此時，張學誠在宜蘭蘭陽溪口調查鳥類繫放，今年改到四草，這是他研究所二年級的論文。只要做完這個冬天，蘭陽溪和曾文溪，這兩條分別位於台灣東北和西南的河川，他將有更周延的調查數據，說明在東北季風迎風和背風面、雨量多寡可能造成的棲地影響。

張學誠左手抓住了一截鳥網，心想是什麼時候出了個破洞，正想叫黃南銘，但對方機車早已成了一個小紅點，連引擎聲都聽不見。

破洞在橫向拉開的鳥網下方，網下的主線也斷了，張學誠只得先用手拉起主線，簡單打了個結，否則被風吹得晃的鳥網，像亂飄的國旗，還眞不好抓。

右手才拿著斷裂網繩，卻感覺整個鳥網強力的被向後拉，細如髮絲的網繩扯住了他右食指，瞬間在他食指和中指的窩縫拉出一條血絲。

兩腳一高一低的站在斜土坡上，「啊！」的一聲，張學誠被纏在手指間的鳥網向後拉倒在斜土坡上，伸出左手想撐離地面，再解開纏住掛在較高處右手上的鳥網，身子還沒撐起，一條溼滑冰涼的大粉條，從手腕向上捲住了他的右手臂，愈拉愈緊。

張學誠沒來得及反應，手臂上滴水黏溼的長肉捲，冰涼的從右肩滑向後背，再包住整個臉，水母全身重量壓在張學誠身上，張學誠右手被上方鳥網纏拉得更緊，整個人斜吊在半空中。

左手死命的想將包住脖子的東西拔掉，但早已被纏繞了不知多少圈，每當他吐一口氣，幾隻冰涼如同大蟒的軀體，就更向裡再紮緊一分。被包在半透明肉體內的脖子，爆出的青筋斜拉到臉頰，像葉背鼓起的條狀葉脈，嘴臉斜張，脖子硬是被擰到左後方，直到攤到了地上，一直使不上力的右手還掛在網上。

架設鳥網的地點在古運鹽運河東側，若是在大白天，運鹽運河西側就是四草保護區的空辦公室，再往西一兩百米，是四草野生動物保護區的鹽工宿舍，鹽工二〇〇三年全部遷出後，由前進指揮部進駐。

如果是大白天，站在莊文淵二樓的辦公室，從窗口向東望，數百公頃的保護區停曬鹽田盡收眼底。在一片平坦地上，不要說是有人騎機車經過，就算是有鳥起鳥落，都躲不過在此的目光。

但，偏偏現在是晚上，是黑麻麻一片難見五指的深夜，什麼都看不到。

夜深人靜的凌晨一時多，溘低露水重，張學誠並沒有如願完成他的碩士論文，沒有人知道他最後掙扎時刻面臨的痛苦和恐懼，只是靜悄單純的消失在黑夜，二年的調查也畫下了沒有結果的句點。

發生災難地點西側幾百米處，是管制局前進指揮部。凌晨一時多，微黃的燈光未熄，兩個人影在窗前來回走動，其中一人還不時停靠在東向窗戶旁，低頭彎腰，將一個眼睛對準一具單筒望遠鏡。望遠鏡的另一頭，有一片更大的紅色玻璃，是夜視鏡，可以在黑夜裡觀察遠處活動。杜朝正彎腰瞇著左眼，望向保護區內停曬鹽田。

「麥可，這個晚上眞的能看到什麼東西嗎？」

「如果有那麼厲害就好了，這只是一個台北朋友，幾個月前來這看我，說怕我太無聊，而且這裡又是保護區，就算看不懂鳥，也總得想辦法打發時間，就送了我，大白天的還可以看看，晚上什麼也看不到！」莊文淵說。

杜朝正眼睛離開了望遠鏡，伸了個懶腰，又打了個哈欠說：「天也不早了，你先休息，我要走了。」

「好，我送你。」

「不要客氣了，大家都是老同學，那件事我覺得你還是要注意著點。」

「唉！有什麼關係，我送你到樓下。」

看著杜朝正獨自開車離開，莊文淵上了樓，關了門，拿起行動電話。

「報告局長，我是文淵。」

「嗯！」

「杜朝正剛才從我這離開，我想可能會過去你那。」

「……他？他什麼時候回來的？」羅嘉文怔了一會，才反應過來。

「說昨天才回到台灣，聽說這裡又出事，所以就來看看。」

「他一個人來？」羅嘉文問。

「不知道，他剛才是一個人開車來的，但我看那輛車不是他的，我想可能不只他一個人。」莊文淵說。

「他還有說什麼嗎？」

「這就是我馬上打電話給你的原因，他很關心攔網，還問了一些陳延東的事。」

「你怎麼說？」

「我這邊怎麼說都和局長的一樣，所以先和局長報告。」

「好，這個我來處理。」

講起杜朝正和莊文淵，兩人從國小就是同學，莊文淵從高雄縣鳳山中正國小畢業後，繼續依當地學區劃分念鳳山國中；但杜朝正家境好得多，國小畢業後，舉家遷往台北，後來兩人一個念生物，一個念化工，誰也沒想到十多年後竟然在美國的同學會中碰面。在麻省理工附近的麥當勞附近，兩人都是不到一米七的身材，也都是白白稍胖，倒有幾分相像，合租了一間二樓小木屋。

還記得有一次兩人向窗外望著遠處麥當勞閃爍的「M」字大紅燈，突發奇想，杜朝正提議將兩人英文名字都改成「M」開頭，因爲「M」是他們過去念的中正國小「中」字的英文開頭，也是麻省的第一個英文字母，象徵兩人從國小到留學，從相識到重逢，都是「M」帶來的緣分，而且據說「M」是全世界小朋友最先認識的第一個英文單字……

羅嘉文放下手中電話想著：杜朝正突然跑來，的確不對勁，若不是上面的風向改變，要不就是有人請他來探口風，如果眞是如此，問題就複雜得多，他不能不防。

而且，沒有人不知道杜朝正和莊文淵的關係，杜朝正來台南第一個就去找莊文淵，就算是在三更半夜，也沒有人會多想，但是他們會談什麼？一個是從小到大的老同學，一個是提拔他的老長官，誰的勝算較大？一旦出了事，誰又會是第一個被拋棄？羅嘉文心裡寧可相信自己，自信和堅持是他的招牌，也是今天他能坐上這個位子的最大本錢。

在過去碰到的每一件事，只要和對方意見不合，需要扭轉的總是對方，他是一個充滿堅定信念的船長，死命抓緊手中的舵，航向他認定的方向。決定方向的能力，除了依賴平時累積的經驗，還有打死不退的個性；說實在的，有時也得靠點直覺。

在決定任用莊文淵之前，羅嘉文早知道莊文淵和杜朝正兩人關係匪淺，更了解杜朝正和潘昌東在一年前的理論是他最大的死對頭，但他還是決定用莊文淵，當初很肯定，現在依然沒變。

莊文淵絕不是他找來堵長城的，在羅嘉文眼中，莊文淵連穩固牆腳的實力都沒有，根本就堵不了什麼長城，頂多就當他是個花瓶；從外界角度看，原本被視爲親潘派的莊文淵，如今被拉到管制局做事，是管制局不分派系、用人唯材的活廣告，更何況莊文淵有一個開建材公司的遠親，從鋼筋混凝土到鐵架欄網，無所不包。

包山包海的工程，對莊文淵那房遠親來說，輕易嫻熟，雖然以前一度險些出事，但總有底下的人扛著，根本動不了大老闆一根寒毛。而且，這次的工程，是以另一間掛了名的子公司名義搶標，如果沒有幾分證據，就算是咬到了羅嘉文，也是不痛不癢。

※※

長一公里半的紅樹林隔離水道，從台南科技工業區東側貫穿南北，在寬三十米的水道中，科技工業區施工處從一九九六年開始移植復育紅樹林，如今已是一片狹長水中綠帶，分割出一間間豎立的科技大樓和廠房。白天是一條充滿生氣的綠色龍帶，入夜後是分隔許多醉人氣氛的草地小窩。

說起隔離水道，倒讓人感覺有一些是「半推半就」的，原因是一九九四年最早提議要利用此地鹽田開闢工業區時，受到南部地區幾個生態保育團體反對，認爲在工業區開闢前必須完成相對生態保護措施，四草保護區的劃設就是在此條件下交換得來。

科技工業區開發預定地上，除了單調的鹽田，還有伴隨鹽田點綴環境的紅樹林，生態保育團體要求「必須全數移植」，保育團體先在紅樹林樹上編上塑膠號碼牌，爲全區可能會因開發而受影響的紅樹林植物計數，要求榮工公司未來移植或復育的紅樹林植物絕不能少於計數數量。

榮工公司團隊，依地形規劃出一條大致呈南北向的水道，除了爲區內作細部分區，同時也有製造綠帶景觀的雙重效果，也成了安置移植或復育紅樹林的新家園，如今更是科工區對外宣傳招商的生態重點訴求。

四十米寬的本田路，是四草地區聯外主要道路，在本田路和紅樹林隔離水道交會處的斜土坡，是最早完成移植的地區，從此向北望可見入夜後黯淡燈黃的微光廠房。沿水道旁的一根根高桿美術燈，不知當初是怎麼設計的，更不知是燈光的明亮度還是燈桿間的距離，展現得恰到好處。這裡的亮，讓不同的人各取所需。既不會暗得叫人看不見，也不會亮得讓人看清楚，就是這種若明若亮的感覺，使這裡成了台南市新興的談心場所。

記得在二〇〇三年，一千多盞區內路燈完工，開始試燈，濱海公路以西，成了一個大燈會，直直橫橫道路兩旁的電桿一成不變，硬朗的燈管釋放出連閃都不閃一下的同樣光亮，映著區內不見人車來往的單調光景。從區外向內看，卻是另一番景味，它襯托出鄉間田野的寧靜，含著另一種莫名的美。

二〇〇三年，這裡出現了台南市一批與眾不同的「車床族」。典型的「車床族」，總是希望找一個黑暗僻靜地點，創造一個只能容納二人的小小空間，在無人干擾的清夜，小空間就是大世界。但這裡的「車床族」卻有怪僻，喜歡待在一根根的電桿下。

說穿了，怪僻也只是心裡害怕的必然結果，因爲剛開發地區，工廠少，人車少，雖然情侶看中此地的「靜」，但四下無人特有的靜，不但靜得離譜，而且讓人覺得靜得可怕，好像總是在一陣忘情過後，免不了先放下身邊正事，抬頭四下張望一番，感覺總有什麼東西正在接近。

日子一久，太暗和太亮的地方都沒人去，愈來愈多的人選擇在路燈下停車，附近其他同好，彼此間似乎也產生了共同默契，保持距離，互不干擾，各取所需。

二〇〇五年冬日，一對在區內上班的小情侶，下班後吃完宵夜，從台南市區回到科工區，將車停在本田路北側靠近離水道的路旁。

兩人相依走下十多米短草緩坡，眼前不到一米就是水道，還有一些叫不出名稱的雜草，從下方蔓上水面。

「我們第一次來這裡的時候，和現在看到的，差了很多。」

「對啊！你看，工廠多了，車子也多了，隨時都可聽到車輛來來往往吵雜聲，不像以前寧靜。」女子側依在男子肩上，右手還拿草撥弄著前方的水。

「就是這些欖李長的速度太慢，記得兩年前，高度也和現在差不多。」男子一邊撥弄女的頭髮。

「對啊！當初整個工廠裡的人，上下班經過都不知道水溝裡種的是什麼，只說是一天到晚都看，但就是不開花，一點都不好看，後來才知道這就是紅樹林。」

「以前來這裡，那種靜讓人感覺好像附近有人在接近，也常會警覺性的四處張望，現在來往車太多，不再有那種擔心，反而懷念起以前那種靜的感覺。」男子說。

「二年了，這裡的變化很多，當初如果日本小老闆沒有換人，我們就不會在同一個單位，現在還搞不好不認識呢！」

「對啊！更不會一起來這裡了。」男子接著說：「其實以前那種在這裡約會，擔心這擔心那的感覺，也倒蠻有意思的。」

「可是那種怪怪的感覺，好像隨時都會從背後蹦出來，也說不出來像是什麼，難怪很多人都會怕。現在好多了，可是神祕感也沒了。」女子說。

隔離水道的水是鹹水，是當初的特殊設計，透過明溝和暗管，向南連接嘉南大排，靠著海水漲退潮帶來活化海水，不但平時可在這裡看到小海魚，更有趣的是，在科技工業區距海三公里的汙水處理廠，還可捕到一台斤以上的海魚。

汙水廠的員工，當初把這個消息告訴李文同，李文同去看汙水廠，在出口水池看到海魚浮沉，只因為池水太深，接近三米，下不了水，頂多只見魚兒甩尾，魚腹瞬間翻現的微光閃亮，李文同連個閃耀的魚影都沒拍到。

「汙水廠出現海魚」的新聞見報後，住附近的民眾，還有當時在區內建廠的勞工，好幾次希望能「開放釣魚」，不但可以「在內陸釣海魚」，有趣得很，而且還不用付錢。但汙水廠管理人員認為廠區不能太招搖，還是要守規定，獨一無二的「汙水海釣場」一直未對外開放。

兩人坐著的斜坡草皮，前方有一個緩坡滑向隔離水道的水面，左後方兩米處是水道出入口，正方形的混凝土箱涵出口處有一個鐵柵，隔開水道和箱涵，箱涵上方卻沒有橫向鐵柵或網覆蓋，成了透空，或許是為了便於清理雜物，或許早就被人偷走。

漲潮海水從箱涵中帶來淡淡海水鹹溼味，混著逆勢的北風，拂動欖李和海茄冬，空氣是無味的，感覺是清新的。

「那一個是北極星？」女子問。

男子伸出右手在水道北方的低空劃上幾圈，就是沒看到北極星。

「這裡的燈愈來愈多，再這樣下去，北極星遲早都會看不到。」男子說。

「那……獵戶呢？」女子撒嬌的問。

男子笑著把頭轉向右側，趴在草地上，輕看著下個月就要當他新娘的未婚妻說：「我不知道，妳來告訴我。」

女子轉了個身，身子從斜依躺著變成趴著，兩手撐在下巴下方，臉頰向著天空，不發一語，又轉頭望向身旁未來要依存一世的人，一味的傻笑著。

獵戶座高掛在偏南的中空，像巨大的獵人，想像他兩個肩膀和跨開的雙腳，還有在中央斜射的獵戶腰帶。

二年前，地點也就是在和現在同一個地點，兩人先到書局買了一本觀星手冊，再帶著一把小手電筒，下班後晚上來此觀星，獵戶座是他們第一個認識的星座。

女的不是找不到獵戶座，只是在撒嬌。

獵戶腰帶的三顆星向下延伸，很容易就找到天狼星，是夜間全天空最亮的恆星，附近還有小犬和其他星座，他倆都熟得很，而且計畫婚後二月的蜜月，要到埃及，去看看三星獵戶腰帶傳說中在地上對映的金字塔，還有古埃及人依以計年歲的天狼星，還有史芬克斯、奧西里斯、伊西斯、荷魯斯……，還有好多好多腦海中的古埃及故事。

靜靜的天空，映照著不平靜的水面。

女子突然覺得一條冰涼的繩，黏敷在她的右小腿，另一隻同樣涼溼的東西又捲上她的左腳。當她驚嚇的「啊！」叫出聲，想回過頭向後看，身體已被拖著向草坡水面下滑。男子馬上用雙手半撐起身子，整個人撲上去抱住未婚妻的腰，但無奈坡地草滑，又近水邊，只聽到男子喊了一聲「福美」，兩人都被拖入水中。

男子在冰冷的水中，抱著未婚妻的手鬆脫開來，意識著先用雙腳踩住水底，先站起來吸口氣；但水道底稀泥又軟又滑，不但踩了幾個空，右腳還被水中雜草土根纏住。右手還沒來得及扯開纏在腳上的草根，左手已被另一隻游過來的四草水母螺旋繞了兩圈，很快從手一路上攀到頭部，將他壓入水中。

從水底看上方的世界，幾百米外，公司廠房大樓的五個英文大紅字霓虹閃亮，化成一條條不規則彎曲水波，成了人生最後記憶。

※※

四草海岸，北從鹿耳門溪出海口，南至鹽水溪出海口，全長不到四公里。每年入秋以後，養蚵業者陸續將一個個長方竹編的蚵架拖到淺水海域，開始冬季養蚵。選擇在秋季，主要是可以避開強勁的東北季風。

農曆十月以後的海上養蚵，有的買來蚵苗，從頭開始養，有的是從雲林縣買來已養幾星期的半成蚵。在載浮載沉的蚵架底部，無論是蚵苗或是半成蚵，都是海洋中的大肥水，既吸引魚群，也引來捕魚人，尤其是毒魚或電魚人。

冬至前後，南下的烏魚也愛上了這處近海的肥美，在每一個隨波晃動的竹架下方，從蚵到蚵螺、毛螺到蚵蟹，浮游生物和大大小小的魚蝦，形成一個全年特有的海岸食物鏈。幾年前連東方柄渦蟲也來湊一腳，而且繁衍的速度快得嚇人，養蚵業幾乎被這十元硬幣大小的低等動物給消滅。

小魚吃浮游生物，大魚吃小魚，無論食物鏈再怎麼排列，人類總是站在最頂端，不分大小的一網打盡，不留情面，也毫無節制。

從下網到收網費盡力氣，但能收穫多少卻是未定之天，貪婪的心讓漁民尋找能捕更多魚的捷徑。在水裡拖了條電線是捷徑，將氫酸鉀投入水中毒魚也是捷徑，儘管養蚵漁民年年罵得幹天，但毒電魚都是在夜間，陸上的事都管不了，誰又管得了海上。

養蚵季將到，四草漁港堆滿一層層的空蚵架，像一片片剛拆封疊在一起的大餅乾。待西南季風一停，漁民駕駛膠筏將空蚵架拖往外海，再繫上吊蚵繩，開始養蚵。四草漁港列入管制區後，漁民被迫將膠筏駛往南側安平漁港，和北側的曾文溪停泊，另起養蚵爐灶。

楊喜東、楊喜雄倆兄弟，趁著黑夜，駕駛舢舨靜悄悄的離開安平漁港，出了港口，先向西行，再轉向北，緩緩靠近四草沿海。

身高不到一米六的兩兄弟，生得一個模樣，瘦小乾黑，幾乎年年在養蚵季毒魚，毒到的魚蝦蟹，自己家人從來不吃，少的送人，大部分賣到市場。

瘦小乾黑的影子，是黑夜海上鬼混最佳保護色，神不知鬼不覺的來到四草沙岸外的養蚵區，先選定一個蚵架，用流刺網將蚵架四周水域團團圍住，形成一個圓網獵場。楊喜雄將膠筏停靠在蚵架旁，把預先準備好的長木板拉到蚵架上，楊喜東從木板走向蚵架中央，向左右水中各丟了兩粒氫酸鉀。

楊喜東瞬間感受到魚兒在他腳下水面亂竄，「咻！咻！」的一群魚兒，忙著穿梭逃命，但多數都逃不出早已布下的流刺網，有的狠勁向外衝，直接掛網，有的半楞半跳的浮了起來。

「碰！」的一聲，楊喜東突然感到腳下站著的木板底部，被硬是用力的向上頂，震到他的腳底。這尾可能不小，還沒昏去，楊喜雄心中暗爽。

楊喜雄從舢舨丟了一個手撈網到蚵架上，楊喜東彎腰拿起撈網，從蚵架竹棍間的空隙下網撈魚，但撈網卻被卡死在水下，拉了幾下，卻一動也不動。

一定是剛才亂撞的大魚，死抵著竹棍不放。楊喜東想著，大魚少說也有二十來斤。

就算再掙扎也是沒有用的，楊喜東這種事碰多了，只要是進了撈網，從來沒有魚能夠逃掉。

楊喜東用力將手網往上拉，想著如果是幾尾母烏就好了，光是烏魚子就不少錢，老天爺今天可眞幫忙。

撈網才離開水面，楊喜東彎腰朝網內瞄，幾條和小朋友手臂般粗，亮亮的長條纏繞在一起，還有幾根細長的伸到網外。

在這也可撈到章魚？楊喜東用力往上拉，想靠近瞧個仔細，但網實在太重，只得把撈網先靠著竹棍，沒眨眼功夫，其中一條肉鞭朝上抽了上來，彎掛住楊喜東脖子，另兩隻腳借力使力，順勢而上的爬上竹棍，將楊喜東的腳和竹棍纏在一起，一個軟軟肉頭吊單槓的向上一翻，上了他的背部。

楊喜雄從舢舨跳上蚵架，踩著搖晃的木板往前跑向楊喜東，手中一尺多長的魚刀舉得比肩還高，眼看哥哥被水母上壓下拉，整個人先是跪倒在蚵架上，前額再被向下拉撞到竹棍，側倒捲曲在蚵架上不醒人事。

楊喜雄半跪在木板上，用魚刀斜砍水母的大圓頭，「噗！」的一聲，大圓頭被削掉快三分之一，纏住楊喜東的幾隻大腳也軟化，從竹棍間鬆垮滑入水中。

「阿兄！阿兄！」楊喜雄一邊叫，一邊用手拖起哥哥脖子，卻感左手一陣灼熱。

「啊！」的一聲，楊喜雄直覺的將左手猛然抽回，看了看好似被燒燙的手腕，傳來一陣濃臭噁心的酸味。

楊喜東的臉上紅腫了整片，有些開始潮紅，血從臉皮下滲出。左眼眼皮幾乎腐蝕得剩下一半，大半個眼球圓鼓鼓的凸出眼眶，快掉了出來。

凸出的眼球轉動了一下，嚇得楊喜雄「啊！」的大叫。

楊喜東兩手不停抖著甩著，無法伸直，嘴巴吱吱唔唔，似乎想說些什麼，但又吐不出半個字來。

楊喜雄用手勺起蚵架下方的海水，澆灑在哥哥的脖子上，想把哥哥先扶起來，再抬到舢舨上。已被灼傷的傷口，一碰到鹹鹹海水，更是痛上加痛，楊喜東身子又向內彎曲蜷縮成一團，輕吼了一聲，再也沒出聲。

在晃動的海上蚵架間來往幾十年，從來也沒覺得多難走；但今天楊喜雄慌了，硬是半跪在木板上，兩手拖住哥哥的脖子和膝蓋死命將哥哥抬起，但一個不穩，兩人重重摔倒在溼滑木板上。

楊喜雄想先將哥哥拖到木板正中央，再把木板拖到舢舨上；但回頭一望，整個人都涼了，舢舨不見了，根本記不清剛才的一片混亂，竟是忘了將繩索繫在蚵架上，還是繩子鬆脫。

望向四下暗夜的海水，舢舨隱約搖蕩在十多米外另一個蚵架旁。

楊喜雄轉頭看看哥哥，一隻四草水母突然從竹棍下方擁上，一個瞬間就將哥哥下垂的頭整個包住，半透明的軟體還在胸前不停扭動，楊喜雄再撿起木板上的殺魚刀。

溼冷的手，朝水母才砍了一刀，左前方竹棍下，又滑轉上兩隻透明長腳，帶上一個扁圓大頭，幾隻腳像爬樓梯，滑過一根又一根的竹棍，向他接近。

膠筏已經漂走，前有水母，後無退路，楊喜雄手中只有一把陪著他十多年的魚刀，將哥哥放在木板上，站起來應戰。蚵架右邊的竹棍忽然沉壓入海中，像是被什麼東西給拉了下去，待重新浮上海面，另外兩隻出現在竹棍上，頭部足足有一個洗臉盆那麼大。

楊喜雄腳下的蚵架仍不停搖晃，眼睛的餘光不停搜尋岸上的燈光，祈禱夾雜著恐懼。厚厚的防風林，平時擋住海上來的風，如今擋住他最後一絲求救的希望。林間偶爾透過微閃的陸地亮光，不知是哨站還是防護牆上的燈光，靜靜的待在遠方，遠得如同在另一個世界。

楊喜雄手中只有一把刀，其他一無所有。

哥哥已先離開他一步，整個身子被包著拖下海中，弟弟在孤單海上，沒有同伴；眼前蚵架上卻有十多隻異類向他擁來，更不知有多少等在海底。

新婚夜的不速之客

四草大眾廟旁的抹香鯨陳列館，有二隻母子抹香鯨骨骼，四草保護區內的鹽田生態文化村也有一隻。牠們原來都是優游大海的龐然大物，是海洋世界中最大的齒鯨類，但最後都沉寂在四草，民眾只能在觀看牠們的同時，聽人講述牠們的故事，想像海底的另一個空間世界。

四草大眾廟旁抹香鯨物館，兩隻母子抹香鯨被細心的保護在一個大大玻璃櫃裡，十一米長的母鯨身旁是一隻二米半的幼鯨。一旁牆上彩色的壁畫，想像著抹香鯨在海中大戰大魷魚的情景。

鹿耳門溪出海口西北海域，沖起一柱飽滿水氣，一面平滑的大黑背，從水中向上輕滑出水面，畫出一條柔和長弧。弧線的末端，從水中揚起一個大大分叉的尾鰭。當每一次大黑影掠過海面，另一個更小的黑影也跟隨在旁，配合著海上打擊出生命韻律的節拍。一大一小的黑影浮沉，是自然界最原始的天性，大的永遠保護小的，小的也依存著大的。

抹香鯨悠然漫游，成群小魚從眼前左右散開，晃左晃右，根本不夠塡肚的小魚，絲毫引不起母鯨追逐興趣。又一隻似乎熟悉的身影從牠眼前越過，大大的頭拖著一束長長的腳，還有二隻特別長，也不知是拖行還是滑行，身子一縮一縮的。

抹香鯨的晶亮小黑眼，瞄了瞄這隻在牠眼前不遠的水族，尾鰭稍微使力，轉了個方向，朝向城西海岸游來；小鯨的身體從母鯨身旁磨擦輕過，跟著母鯨轉向。

被追的大扁頭水母，在水中竄游，忽上忽下，旋左旋右，沒有快到逃命的速度。母鯨也只是隨意跟著，究竟是要捕捉，還是只想玩玩，小鯨毫不在意。

岸近水淺，鯨的速度慢了下來。每一次浮上海面，倒映在瞳孔裡的陸上燈光，就變得更明亮。

三十多年的海洋歲月，燈光倒也常見，有時出現在海上，牠也曾好奇的靠近，那是另一種生物，比牠在海中看到的其他生物大一些，但卻比牠小太多。

幾個月前，當時小貝比還未出生，牠在靠近沿岸尋找食物，一時愛玩，跟著一隻小海豚游進小漁港，水上和水下傳來陣陣敲打聲，讓牠一時亂了方寸。

愈來愈多的小東西在牠附近水面上，不停繞圈子，有的打水，有的喊叫，水下反射出水上忙亂的身影，在浮水陽光間流動，最後牠鑽到一處小小海灣，離開九州的小漁港。

眼前又是另一片遠方陸地閃亮，母鯨帶著幼鯨邊游邊玩，漫無目的。

抹香鯨一路慢晃到近海養蚵區，先前在牠眼前那隻水母已不知去向，上方一串串的吊蚵繩在浪間搖擺不停，像是隨浪漂浮的海藻綠條。吊蚵繩上方一個個白色的大保麗龍塊，牠以前看過，還用身子故意頂過，輕輕的，沒什麼感覺，也沒什麼好玩。幼鯨在蚵架下方來回穿梭，身子不停的磨擦著一條條蚵繩。

從出生以後，母鯨一直保護著牠，雖然以前也曾見到對牠有敵意的生物，但牠們是海洋中的霸王，是最上層的掠食者，母鯨是最大的保護傘，幼鯨從不擔心。

幼鯨好奇的停在蚵架下，望著幾隻從蚵架上垂下來的細腳，依著蚵繩隨波逐晃，偶爾蜷曲個幾下，有時向上伸出水面。好奇的幼鯨想接近看個仔細，「噗！」的一聲，蚵架上的水母離開了蚵架，掉落在水中，幾隻大腳吸附在幼鯨頭部。幼鯨猛然回頭，極力想甩掉吸在身上的水母，並未發生效果，又在蚵繩間穿梭磨擦，想去除水母黏在身上的不快，但水母就是死吸著不放。

母鯨先用頭部把幼鯨推向一旁的蚵架外沒有吊繩的海水域，再用牠超大的尾鰭拍打，儘快趕走騷擾牠貝比的水母，又用頭輕撞了幾下，水母終於鬆開，加速向海岸游去。幼鯨皮雖厚，卻也被纏出一片小白點圈圈。

母鯨不想放過欺負牠小貝比的水母，從後方追去，繞到水母前方，使勁揚起大大的尾鰭，重重的朝水母的大扁頭揮了過去，水母被打得昏死過去，攤開了所有的腳，沉向海底。

愈靠近海岸，水母愈多，也愈接近水面，光是在母鯨眼前，就有好幾十隻，在接近水面處游來游去。或許是成了群的水母也壯了膽，有幾隻朝牠和小鯨游了過來。

母鯨轉了頭，用身體擠了擠幼鯨，又嗤叫了兩聲，呼叫幼鯨離開，但前方又來了兩隻不懷善意的水母，快速朝幼鯨衝撞過來，母鯨加快速度迎向前去，張開長而有力的下顎，最接近幼鯨的水母，一口被咬成兩截，身首異處，沉入海底，母鯨合了合牙，繼續追咬另外一隻。

另一隻水母見同伴在瞬間就被咬成兩截，倒也精得急速閃了個方向，頭一擠，腳一伸，快速溜向靠岸的淺水區，逃走時還噴出一堆讓母鯨感到酸臭的濃液，最長的兩隻腳拖在最後方，像兩把軟綿綿的大毛刷。

母鯨尾鰭一使勁，如火車頭般的巨大鯨頭向上一揚，沒來得及溜的水母，幾隻細長的腳被咬在母鯨下顎一長排的齒縫間，狼牙棒般牙齒一張一合一磨，母鯨頭部向前猛然一揚，連頭帶腳二米多長的水母，全進了鯨肚。

※※

天后宮旁的小巷，從晚間一直熱鬧到凌晨，擔任天后宮管理委員會常務委員，也是鎮門宮管理人的林忠民，在和同居人呂秋萍同居廿五年後，選在他們當初認識的日子，辦結婚，補請喜酒。來參加喜宴的親友席開六十桌，在晚間九時以後陸續散去後，林忠民酒喝得太多，一臉通紅，大夥圍在一起泡茶談天。

林忠民原本在鹿耳門溪出海口旁的魚塭魚養得好好的，也在海上養蚵，加上入冬以後撈鰻苗和烏魚，倒也不無小補；但從水母事件發生，擔心住在媽祖宮老家不安全，暫時搬到安平區「暗光叔」、「烏魚嫂」家中暫住，最近半年多來，受聘於管制局，在鹿南一站上班，唯一工作就是隨時張大眼睛，緊盯著防護牆，不能有所閃失。

「還沒酒醒之前不能讓他開車回安平。」李文同說。

「阿同，你放心，有我們這些老班的看著，保證絕對安全。」蘇順利說。

李文同和林忠民認識十多年。十多年前，林忠民就說如果他和呂秋萍哪天想不開，決定要結婚，獨家新聞一定給李文同。如今這一對老面孔，不知是想不開，還是捺不住，終於決定走向紅毯，李文同說什麼也非到不可。

喜宴結束後，大夥繼續混吃喝胡聊，十多親友待在林家在媽祖宮庄老宅客廳裡，談天說地，似乎將最近幾天的風聲鶴唳全給忘了。

「好了，已經一點多了，我要回去了。」林忠民說。

「不行啦！你的臉還是紅通通的，怎麼開車？」

林明國又說：「來！阿利仔，你開忠民的車帶他回去，我等下開車過去帶你回來。」

「好。」

李文同和蘇順利一人架一邊，將林忠民扛上他那輛克來斯勒三千三百西西廂型車右前座。

「碰！」的一聲，關上右前座車門，蘇順利從車前繞到駕駛座，發動引擎。

「開慢一點，我上個廁所就開車過去接你。」林明國說。

「好，那我先走。」

廂型車沿著顯宮國小前小路，開上二等九號道路，過了台鹼舊廠旁的毒土地，轉入一等三號道路。

車還沒上四草大橋，林忠民歪著頭斜躺在車上喊：「我想要放尿啦！」

「就快到了啦！到家再尿啦！」蘇順利向右看著林忠民。

「不行啦！跟你說就要尿出來了啦！」林忠民歪著頭，手抓著褲袋，一副尿快衝出褲檔的憋不住模樣。

「啊！你眞是的，剛才爲什麼不尿，現在又沒有廁所！」

蘇順利說著，慢慢將車轉入一旁慢車道停在路旁，還找了個離路燈較遠的路邊，免得被人看到。

車還沒完全停下，捺不住的林忠民開始拉門把，似乎想把憋了一肚子的尿全放到路旁水溝，免得擠爆膀胱。

前方十多米的一道長牆，向南連接四草大橋，向北見不到底。林忠民一邊尿，一邊想，這道牆一直延伸到他鎮門宮旁的魚塭，也就是因爲這道牆，讓他不能繼續在海邊養魚，每個月三萬六千元到管制局上班，還不知道要多久。

長牆清楚的分隔兩個世界，不但逼他搬家，讓他失去了一隻迷你馬，讓他每天爲了生活來回跑，讓他……

「放完了沒有啦！」

「好了啦！別吵啦！」

多年來少見刺骨的寒風，直呼呼的吹在溫熱的尿上，冒出陣陣白煙。終於一尿爲快，鬆了一口氣的林忠民，不自覺的看向右側，看到兩隻長腳從水溝旁草叢緩緩滑了出來，逐漸滑上車後的路面，被車後燈照得紅晶晶的反光。

不知是被嚇著，還是再想把最後幾滴抖完，林忠民一邊抖，一邊喊：「阿利仔！快！」

蘇順利從打開的車右前門，向後看到林忠民深綠色外套抖個不停，知道他快結束了，以爲是在做最後的清理動作。

林忠民突然醉意全消，又像是被嚇醒了似的，知道已經沒有時間再抖，再抖可能連命都抖掉，長褲拉鍊也只拉上了一半，轉個身，一手拉著車門，左腳直接踩進車內，屁股還沒上座，就大喊「快！快走！」蘇順利看著林忠民，還沒意會出意思，和往常一樣才開始排檔，又聽到林忠民叫：「快啦！那東西來了啦！就在車後面啦！」

蘇順利打上了檔，一腳踩下油門，車子竟然熄了火。

兩人臉朝後望，見到後車廂旁右側玻璃外，被一堆東西黏附一層溼滑液體，像是車輛通過隧道式洗車機時流出來的白色泡沫。車窗上的泡沫似乎並不怎麼乾淨，也沒有洗車機的那麼白，在玻璃窗緩緩下滑，又有些像是半透明膠水。兩人只看到幾隻滑動的腳，卻猜不出那東西的頭，究竟是黏在車旁邊，還是已經爬上了車頂。

蘇順利重新發動引擎，「轟！」的一聲，用力過猛，廂型車瞬間向前爆衝，抓不住的方向盤，向左硬轉了半圈多，衝撞到快慢車道間的分隔島，車前的保險桿卡在分隔島上。

車後攀爬的水母，被突如其來的衝撞力，一下子滑甩到車前，三、四隻腳附黏在右前車窗玻璃上，其中一隻繼續向上滑動，爲避免從車上滑下，抓得更緊，繼續往上爬。向上爬的肢體拖拉著圓滾的扁頭，從車窗下被拉到車窗玻璃的正前方，從車內望去，透過玻璃，看到滿布吸盤的亂腳胡亂纏成一團，扁頭底部中央有一個碗口大小的凹洞，一張一合的不斷變形。一圈像玻璃的三角形小尖牙，隨著不停變形的大嘴，一下子被拉成長條，一下子又轉成不規則的歪圓，就像在水族館隔著玻璃欣賞平趴著的大章魚，嘴的四周還有三個像魚鰓的網狀纖毛體，口中流出半乳白色黏液，染上了纖毛體和車窗玻璃，像水蠟的大小泡泡冉冉下滑。

一時呆住的蘇順利，不知道心裡想些什麼，在緊急的第一時間，忘了打檔倒車，反而打開了雨刷開始左右掃，小雨刷根本刷不動大肉腳，被擋得停了下來，只能在三分之一的玻璃上來回晃。

「快給他噴水！」情急生智的林忠民，突然想到平時用肥皂水洗清家中的水族箱，滑溜溜的，可以洗得更乾淨。左前方噴出細細的水柱，射到車前玻璃，伴隨著搖晃刷的雨刷；右前玻璃卻一直沒有動靜，噴水口早就被一大塊肉團壓住，清潔劑不知道究竟是被壓得噴不出來，還是已經餵到了水母肚裡。

幾十公斤的水母，趴在滿是清潔劑溼滑的車窗玻璃上，終於撐不住滑了下來，玻璃前只能看到三分之一死命抓住不放的扁頭，三分之二滑下了車窗。蘇順利將雨刷調到最快速，立刻拉檔倒車。車才開始倒退，玻璃上的水母在瞬間突然掉了下去，不知是玻璃太滑，還是被雨刷打掉，消失在看不見的車窗下方。

車向後倒，劇烈震動的下了分隔島，早已嚇呆的蘇順利無暇他顧，一心只想快開車逃離現場，車體又上下震動了兩下，林忠民沁涼的背緊靠座椅，兩眼瞪著前方仍是模糊不清的車窗玻璃，心中一片空白。車上了四草大橋，一個轉彎，又開了幾百米到了家門口，衝得和火箭一樣。

事情發生得突然，停車後兩人互瞪對看，下車前還仔細看了看倒後鏡，攀附在鏡上的腳已經不見，車前窗上黏滑液體已被洗得差不多了，再朝車內後方查看每一面車窗，沒有任何動靜。

「還不關掉雨刷？」林忠民好半天沒動一下，一直緊抓著座椅的手，終於放了下來，指著仍猛搖個不停的雨刷說。

「噢！」蘇順利也回神過來。

林忠民才打開右車門，腳還沒踩到地上，看到一堆溼溼黏黏的東西在車門上；鋼圈上也沾滿了一堆，像是淡藍色芥茉醬拌出滑滑的羹。

水母的腳太長，倒車時被捲入車輪，擋泥板和保險桿上，黏著一些肉塊。

對圍堵策略的問號

四草漁港防護牆大門才打開一個小縫，「碰！」的一聲，又緊急的被關了起來。

「所有工作人員立刻回到車內。」

「移動誘捕籠的工作暫停，重覆一次，所有工作人員………」緊急的無線電呼叫，傳來急促的口令，一次又一次。防護牆上每一個燈頭全開，四草漁港東北側靠近鹿耳門溪堤南道路的防護牆出入口外，停著一輛長的拖車，和幾輛廂型車和警車。聽到無線電指示，所有現場工作人員，迅速離開已完成警戒並開始封閉的大門。

「鹿耳監視所報告，四草漁港一號門封閉。」

鹿耳監視所位於漁港和鹿耳門溪交會處，過去曾是海巡單位的駐在地，一旁是膠筏進出漁港和鹿耳門溪唯一水道，堤南道路從水道上方跨越，一座只有十多米的小橋，越過下方水道。向西二百米，就是正對著鹿耳門溪出海口的鎮門宮。雖然只是一座短短小橋，但是從計畫改建到完工，前後四年才完工，這種蝸牛步的速度，不但被地方民眾罵得臭頭，還被李文同寫過新聞，說是「每天建一厘米都早已完工的橋」。

居高臨下的鹿耳監視所人員，透過監視器確定四草漁港一號門封閉，立刻向指揮部提出報告。無線電繼續傳來「除各所站人員外，四草漁港四周所有機動工作人員，請立即上車，並於一號門東側五十米堤南道路集合待命。」

四草漁港燈火通明，全都聚光在四周的漁港碼頭。裝在漁港高處電桿上的監視器，繼續左右不停掃著，將漁港內每一個角落動態，同時傳送到鹿耳監視所，和四草保護區內的前進指揮部。

指揮部的控管大廳裡，從各哨站所傳送來的畫面，在七十多台電視同時顯現，這是台南市數量最多的監控電視牆，不但設備最新，而且還可以隨時透過有線或無線，直接和哨站所人員通話，指揮各點採取行動。

四草保護區南寮住宅區，三十多戶全是二樓建築，但全都增建了三樓鐵厝，窄小的面積無法容納指揮部。

眾多的監視器和周邊輔助的科技器材，全都集中在有二百坪大的舊鹽田里活動中心。

「切回三號機」羅嘉文說。

大廳內中央三台投影機，將三個不同位置監視器畫面，投射在三面巨大的螢幕上，隨時可以選擇切換。目前的三個畫面，全是來自四草漁港的實況轉播。其中二個畫面，可清楚看到二個長方形誘捕籠，鋁合金製作，可以搖控和線控管制，將失誤減到最低。籠內分別有三隻和一隻四草水母，來回在籠內上下攀爬。當作誘餌的兩隻流浪狗，被另一層鋁架隔開，雖然狗兒猛叫個不停，但並不會受到傷害。

四草水母去年底首次入侵，由於反應的時間實在太短，只得臨時請人用鐵棍製作誘捕籠，又大又笨重，難以運送；今年新製的誘捕籠使用較輕的鋁合金，門可以分四段不同大小角度開關，還可以從遠方遙控，大大提高誘捕率。

去年以流浪狗為餌的畫面，被保護動物人士指為「不人道」，要求改進。新的誘捕籠在流浪狗和鐵門之間，多設計了一道門，只要引誘水母入籠，就迅速關閉流浪狗和水母間另一道鋁合金門。也就是說，水母被騙入籠後，只能看著流浪狗，卻吃不到，雖然對狗「人道」，但擺明著是在欺騙水母，可是沒有人在乎！

「報告局長，現在呢？」

「大家先在計畫地待命，只要牠們不越界，機動人員可先暫時撤離。」羅嘉文說。

「時間點定在三時十分怎麼樣？」莊文淵說。

羅嘉文看了看手錶：「好，先暫定這樣。」

接著又說：「先別管誘捕籠，一定要確認籠外其他水母都離開，才能開門處理，否則一律不准進入漁港區，不能再有人受傷。」

投影機放大的三個畫面中，每個畫面都有水母，至少有二十多隻，有的在漁港碼頭來回爬動，有的進了碼頭旁的魚具倉庫，還有其他沒切上投影機的小畫面，水母進出漁港就像人們進出百貨公司。

工作人員瞪著十多隻靠近防護牆下的水母，不斷有觸腳向上伸起，黏貼的幾隻大腳位置愈來愈高，愈爬愈上，但差不多上了三米，就再也爬不上去，更何況牆外有牆，牆與牆之間還有一串串的蛇籠，暫時讓監看人員鬆了一口氣。

看著監視器傳來的一片混亂，羅嘉文暫時獲得短暫的安慰，至少現有防護牆，證實他的圍堵政策至少還有點效果，雖然有幾百隻在防線西側，像是一支即將進攻內陸的大軍，但並未發現有任何一隻水母越界。

「局長，從監視器看來，牠們的體型不但比去年更大，而且更多出二隻像觸手或腕足的東西，究竟是新品種？還是只是性別上的差異？」李文同問。

「經過局裡的人比對分析，包括今天看到的，和昨天捕獲的那一隻，已經證實和去年不同，也有可能是新的特有種，但仍無法確定。」羅嘉文說。

「我今天去看了那隻昨天被捕的，聽說牠那兩隻長長的毛刷子，可以透過身體傳導出酸液，很可能是一種類似捕獲器之類的肢體。」李文同說。

「這也是讓我們心急的地方，如果今天這種水母過去就有，為何一直沒被發現？而且最近才開始現身？如果說是新品種，會不會是從去年的變異而來，但一種生物不可能在短短一年內，就演化出如此大的差異性，以現在的邏輯根本就說不通。」羅嘉文說。

「還有，局長，我查了最近幾年在這出現水母的資料，還有十多年來跑台鹼汙染留下的紀錄，再加上王建平教授他們給我的水體化驗報告，我猜想水母的大量上岸，可能和台鹼的汙染有關，甚至對照了地圖，覺得牠們最後的目的可能就是台鹼。」李文同說。

「你的假設很大膽，也不是沒有可能，可是我們現在最重要的是將力量集中在刀口上，在已出現的地點全力圍堵，避免擴大。至於台鹼那邊，到目前為止還沒有發現異狀。」

羅嘉文似乎一時突然想起了事，把嘴靠近李文同的耳邊，還彎腰拉著李文同的手，低聲的說：「李記者，不好意思，聽說今天白天你去焚化廠，想拍焚燒攔網的照片，我們局裡的人可能是為了安全，才沒讓你進去，實在不好意思；但說實在的，在還沒查出事件眞相前，我們不得不懷疑每一件物品都可能成為生物汙染源，所以我交待除了局裡的人之外，連環保局的人都儘量避開。」

羅嘉文繼續說：「你也知道，就像昨天，我們在四草漁港捕到一隻水母，結果有一名局裡的人受傷，雖然我們同仁住院後，只發現少部分皮膚灼傷，沒有什麼大礙，但上面卻很關心，所以現在我們一切都必需以安全爲第一考量，大意不得，這也是剛才一發現有其他水母上了碼頭，就馬上決定撤走機動人員的理由。」

「局長，我也能了解你們防線上所受的壓力，焚化廠那件事我能理解，可是晚上我聽焚化廠的人說，你們今天送去的幾件攔網，以相同的溫度和時間焚燒，有的全被燒成灰燼，有的卻留下一些繩頭，怎麼會這樣？是不是有部分網繩眞的在水中接觸到了另一種不明物，才造成燃燒不完全？否則相同質料規格的網繩，應不會在相同環境中燃燒後，出現太大的差異。要不然……」

「要不然怎樣？」羅嘉文頓時豎起了耳朵，眼睛更有神的看著李文同。

「我是說，除非攔網有不一樣的材質……」

羅嘉文的臉怔了一下，還拍了拍李文同的手臂說：「李記者，你是從焚化廠那裡聽到的？怪了，局裡的人怎麼沒有向我報告？我來問問，你等我一下。」

羅嘉文走進一旁小辦公室，關了門；不一會兒，莊文淵也走進辦公室，十多分鐘後，兩人才走出來。羅嘉文向控管大廳內仔細找，不見李文同，走到大廳門口詢問警方執勤人員：「請問剛才有沒有看到李記者出去？」

「有啊！他說他今天忙太久了，很睏，先開車回去睡了。」

「走多久了？」

「快十分鐘了吧！」警員說。

羅嘉文又走回小辦公室，關上了門，拿出名片開始撥電話。

「請問是李記者嗎？我是管制局長羅嘉文。」

「局長你好，眞不好意思，因爲實在是太睏了，想先回去小睡一下，再三個小時就天亮了，沒辦法陪你們了，你們繼續辛苦了。」

「不！不！不！李記者，你才辛苦了，打擾你到這麼晚是我不好意思。是想向你請教一下，你剛才說有些攔網沒有全部燒毀，我們怕會有沒想到的漏洞，所以想明天開始所有的網具必須全部焚毀，而且在全都燒成灰後立即掩埋，全程都由局裡人員監督，不能再出現任何疏忽。」羅嘉文說。

「這樣也好，但辛苦你們了。」李文同打了個哈欠，似乎一心一意只想回到溫暖的床上倒頭就睡，但局長打電話來，不好意思不接，但又沒有力氣多說，想著能少說就少說，早些鑽進寒夜溫暖的被窩才是眞。

「還有一點，就是李記者你剛才說有環保局的人說有我們的攔網沒燒完，可是我問了環保局長，他說沒有。」

「噢！是這樣的，我是直接去焚化廠問的，他們早就決定將那些未燃燒完全的，等下一次全部再燒就好了，可能是覺得這也不是什麼大不了的事，就沒有向局長報告。而且還有一個台北說是什麼檢驗所來的，在看了未燒盡的攔網後，也說沒什麼，除了拿幾根未燒完的繩索，其他都留在原地，可能今天白天就會燒。」

「檢驗所來的？是什麼檢驗所？叫什麼名字？你看到他了嗎？」羅嘉文心一急，連續問了一大串。

「我去的時候，聽說檢驗所的人已經走了，環保局的人也說不清楚究竟是什麼檢驗所，但我看了進出入登記薄，那人叫杜朝什麼的，因爲第三個字很草，我只知道筆劃很少，但看不出是什麼字。」

「謝謝！不吵你了，趕快回去睡吧！謝謝喲！李記者。」

羅嘉文掛上了電話終於想通，杜朝正下午就到了台南市，幾個小時前才去看老同學莊文淵。

莊文淵被叫進了小辦公室內。

「文淵，你同學剛才有沒有和你提到燒攔網的事？」羅嘉文說。

「沒有啊！怎樣了？」

「他下午就來了，我們的人離開焚化廠後，他進去廠內，還拿走了一些沒燒完的攔網。」

莊文淵眼看著局長，說不出話來。

羅嘉文用手指不停磨擦口袋中的鋼筆，然後說：「再看看好了。先去休息吧！」頭也沒抬一下！

水母的故鄉？鯨魚的墳場！

二〇〇五年十二月卅日

安平遠洋漁港旁的活魚儲運中心，外側擠滿了好奇圍觀的民眾，看著吊車將兩個誘捕籠吊進儲運中心水槽內。

新的誘捕籠白白亮晶晶的，吊車將水母吊進儲運中心水槽內，滴了一路的水，究竟是水，還是噁心的口水，很難分辨，有些像剛從水族箱撈起的新鮮海產，和電影中猛滴噁心口水的異形也有幾分神似。

「我看牠可能撐不了多久，你看怎麼樣？王教授。」李朝全說。

「我看可能活不到去年的時間。」王建平說。

「我覺得體內毒素高得驚人，不是造成牠死亡的原因，反而可能是吸引牠上岸的原因。」李文同說。

「很多至今都還只是推論，都不是很確定，唯一可以確定的是，新水母和舊水母一樣，非常不喜歡虱目魚，虱目魚體內可能會散發出一種牠不喜歡的物質，這種物質對其他生物沒有明顯傷害，但似乎就是水母的剋星。」王建平說。

「就算可以用虱目魚防範，但今年虱目魚的數量是近二十多年來最少的一次，要大量集中收購才有。」

李文同接著說：「我記得去年農曆春節期間，台灣地區發生近十年來最低溫寒流，許多虱目魚被凍死，造成當年收成的虱目魚數量大減。今年虱目魚凍死數量，光是台南市平均就超過九成，雲嘉一帶更嚴重，虱目魚數量減少，可能會減低水母入侵內陸時的防禦性，也就是說，虱目魚的數量減少，使四草水母更方便進入內陸地區。」

「很有可能，從去年到現在，發現水母出現的水域，如果是在魚塭，一定是沒有虱目魚或虱目魚數量少的魚塭，要不然就是河川或漁港，因爲在活水中虱目魚平均密度較低。」王建平說。

「今年農曆春節期間的寒流，造成台南市許多養殖的虱目魚成魚或魚苗大量死亡，雖然後來繼續繁殖，但二星期前的寒流再度被凍死，估計目前成魚和魚苗存活率可能不到一成，甚至有的魚塭幾乎全軍覆沒，是最近二十多年來最嚴重的一次寒害。」

台南市政府農漁課長張福平接著說：「兩星期前，連續四天的最低溫都低於十度，最低還低到五度多，已經超過虱目魚一般連續三天氣溫低於攝氏十度就可能凍死的條件，更何況還有連續兩天凌晨的最低溫都不到七度，所以被凍死的數量很多，可能有些還未浮起，管制局那邊還更擔心海水遙測的水溫，聽說最近三、四天都低於十三度，比去年出現水母時的十五度還低，這種水溫連烏魚都會回頭。」

「文同，警方有沒有查出來昨晚在科工區和保護區三名死者的身分？」李朝全問。

「在科工區的是一對準備下個月要結婚的未婚夫妻，他們在日商公司做事，而且還都是剛升上不久的小幹部；保護區死亡的是做研究調查的鳥友，他們三人受害的跡象都是大同小異，地上只留下零散的骨頭和衣物，要不然就是一堆布料的毛，警方研判凶多吉少。」

李文同接著說：「還有漁建貳號巡護船，今天清晨回報在四草海岸外養蚵架，發現一艘無主的舢舨，已經斷了繩，卡在蚵架附近，警方已根據編號請高雄縣清查漁民身分，猜想可能又是毒魚的。」

「教授，說抹香鯨已運到四草保護區，就放在原來的地方，要不要現在過去看？」王建平的學生走來，站在王建平左後方說。

「好，我馬上就過去。」王建平轉了個頭，繼續向張福平和李朝全說：「我先過去一會兒，告訴學生怎麼做，中午以前就會回來。」

「對了，聽說今天發現的那兩頭鯨都沒有外傷？」李朝全問。

「聽說母鯨沒有明顯外傷，但幼鯨全身卻有不規則白點或線條，像是一個圈連一個圈的，我覺得不太對勁，一定要過去看看。」王建平說。

「你們看，鯨死亡和兩名毒魚人的失蹤，地點一個是在鹿耳門溪出海口以北，一個是在出海口以南，我覺得應該不是巧合，一個是發生的密度增加，另一個是距離鹿耳門溪位置的接近。還有，從四草大眾廟前水母死在抽水站、一對情侶失蹤，再到保護區鳥友死亡，和科工區昨晚發生的命案，都證明了水母不但能從大海向上游河川溯溪好幾公里，而且還可以爬過長距離的陸地，又可以從窄小不被人發現的涵箱進出，如果看地圖畫出位置，這幾個點全圍繞著台鹼大池，我覺得大池應該是牠們的目標，而大池的汙染物，正是吸引牠們來的最大誘餌。」

「這些你有沒有和管制局的人提過？」李朝全問。

「提過，雖然他們懷疑，但我覺得因爲出現水母的地點太多，讓他們亂了陣腳，不知從何下手，只想全力在第一線圍堵，希望將意外災情減到最低，少了更深入的歸納和研判。」李文同接著說。

「對了，文同，我要去四草解剖那兩頭死亡的母子抹香鯨，你要不要一起過來？」王建平問。

「好，反正我也要去指揮部裡。」

※※

已死的鯨又被運到了四草。

最近幾年來，說也奇怪，不論是在台南市或外縣市發現，也不管發現活的還是死的，許多鯨豚最後都到了四草，除了去年有一隻在搶救後送到屏東海生館，其他所有鯨豚不是在這被解剖，要不然就是在這被做成標本。

一九九二年是鯨豚開始和四草結緣的一年，當時鹽水溪出海口北岸沙灘，被人發現有二隻抹香鯨擱淺死亡，其中母鯨的尾部似乎被外力打斷，後來研判可能是母鯨被打斷尾鰭後失血過多死亡，再被浪沖到岸上，幼鯨也跟隨已死的母鯨上岸，母子在四草沙灘結束一生，後來四草大眾廟請人將這對母子抹香鯨製成標本，還在大眾廟旁建了一座抹香鯨陳列館，保存骨骼至今。

從四草出現抹香鯨以後，台南市從南側的黃金海岸，北到鹿耳門溪，連續幾年都陸續發現或擱淺奄奄一息，或被浪沖上灘已經死亡的鯨豚，體型從最小的太平洋瓶鼻海豚、花紋海豚，到中等大小的僞虎鯨、喙鯨，一直到抹香鯨都有。尤其是二〇〇四年一月，一隻在雲林縣海邊死亡的抹香鯨，也被送到四草保護區解剖，這隻全長十七米的抹香鯨，至今仍是全台最大的標本。

「又來了！又是一隻鯨魚，又是抹香鯨。」鹽田里長林清城在一旁看著說。

四草保護區南寮東側的籃球場空地，四周用幾根鐵欄杆粗略圍起，區隔場內外，但有趣的是並不是爲了區隔民眾和打球的球員，而是用來區隔民眾和死鯨。這是全台唯一一處「現場鯨解剖的野外教室」。

二〇〇四年一月，王建平和他的學生、中華鯨豚協會和屏東科技大學的工作人員，在這住了十天，好不容易才將十七米長的抹香鯨完成基本骨肉分離。

王建平的學生拉著布尺，在鯨體旁丈量，有人將數字一個個記錄在紙上，還有的從不同角度拍照，這些都是在解剖前必須建立的最基本資料。

「眞正是鯨魚的墳場，過去傳的沒有錯。」四草里長蔡進壽看著死去的抹香鯨說。

「不但是鯨魚的墳場，還是水母的故鄉。」李文同說。

這兩句話最近一、兩年來特別敏感。

「鯨魚的墳場」是鹿耳門天后宮活動組長林玉山，在二〇〇四年看到又有抹香鯨在四草被解剖時有感而發。「水母的故鄉」是普法道濟寺總幹事黃徙，幾年前在四草大眾廟任總幹事，正好碰到大量水母進入四草內陸水域，當時不但是學術研究的焦點，也成了觀光重點，因此就想到用「水母的故鄉」作爲四草地區別名。

爲推廣生態觀光，台南市動物防疫所長李朝全，還收集了一堆資料，到四草地區爲生態解說員上課，主題是「認識水母」，上課的學員們笑著說，這是全台內陸解說員唯一的水母課程。

爲了讓「水母的故鄉」更融入背景，大眾廟還將廟前方一處被紅樹林植物團團圍住的天然水池，規劃爲「水母池」，是未來「水母公園」的重心，大眾廟前情侶被水母攻擊死亡的地點，就是水母池。

「石垣，這些白斑點多拍幾張。」王建平戴著外科手術手套，一邊撫摸著死去幼鯨的黑色表皮，一邊說。

隨後走到母鯨腫脹的腹部旁，用手拍了拍，然後說：「等下先從這裡下刀，牠的腹部可能有些腫脹，或許可以取出一些內臟看；還有，切的時候站旁邊一點，壓力可能很大。」

十多米外的土地上，已挖了一個小轎車般大的洞，上方鋪了一層深綠色厚厚塑膠布，解剖鯨體時漏出的碎肉和血水油脂，先流到洞內，再由台南市環保局水肥車送到位在南區灣裡的水肥場處理。

現場圍觀民眾愈來愈多，解剖人員都已穿上防護衣，有的將一個大橘色塑膠桶抬到鯨旁，有人則在外利用石灰灑出一大片白灰地，還有人開始沖水洗地；一堆大小刀開始在磨刀石上來回吱吱的磨著。

一隻長刀從鯨側躺的腹部插入，殺魚人雙手緊抓著刀柄，但卻拉不動，另一名學生上前幫忙，好不容易才把刀向鯨腹裡再推進了十多厘米，再向後抽，一來一回，切開一個長約六十厘米缺口。一灘血水「噗！」的噴流出來，沖到灰色的混泥土地上，好像裝滿血水的塑膠袋一下子被戳破。滿地混著紅紅白白的血水雜物，一陣腥臭味讓一旁圍觀民眾扭曲了臉，還用手摀著鼻子。

「好，繼續向前拉，人站旁邊一點。」王建平站在一旁指揮著學生操刀。

多少年來，如何下第一刀，如何做骨肉分離，學生對於程序早已熟得不得了，這些曾參加過解剖的學生，和王建平有著濃濃默契，不會對王建平的要求打上一點折扣。

鯨腹被切出了一條長長開口，腹內一堆雜物血水，全漫流到地上，有些還是尚未消化完的小魚。說是「小魚」，至少也有人的胳膊般粗。

王建平用竹棍翻撿堆積在地上的一團雜腥內臟，似乎在尋找什麼東西，然後揮了揮手說：「石垣，過來一下。」

張石垣拿著一台數位攝影機過來，依著王建平竹棍指的方向拍去，一隻半透明的水母，夾雜在部分已碎的內臟和雜物中，被染成了不均勻的淡血紅色，除了較大的扁圓形頭部之外，只有靠近頭底部的幾隻觸手在竹棍撥開後尚可看見，靠近尾端較細的觸手已經消失。

「快拿桶子過來，這個單獨裝，沖水後馬上送到活魚儲運中心去。」

王建平用右手臂推了推鏡框，正好看到了李文同放下手中剛拍完的相機，走了過來。

「教授，這可能是鯨的死因嗎？」李文同說。

王建平笑了笑說：「你是不是想的和我一樣？」

「我想的還不只是這些，我覺得牠們會在鹿耳門溪出海口附近出現，而且又陸續在四草到鹿耳門一帶內陸出現，絕對不是巧合，牠們一定是有目的進來的，並不只是單純的覓食行爲。如果只是單純覓食，爲什麼從去年到現在，牠們只出現在這塊區域？其他地點連一隻都沒有？」李文同說。

四草原本是「水母的故鄉」，也是「鯨魚的墳場」，如今水母和鯨產生了關聯，水母不再是幾年前可以撈在手上看的溫和無毒水母，也不是頂多像排球般大的圓頭四觸手，而是頭部比臉盆大，不但有八隻觸手，而且有的還多了兩隻尾部長著類似毛刷的長觸手，這種新發現的特有生物，至今只有短短幾天，對於管制局人員來說，仍有太多尚未解的謎。但對於在此地跑了十多年新聞的李同來說，想法就比管制局人員更複雜得多。

二〇〇二年九月，李文同首次將大量水母游進四草保護區的消息見報，當時並不清楚是什麼品種，防疫所長李朝全說，若查出是新的特有種，就請許添財命名，後來查出水母並非新品種，在東南亞和中國大陸沿海都曾發現，命名沒命成，當初還有人覺得有些可惜。

去年發現會上岸吃人的水母後，相關資料送往國際組織，還有多位國外學者來台觀看標本，確定是新品種，後來被命名爲「四草水母」，主要還是因爲在四草首次被發現。

雖然終於有了新品種以四草爲名命名，卻不是二〇〇二年大家的期待，也不是什麼喜事，反而成了一股揮之不去的夢魘。

「想當初我們擔心牠們進入內陸水域三公里後，回不了大海，還請楊文煌考量如何才能讓牠們回家，後來發現根本沒辦法，還規劃了一座「水母池」，透過抽水機引來許多浮游生物養牠，把牠當成稀客，還用網圍住抽水機，怕牠被抽水機吸進去打碎，可是現在牠卻來吃我們，誰又想到呢？」保育課長顏昇祺說。

「對啊！還有課長你看，以這個古運鹽運河尾端水域爲中心，四周留下不是水母就是鯨的紀錄，還有去年，我們在此被水母追得大逃亡，昨晚在運河那邊又有人被水母吃掉，我看不但是這裡不保險，而且我認爲台鹼大池比這裡更不保險。」李文同說。

兩派人馬暗自較勁

「這麼多報告，看得完嗎？」

「那裡看得完，光是口頭報告就聽不完了，那有時間看這個？」羅嘉文帶領潘昌東來到他在前進實驗室辦公室內。

自從杜朝正夜訪莊文淵，羅嘉文心中就盤算著潘昌東遲早會出現，而且是來者不善，就算明知道潘昌東是來看他笑話的，他也無力阻擋，唯一能夠做的，就是先做好如何因應，步步為營，絕不能亂了方寸。

「破了的防線現在怎麼辦？」潘昌東開門見山的問，直接切入主題，毫不客氣，臉上還著一絲斜笑。

站在羅嘉文桌前，潘昌東並沒有看他，一臉斜笑橫眼掃過辦公桌旁書櫃裡擺放的一排書。

羅嘉文側看著這名老同學，回想過去曾經同宿的友誼情眞，就像潘昌東左臉頰上斜拉出的幾條白溝紋，在歲月烘烤下早已失眞、催化，成爲過往雲煙。

羅嘉文也想到自己，如果兩人立場互換，今天是潘昌東坐在他椅子上，而站在眼前一旁瞪著玻璃書櫃裡看書的是他，他是否會說出和潘昌東相同的話？是否帶著相同的表情？而潘昌東坐在椅子上，是否也會像他現在一樣，看著老同學左臉頰斜拉出的皺紋。

潘昌東有的皺紋，他也一定有，因爲歲月是公平的，同時給了每個人一樣的年華，也給了相同的老化，但卻讓兩人漸行漸遠，相信眼前這位老同學也一定是這樣想。

「在還沒有找到更有效辦法前，只有擴大管制區了。」羅嘉文習慣性的用手玩弄著鋼筆。

「擴大到我當初建議的範圍？」潘昌東依舊沒有看羅嘉文，反而打開了玻璃書櫃，抽出一本老舊的原文書翻著。

明知道老同學的一番酸話，是故意針對他而來，但羅嘉文卻一點也沒轍，倒不是因爲他一年前力主的圍堵政策失敗，因爲既然失敗了，再辯也沒用。令他擔心的是，萬一攔網的事被發現，問題就大了。

羅嘉文明顯低調，只是靜靜坐在自己椅子上，如果對方只將注意力全都放在失敗的圍堵政策上，不要去想到攔網，一切事都好辦。

「是，現在也只有這樣了。」羅嘉文說。

羅嘉文突然想到，從抽屜拿出一根小雪茄，遞給潘昌東，自己也拿了一根咬在嘴角，還沒來得及上火，潘昌東終於望向羅嘉文：「這裡可以抽？」

「這是我現在的辦公室，不是以前學校的寢室。」羅嘉文說著說著淡淡笑了，給潘昌東上了火，自己也點了雪茄，兩人走到陽台，猛吸了幾口，淡淡菸霧就像冬日午後的色調，融入灰灰的天。

兩人二十多年前在陽明山念研究所，在中國大飯店斜對面的民家租屋，住在隔壁，當時兩人就已是菸友。當時潘昌東屋內是菸酒不禁，隨時都可自由的呑雲吐霧；可是羅嘉文室友卻是不抽菸的，抽菸要到陽台上，潘昌東當時還開羅嘉文玩笑說：「連室友都不會找，要怪誰？」

冬天的陽明山總是霪雨霏霏，一片溼冷。風大得連火都點不著也是常有的事，就算點著了，隨著北風潲進來的斜灑雨絲，準得打在點燃的菸頭上，菸熄了火，連菸頭那一點小亮紅也滅黑了，在多數風大雨斜的日子，兩人總是背對著風，頭和脖子縮成一團，趕快吐吸，享受短暫呑雲吐霧的快感，再衝回屋內。

爲了一個研究所長的位置，兩人十多年沒有面對面抽過菸，誰也沒想到如今在遠離台北三百多公里的台南市沿海小漁村，又站在同一個小小陽台上，同時呑雲吐霧起來。除了一樣的冬天，一樣的淒冷，其他什麼都變了。二十多年前兩人對坐夾菸喝酒的陽明山冬日，從山看到海，從地談到天的日子沒有了，雖然都記在心底，但沒有人談起，也都不會談起。

「聽說四草水母體內，戴奧辛的毒性當量很高？」潘昌東邊吸了一口菸，斜看著一旁這位老同學說。

「是，而且所有被捕捉到的都在三天內死亡。」羅嘉文只是靜靜的看著遠天。

「你認爲這二者之間是否有關聯？」

「到目前爲止只是發現，但無法證實二者之間有關聯。」羅嘉文轉頭看了看潘昌東，搖了搖頭。

「我有一個想法，既然管制區的防線被突破，而且至今也還不知道被突破的原因，是不是可以把牠們集中起來一併處理？」潘昌東說。

「你是說……」羅嘉文一臉問號的懷疑。

「你有沒有想到戴奧辛不是牠們致死的原因，而是牠們需求的元素。」潘昌東再看了看羅嘉文。

羅嘉文並不是第一次聽到這項論點，李文同是第一個和他提起相同疑問的人。但，爲什麼潘昌東也有和李文同相同的想法？李文同看過舊攔網斷裂的網繩，去焚化廠想拍焚毀攔網的，也只有他一名記者，兩次都被管制局的龍哥碰到，也都被龍哥給擋了回去，難道李文同已和潘昌東碰過頭？如果眞的碰了頭，除了談到對水母的看法，會不會還談到其他？

羅嘉文不想表達太多意見，只希望讓整個事件單純化，一定要讓老同學認爲他所做的全部努力，都是爲了避免災情繼續擴大，對於沒有依據的想法，他不能連個方向都沒有就亂猜一通。

「這不合已知的生物邏輯，也沒辦法證實。」羅嘉文靜靜的說。

「我想的集中地是台鹼大池，如果戴奧辛是致死原因，牠一定會嚴重排斥，拒絕進入大池；如果牠的自然感應力差，一旦進入了大池，我們就可以集中作爲。也就是說，透過對戴奧辛的反應，我們至少可以在兩個方向之中找到其中一個，如果我們運氣好的話，更可以利用牠們被集中在小範圍內，想辦法一次處理。」

潘昌東連續說了一堆，一副很有自信的模樣。羅嘉文看不出潘昌東除了努力提出可以爭功的計畫外，究竟還看出了什麼其他枝末細節，只要依著潘昌東的方向，繼續延展，就可避免扯到題外話。

「那你有什麼計畫可以吸引水母進入大池？」羅嘉文裝出一副好奇模樣。

「不用吸引，我用熱帶海魚毒驅趕。」

「哦！這我懂了。」羅嘉文說。

潘昌東的一番話，讓羅嘉文想起去年被捕的四草水母，在進入四草地區部分魚塭，會將虱目魚捲起並甩出魚塭，而且後來的研究中發現，對於四草水母造成嚴重排斥的，可能是虱目魚體內的變種熱帶海魚毒。

「可是台鹼大池早在二年前就因爲被列入汙染控制場址封閉，現在打得開嗎？就算能夠打開，會不會有後遺症？」羅嘉文說。

「不瞞你說，這事我已和環保署討論過了，環保署不敢下決定，把事報到院裡，上面的意思是既然現在防線已經被突破，不得不想其他辦法，只要可以嘗試，馬上就做，不能再等，所以來聽你的意見。」潘昌東說。

羅嘉文繼續吸了一口菸，沒搭腔，他怎麼說都不是。

在這次事件上他已經居於劣勢，快沒有後退的餘地，打從杜朝正出現，他就警覺不對，直到潘昌東走進他的辦公室，他終於了解全盤狀況，知道上面開始對他的做法產生動搖。

當初拍胸脯肯定他的人，怕丟了面子，所以沒有立即陣前換將，是典型的官場大腸文化，表面上一團圓圓的柔軟，底子裡包得全是壞爛發臭的雜碎，考量情況漸無法控制，不得不另找人來，找的是當初主張大範圍隔離的潘昌東。因爲以現況看來，擴大管制範圍早已是箭在弦上，不得不發。

「那你現在準備怎麼做？」羅嘉文簡單的吐出一句話。他知道時不我予，大局不再，只要攔網的事不要發酵，防堵水母的事頂多只是看法失誤，進不了監牢。而且如今所面對的是過去從未發生過的災變，如果要找理由，馬上就能找出一大堆。

潘昌東從口袋拿出二張紙，遞給羅嘉文說：「這事很緊急，所以不得不馬上處理。」

羅嘉文的心中一片空白，上面有什麼事現在都不再徵詢他的意見，潘昌東一來就直接遞給他紙條，要他簽名。

羅嘉文看了內文，從口袋掏出那支用了二十多年的萬寶龍黑筆，將紙放在陽台欄杆上，「刷！」的沒兩下，套上筆套，把紙遞回給潘昌東。潘昌東拿回簽了名的公文看了看，隨後問說：「傳眞機可不可以借一下？」

羅嘉文回過頭，用右手向辦公室內指了指，示意傳眞機的位置，將頭轉回樓下天后宮旁的廣場。廣場上來往的人車，一半以上都是爲水母事件而忙碌，直接或間接和他都脫離不了關係。

羅嘉文仍是管制局長，眼前廣場上所有的一動一靜，原本這個屬於他獨自掌控的小小世界，似乎開始轉化，在他簽下那張小紙條後，他能力範圍所及，就像現在陽台的位置一樣，可以遠觀，卻無法直接觸及。從力爭上游，進入核心，到掌控一切，在近一年的歲月時光裡，羅嘉文走得順遂，像坦克一般，隨時開闢自己要走的道路，決定自己的方向。但如今他已經被架空，只是一個表面上看去光鮮亮麗的車長，方向卻是由一個看不見的駕駛決定。

羅嘉文至少在表象上一定要支持潘昌東，如果潘昌東贏了這場水母戰役，至少他接受了對方的提議，是意見的配合者，站在台前仍是行政單位的掌旗官。如果潘昌東輸了，他就和潘昌東打平，大家各輸一球，平分秋色，東山還可以再起。

簽名代表了權力的轉移，潘昌東一定還陶醉在戰勝的喜悅中。讓潘昌東的感覺從建議、參與到決策，是很重要的，就像是剛被換上來的投手，潘昌東只要專心面對眼前的打擊者，沒有太多時間左顧右盼。

※※

「奇怪！這三隻水母怎麼都是公的？沒有一隻是母的？」

「有些我們眞的還搞不清楚，有時究竟是有性或無性生殖，都不一定能夠確定。」

安平遠洋漁港旁的活魚儲運中心，研究人員透過顯微鏡，一邊記錄，還有一串待解的疑問。

活魚儲運中心旁的安平漁港，每年出現最多的水母品種是海月水母，可從四個不規則形生殖腺辨別雌雄。有白色生殖腺的是雄性，粉紅色生殖腺的是雌性，生殖腺位在胃內的小囊，雄性產生精子後由口部排出，雌性卵在吸入精子後受精，胚胎暫時貯存在口腕內育囊，直到胚胎發育爲纖毛幼蟲就會脫離母體。

海月水母可以有性也可以無性生殖，當胚胎離開母體後，會附在岩壁下或其他堅固物質表面，繼續成長爲小的水螅體，並同時具有長觸鬚和短柄，吸收貯存營養，尤其每年入冬以後，水螅體發展出水平壓縮構造，成爲具有八個肉足的分離體，然後就逐漸發育爲水母成體。

「這是海月水母，是這裡最單調的水母，但四草水母卻是新發現的特有種，對牠的認知不多，只能用對照組參考，但可以確定的是，這三隻都不是母的，和去年的標本大異其趣。」李朝全說。

去年底在水母死亡後，工作人員立刻將養水母儲槽內的水倒入漁港，後來才發現可能有新的世代已被倒入漁港，雖然王建平緊急要求所有飼養水母的儲槽不得再倒水入漁港，後來也證實去年的三個樣本都是雌性，但經過長期觀察，遠洋漁港內的棲息生態並未發現明顯改變，沒有出現新水母品種，依然是海月水母天下，台南市沿海的水母環境並沒有發現異常。

今年被逮的三隻水母，和去年被逮的三隻水母外型接近，卻有差異，主要是除了有八隻長長的觸手，還有二隻更長的觸手，在尾端長出一片橢圓形類似小毛刷的肉體肢節，像倒勾的小刺，也有些像水螅。

四草水母能夠利用觸手爬上岸的最大原因，是傘下部外胚層基部的環狀及輻射狀肌纖維，構成強有力的泳肌，研判只要二隻觸手就可輕易撐起全身重量，因此，其他觸手可同時在行動時移作其他功能利用，可同時達到防禦和捕食，甚至位移的多重目的。

「我們要有心理準備，也就是說，如果這三隻都是公的，那母的會在那裡？甚至會不會已經上了岸，在陸地某個我們還未發現的地方？如果眞是這樣，那問題就大了。還有另一種假設就是，去年上岸的是母的，今年全是公的。」研究人員靜靜的聽李朝全說，大夥你看我、我看你的不發一語。

「教授，兩隻長有長長類似毛刷的觸手，有些像是水螅體，會不會是水螅和水母之間轉化產生變異？甚至成了二者之間的結合體？」

又有學生接著問：「四草水母好像又有些像是闊船蛸或扁船蛸，尤其是大了許多號的扁船蛸，只是沒有殼罷了，會不會是環境變化造成的突變種？」

「四草水母同時具有軟體動物和腔腸動物的一些特徵，如果說到船蛸，或許又會和貝類扯上一點關係。有的是咬傷造成的唾液毒腺中毒，有的倒像是刺絲胞上的毒性，依目前看來可能是二者都有，但很多都還是未知，更何況我們發現這種生物才三天！」王建平坐在椅子上，慢慢的向他的學生說，還不時搖晃著手中還沒燒完的菸。

「主要的肉肢我們究竟稱爲腕足或是觸手比較恰當？是不是可以從牠的基本功能來分？」

「水母一般都稱爲觸手，但四草水母是新品種，雖然看起來較類似章魚的腕足，但我們對牠的認識太少，仍難以確定。」

「你們都叫牠什麼?」王建平笑著反問他的一群學生。

「我們也為此爭執過，腕足和觸手都各有支持者，可是大家都覺得叫這兩個字很不順口，所以乾脆都叫它『腳』，既簡單又明瞭，又不會搞混。」

還有學生說：「如果證實這是去年四草水母的雄性個體，那就算了，如果不是，而是一種新物種，我們是不是有命名建議權?」

「對啊!這是在實驗室裡待一輩子可能都碰不到的機會，怎麼可以放棄?」學生高興的喊著。

還有人搶著說：「叫成大一號啦!」

「又不是上大號，什麼成大一號?」

「要不然就叫『建平一號』。」

學們生似乎忘了在儲運中心埋頭研究的辛苦，和王建平及李朝全鬧玩了起來。

「建平一號是誰出的餿主意?給我說。」王建平伸出右手食指，指著面前的五、六名學生從左掃到右。

兩個女生用手指著其中一名男生說：「是見賢。」

被指的男生一臉無奈的說：「我那有？喂！妳們可不要亂講，我已經有兩科沒過了，不要再害了啦！」

旁邊則有另外一名男學生繼續用手指著這名男生大喊說：「教授，我作證，眞的是見賢說的沒錯，他還說水母長得很像是『扁花枝』，應該用這個命名，還說你是『花枝丸』……」

「沒有！沒有！教授，你不要聽他們亂說，他們都……」

林見賢話還沒說完，就被其他兩個女同學上前拉扯，其中一個女的還用手摀住林見賢的嘴，不讓他繼續說。

「這不民主，怎麼可以不讓人家說話……」一堆人笑成一團。

「我像花枝丸？」王建平用手指著自己的頭說：「哪裡像？你們眞的覺得我長得很像花枝丸？」

「沒有啦！教授，都是見賢說的，我們都沒有。」

林見賢掙脫了女生摀住他的嘴喊：「冤枉啊！您貴爲教授，千萬不能是非不分，是他們先說的，說你的臉皺起來很像是7-eleven的關東煮，後來我才說是像花枝丸。」

「好，那你給我說，爲什麼會像花枝丸，說不出來你這學期成績就會多幾個花枝丸出來!」

同學笑成一團。還有人補充：「教授，一串花枝丸太少了啦!教授，乾脆給他一碗魚丸湯啦!這樣比較快啦!」

被圍剿的林見賢，四面楚歌，被逼急了，快步走到王建平椅子前，單跪左膝，雙手抱拳，一付皮模樣：「報告教授，學生認爲花枝是很靈活的動物，充滿智慧，嗯………，還有………還有………」

「還有什麼?快說啊!」王建平歪了個頭，還用右手托著下巴瞪著見賢笑。

「我再想想看。」林見賢說。

有人用手「啪!」的一聲敲打膝蓋，哈哈大笑。有人張著大嘴仰天笑得誇張。還有人不停的抖腳，踩在地上發出「碰!碰!」的震動聲。

沒待林見賢說話，突然有人蹦出一聲：「還有花枝很好吃。」

這會兒連王建平也笑得合不攏嘴，直說：「好!好!沒關係，我是花枝丸，你就準備喝貢丸湯吧！」

「噢！教授，不可以啦！我上學期已經喝兩碗了啦！」

「沒關係啦！那就再喝兩碗吧！既然你要喝到飽，我通通沒意見。」王建平手拍著林見賢跪在地上的肩膀笑著說。

「還有沒有人要喝？」王建平隨後高聲的喊：「要這裡來登記，我這還很多！」

「謝謝教授，我們不用了，都留給見賢好了，他最需要了。」同學七嘴八舌的笑喊著。

決戰的前哨

「這是什麼時候拍的？」

「今天凌晨。」

「你說就是在城西防風林？」

「嗯。」

「那裡入夜以後屬於管制區，是禁止入內的，你是怎麼進去的？」

「我知道，所以我只留下監視器，是今天早上再去收的。」

「你爲什麼要拍這個？」

「因爲我知道你們的監視器都只是在防護牆沿線，在管制區內連一個都沒有，我想那裡一定會有活動，所以就去裝監視器，把畫面提供給你們做參考。」

「這個片子在拿到這裡之前，你還有沒有拿給其他人看過？」

「還有給我太太和兩個好朋友看過。」

「兩個好朋友是誰？」

「一個是蔡木山，一個是許牧穀。」

「他們是幹什麼的？」

「蔡木山是台南市宗教廟宇文史學者，許牧穀是書法家。」

莊文淵想了想說：「他們是不是常到天后宮？」

「是啊！主任也認識？」

「見過兩次面，他們說是什麼墮落讀書會的，我覺得很好玩，還和他們聊了兩句，他們還說讀書會成立的宗旨是『從墮落中辨是非，在讀書中什麼的』說是有個記者也是他們會裡的。」

「在讀書中求成長。」謝建忠立刻補上了一句。

「你怎麼也會?你也是讀書會的?」

「是,我是後來才加入的,那個記者就是李文同,會裡還有天后宮基金會祕書陳熙城、鹿南二站的林忠民都是。」

「這倒是眞巧!喔!對了,你這卷帶子可不可以先讓我們看一下,我們拷貝完後就還給你?」莊文淵說。

「沒問題。」

謝建忠離開了莊文淵的辦公室,莊文淵將錄影帶重頭開始播放,偶爾還停格,將頭湊到電視前想看個更仔細,但總是感覺隱約有東西在沙地上移動,多半時間並不是很清楚,而且似乎有不少是停在沙灘植物上,甚至好像在吃植物的葉子。

莊文淵撥了個電話給羅嘉文,說沒兩句就掛上了電話,拿著錄影帶下樓,車開往天后宮旁的前進實驗室。

夾雜著沙沙白點的錄影帶內容,不但不是很清楚,而且還可以說是很失敗的作品,讓羅嘉文才看不到二分鐘,開始不耐煩起來。

「這是誰拍的?眞有看到什麼東西嗎?」

「報告局長，請等一下就有。」

莊文淵走到電視前半跪在地上，指著電視畫面中說：「看到沒，這裡有東西在移動，還有這裡。」

羅嘉文乾脆也到電視前瞪大眼睛想仔細看個清楚，似乎也看出一些端倪，然後用手指著電視說：「草地上好像有東西在動？」

「對，而且不只一個地方。」莊文淵用手按了一下快速前轉，又說：「你看，這邊的草地也是一樣，好像有東西趴在上面。」

「嗯！」

羅嘉文隨後說：「我們在那裡一直都沒裝監視器。」

「沒有，我們的全都在防線上，那裡是海邊沙灘，晚上全部管制，連人都不能進入。」

「叫張世昌帶幾個人，我們現在就過去。」羅嘉文說著，把桌上的菸和打火機裝入口袋，和莊文淵走出辦公室。

兩輛廂型車離開了實驗室，向東繞到濱海公路，再轉向寬闊平直的垃圾專用道路，經過城西焚化廠到了海邊青草崙海堤。

「這就是陳延東出事的地方。」

「是，局長。」

「這裡平時都沒有人來？」

「嗯！」

車向南行駛到柏油路盡頭，車在堤防斜坡旁停下，莊文淵先下車，用眼光在附近堤防上搜索，還一邊爬上堤防，然後喊著：「報告局長，就是在這。」

羅嘉文和環監組的人從斜坡慢慢走上了堤防，站在一處堆了約二台尺高的磚塊旁停下來。

「這就是昨天監視器拍的地點。」莊文淵隨後轉頭，朝南望去，並用手指著南北狹長沙灘說：「從監視器的角度看，拍到的應該就是這一片沙地……」

還沒等莊文淵說完話，羅嘉文插話說：「走，我們現在下去看看。」

莊文淵沒吭一聲，跟著羅嘉文走下堤防下沙灘。後方的管制局人員，不知發生了麼事，只是繼續跟著，一頭霧水，一見到地上的無根藤，就知道不對勁，沒等局長吭聲，趕快從手提箱內拿出採樣盒，戴上手套開始採樣。

羅嘉文向四周張望，發現二十米外的沙地上，不但有青綠色的無根藤，還有金黃色比無根藤更細的菟絲子，一絲絲的金黃細絲讓他突然想到大海中的髮水母。

不遠處傳來小客車「碰！」的關門聲，李文同下了車走向一堆人站著的沙灘。

「李記者你好，你的消息真的很快。」莊文淵說。

「沒有啦！拍到水母在這活動的是我的朋友，他一大早就打電話和我說了，還拷了一張光碟給我，我也看了一遍。」

李文同接著說：「這些無根藤和菟絲子真的有問題，對不對？」

「看起來不太對勁，像是被嚴重摧殘過，甚至是被啃食。」羅嘉文蹲在沙灘上說。

「這兩種都是有毒植物，近幾年來在海岸地區繁衍速度特別快。」李文同說。

「無根藤在台灣很多地區沿海常可發現，但菟絲子一般都出現較靠內陸地區，但這裡卻在海岸沙灘上發現，這是少見現象。」管制局環境組長張世昌說。

「這裡的菟絲子是人爲散布的結果。」李文同說。

「是誰散布這些植物到海岸？是不是有什麼用途？」張世昌說。

「我知道是誰，但我不能說，那個散布的人是在四、五年前引進菟絲子到海岸一帶，我問過他原因，但他不願說，後來他也很後悔，只希望我在談這件事時不要提他的名字。」李文同說。

「那個人就住在這附近？」莊文淵問說。

「我只能說，對方住在台南，是個男的，但我已答應對方，所以不能說，你們就不要再問了吧！如果這件事換作是你們的話，你們也會希望我是個既能保密，而且說話算話的人，對不對？更何況我是記者，要有新聞道德，要不然以後誰還再信得過我？」

李文同繼續說：「現在最重要的問題並不是誰散布了菟絲子，而是爲什麼水母會趴在這些植物上，甚至從植物上採集或吸食某種成分的物質，這就得靠你們了。」

無根藤是在台灣各地濱海沙灘地及防風林常見的寄生植物，這種纏繞性藤本植物的根部已退化成吸盤，吸附在宿主體上吸取養分，葉子已退化成細小鱗片狀，較常見寄生於馬鞍藤等海濱植物，常呈青綠色，二〇〇四年春，在台南市沿海還發現過變異種。

菟絲子是無根無葉的寄生性草本，莖上具有細小圓吸盤，這些密布吸盤的莖，如同無根藤一般，攀爬在其他植物體，如同金黃色髮絲，十分醒目，被寄宿的植物在養分被吸收殆盡後就乾枯而死。

這兩種如同親戚的植物，在廣大沿海地區，如同「兄弟吸血鬼」，只要被它覆蓋的地表蔓生植物，幾無倖免。

「去年四草水母並未發現有能力越過這麼長的沙灘，而且海岸沙灘上的各種濱海植物，並未產生變化，但今天看了無根藤和菟絲子，有可能是四草水母的自然生理需求，所以這可能是附著覓食。」

張世昌接著又說：「昨天有鳥友說，在這裡防風林內的小白鷺、夜鷺數量明顯減少，而且還發現來台度冬的蒼鷺屍體掛在樹上，讓我想到陳延東的事。」

「報告局長，去年被做成標本的都是雌性，今年至今發現的全都是雄性，從二者外觀和構造上看，應該是同一品種，如果雄性四草水母以沙灘上的有毒植物爲食，那毒性是不是可能也是雌性的自然需求？如果是的話，爲什麼從來沒有發現？還是被其他毒物吸引？」李文同問說。

「李記者，你還是在懷疑台鹼大池？」羅嘉文問。

「嗯！大池是這裡最不自然，也最怪異的地方，聽漁民說好像連虱目魚都沒有。」

「你是想到了四草水母的排斥性？」莊文淵問。

「是啊！就像一個社區裡，如果大家都猛丟樟腦丸，蟑螂可能就會被逼得跑到沒有樟腦丸的地方，甚至住下來產卵，所有的生物都一樣，會找出對牠們最安全的處所棲息。」

李文同接著說：「這一帶水質最怪的就是台鹼大池，而且是封閉水域，過去常做的水質監測，現在全停了，由於汙染關係，不能對外放流，幾乎成了環境變化上的死角，所以我不但會懷疑，甚至還猜測雄水母的大量集體上岸，可能是一種繁殖前的準備。」

「如果眞是這樣，那爲什麼去年上岸的全是母的？連一隻公的都沒發現？」羅嘉文問。

「我猜想去年牠們並不是在陸地上交配，而是在海裡，然後有某種生理中的強烈需求，引領著牠們上岸，目的是想尋找更佳繁殖環境，就像大自然界中的許多生物一樣，在繁殖季前，會出現單一性別的大量遷徙。」李文同說。

「如果去年上岸的都是雌性水母，那雄水母在那裡？」莊文淵繼續問。

「應該在海裡。」李文同說。

「如果這項推論正確，那今年上岸的至今發現的全是雄水母，那水母在那裡？還是在海裡嗎？」莊文淵問。

「我覺得應該是在陸地。」

從水母上岸事件後，莊文淵發現李文同說話的語氣似乎愈來愈肯定，尤其是李文同猜測雌水母在陸地後，羅嘉文等人更是瞪大了眼睛，帶著不太敢想像的眼神看著李文同。

「李記者，爲什麼你覺得雌水母會在陸地？」羅嘉文問。

「自然界生物最大的原動力，都是在繁殖交配前，而不是在交配後，對不對？」

在場的人聽了笑著點頭。

李文同接著說：「如果水母已經在海中完成交配繁殖，雄水母還急著上岸幹嘛？因此我認爲，雄水母最近上岸愈來愈頻繁，出現的地點愈來愈多，是自然界交配繁殖前的明顯本能，也就是說，雄水母是上岸來找雌水母。」

「如果眞是這樣，那問題就大了。」羅嘉文說。

「不但是問題大，而且還會是個難以解決的大問題。」

「你認爲水母是在大池裡？」

「嗯！起先我只是猜測，但現在愈來愈肯定。」李文同說。

「我們在沿海防風林到海岸沙灘一帶一直沒有裝設監視器，大池那也沒有？」羅嘉文若有所思的說。

「是。」

「如果要裝的話很快嗎？」

「今天來不及了，我回去聯絡，明天一大早就可以來裝。」莊文淵說。

※※

鹿耳門溪南岸的台鹼公司舊安順廠區及附近土地，在戴奥辛、五氯酚和汞的交互汙染下，被形容爲「全台最毒的土地」。

一九四二年，日本據台時期成立鐘淵曹達株式會社，開始生產燒鹼、鹽酸和液氯，但眞正的重點卻是日本海軍在台灣製造毒氣的工廠。台灣光復，國民政府派人修復，更名爲台灣製鹼公司台南廠，並在卅五年開工生產，一九五一年改爲台灣鹼業公司安順廠，一九八二年六月因經濟因素而關廠，並和中國石油化學工業開發股份有限公司合併，簡稱中石化公司。

台鹼安順廠在一九六四年試製成功五氯酚鈉，一九六九年開始增產，並興建當時號稱東亞最大，可日產四公噸的五氯酚鈉工廠，並外銷日本，使五氯酚成為主要產品，至一九七九年因環保和經濟因素關廠後，將近五千公斤的五氯酚封存在廠區內。

更嚴重的是，在五氯酚製程中會產生更具汙染的戴奧辛，由於戴奧辛不溶於水，屬於脂溶性物質，可以透過食物鏈持續累積，開始編織附近地區的噩夢。四十多年來，台鹼公司先後生產的燒鹼、鹽酸、液氯和五氯酚，留下來的是戴奧辛、五氯酚和汞的綜合汙染，但在經濟開發後漸被人遺忘。

李文同在一九九三年到台南市跑新聞，陸續接觸這塊土地的過去和衍生問題，前後寫了多篇有關報導，「毒土地」一詞，也是從李文同的報導，逐漸成為此地的代名詞。

一九九八年，清華大學住台南市的學生放暑假返回台南，從報紙上看到李文同有關「毒土地」報導，將訊息帶回學校，凌永健教授以此作為研究題目，並將研究報告發表在一份國際學術刊物上，也將這項結果告知李文同；但專業的研究報告李文同哪裡看得懂，透過同事張延勤在化工廠的友人翻譯，寫了一篇報導，當時刊登在台南市版，並未引起太多注意。三個月後，台北總社的一次連線報導，要求全台各地記者配合撰寫受汙染的土地現況，李文同將台鹼汙染又再著墨了一遍，這篇綜合各地記者的報導，獲得當年的曾虛白新聞獎。

在隨後的幾年中，台鹼問題逐漸被呈現出來，不但環保署長郝龍斌多次來到現場察看，整治工作也陸續推動。但包括中華醫事學院副教授黃煥彰等多名學者，卻認為政府處理台鹼案的速度實在太慢，也透過田野調查和舉辦國際學術會議，希望獲得政府重視，早日解決汙染，降低汙染延伸到下一代的機率。

依環保署土壤與地下水汙染整治法管制標準，汞是二十ＰＰＭ，戴奧辛是一千皮克，但在二○○三年前的多次調查數據，卻顯示台鹼舊廠區和附近地區土壤，含有太高的汙染指數，其中汞最高量爲九千五百五十，是國家管制值的四百七十多倍；戴奧辛最高量更達到九十七萬九千，遠高於國家管制標準近一千倍。

在日本，戴奧辛的管制標準和台灣一樣是一千個皮克，但在歐洲，管制標準更嚴。瑞典將敏感用途土地的戴奧辛毒性當量規定必須在十皮克以下。在荷蘭，土壤中戴奧辛含量若達到十皮克，只能進行酪農業飼養，不得作爲農業耕作。在德國，若是兒童遊樂區土地超過一百皮克，就必須更換土壤。

高汙染的毒害不光是殘留在土壤中，更滲透到一旁的台鹼大池。在環保署多次檢驗證實池水和底泥受到汙染，且池內水產不適合食用後，二○○三年封閉了大池，並將池內水產撈個精光，全都送往城西焚化廠焚毀，成了全台第一處撈出的水產必須全部銷毀的水域。

台鹼大池多年汙染，將汙染物帶到一旁連接的鹿耳門溪。根據環保署調查，台灣地區抽驗的十二條溪流，鹿耳門溪每一公克底泥所含的戴奧辛毒性當量濃度平均值是十四點二皮克，比次高的台北淡水河六點四七高一倍；更高於毒性當量濃度最低高屏溪的二十八倍。

更令人擔心的是，在水池中檢測出魚體的戴奧辛毒性當量，常達到一百皮克以上，是世界衛生組織規定四皮克的五十倍以上，尤其是被汙染的幼魚一旦長成成魚，汙染濃度將繼續增加三倍，早已不適合食用。

※※

「這是一項冒險！」

「我知道！但不是我可以決定的。」羅嘉文一邊和莊文淵說，一邊看著剛從頭頂飛過的直升機。

「部隊什麼時候會到？」莊文淵問。

「陸軍步兵下午四時就會到達，化學兵還沒確定，潘昌東還在聯絡。」羅嘉文說。

「那驅趕所使用的魚毒呢？」

「他說早就從台北運來了，而且還混著一些從國外進口的化學製劑。」

莊文淵面帶懷疑的斜看著羅嘉文說：「那來那麼多魚毒？」

「說實在的，今天上午他一進辦公室和我談此事，我還存疑，後來才知道很多東西他早就準備好了，而且也獲得院裡授權，知會我只是一個動作而已。」羅嘉文雙手交叉在胸前，將腳前一顆小石子踢向鹿耳門溪。

管制局和台南市環保局幾名工作人員，身穿白色防護衣，站在台鹼大水池和鹿耳門溪之間的水門，隨時等待拆除水門下方的不鏽鋼攔網。

攔網是台南市環保局要求中石化公司在二〇〇三年二月裝設，攔網縫寬度一點四厘米，希望隔絕水產進出，但卻被包括黃煥彰等多位學術界人士認爲啼笑皆非，因爲在水生態系統中，魚類是最高層的消費者，水中有更多的浮游生物、藻類和微生物，一旦在大池內受戴奧辛汙染，一樣會隨潮汐進出鹿耳門溪，再到大海，擴散汙染源。

如今爲了實現潘昌東的想法，決定先將這層裝設近二年的不鏽鋼攔網暫時去除，再於鹿耳門溪內注入混和熱帶海魚毒。若溪內有四草水母，而且產生明顯排斥，就可能被驅趕到受汙染的大池，再一網打盡；若鹿耳門溪內沒有四草水母，也等於完成了一次清理證實的工作。

「報告局長，潘昌東有沒有提到攔網的事？」莊文淵低斜著頭，靠近羅嘉文的耳旁輕聲的說。

「他目前把重點全放在這，只要這次攔阻能夠成功，以後他在院裡說話就會有分量，我們儘量支持配合，不要讓他有話講，以後的空間就大一點，只要水母的事能夠解決，攔網就沒有那麼重要了。」

羅嘉文似乎心裡一下子想到什麼，又說：「對了，你那個同學杜朝正要注意一下，看有什麼不對勁的地方。」

「世界就這麼小，不是局長同學，就是我同學，從台北搞到這裡，眞希望趕快結束。」莊文淵嘆了一口氣說。

兩輛白色廂型車突然在羅嘉文和莊文淵站立不到一百米處停下，廂型車門從側邊拉開，走下幾名身穿白色防護衣的工作人員，提了幾個不鏽鋼筒，其中一人下車後和其他幾名工作人員聚在一起說話，不斷向四周指指點點，然後向羅嘉文走了過來。

「全套都是新的，比管制局的還好。」羅嘉文低聲說。

「我看他準備很久了，連魚毒都是國外的新貨，準備要大幹一場的樣子。」莊文淵腳踢了踢路旁的黃土，和羅嘉文走上前去，笑臉迎接這位新上任的地下指揮官。

滿面春風的潘昌東，拿下了防護頭盔，劈頭就說：「你的人準備好沒有？我十分鐘後就開始驅趕，水門現在就打開。」

還沒等羅嘉文回話，潘昌東又說：「一旦開始驅趕，水母可能會衝向水門，所以水門一定要全開，絕對不要擋住去路，否則就可能出事。」

莊文淵看了看羅嘉文，轉了個頭向水門，又比了個手勢，站在水門上方工作人員用力將隔在水門中的不鏽鋼網拉了起來，只見長方形的網板，纏滿了綠色藻類，還猛不停滴水。

潘昌東見攔網被抽離開水門，轉頭向溪內三艘膠筏上身穿白色防護衣的工作人員打了個手勢，示意他們可以開始在溪中「放毒」。

忙碌的潘昌東似乎忘了羅嘉文和莊文淵的存在，一下子走到溪畔看膠筏上的工作人員將不鏽鋼筒內的液體，從行駛中膠筏後方的螺旋槳緩緩倒入溪內，利用螺旋槳攪拌。一下子又走到水門旁觀看打開後水門下方的動靜。似乎少了他，全世界都會停頓一樣。

「倒完了就上來。」「佳雲，妳去連絡看化學兵什麼時候會到。」「先柱，要對準水門拍，要拍清楚一點。」潘昌東似乎永遠都有做不完的事，尤其是在羅嘉文面前，好像特別忙碌。

「李記者你好，我向你報告……」潘昌東看到李文同站在水門旁的土堤上拍照，主動上前打招呼。

「所長好，大家都是一樣的，沒有什麼大小，不要報告啦！」李文同說。

「不！不！不！我最尊重你們媒體了，這件事一定要報告。」潘昌東笑著拍拍李文同的肩膀，一副既熱絡又尊重的樣子。

「所長，不要這樣，直接講就好了啦！」李文同將對方的手從肩上拿了下來。

「好，我馬上向你說明現在的工作內容，我們先在鹿耳門溪內利用熱帶海魚毒驅趕……」

「所長，一旦水母眞的全都進了大池，然後又在大池上了岸，那不是麻煩大了？」李文同問。

「不會的，我們所裡從去年事件發生後，就持續進行研究，從未間斷，我們認爲四草水母不會在白天上岸，那是受到牠體內結構的影響，因此不會有問題，更何況現在還有荷槍實彈人員在沿大池四周布署。

「那你和我站在這裡都很安全？會不會一下子衝上來一隻把我們吃掉？」李文同用手指了指鹿耳門溪通往大池的水道。

「放心，四草水母就算白天在室內，活動力都會明顯減弱，而且還會耗弱牠的生命力，更何況現在是大白天，強烈日光照射對牠會產生很大危害，只要有路可逃，就會一直待在水中，不會上陸地。」潘昌東肯定的說，還帶著幾分自豪。

一旁管制局人員，手中拿著清理過藻類剛從水中抽起的不鏽鋼攔網，向羅嘉文走去，還沒來得及向羅嘉文報告，就被潘昌東一手攔了下來說：「等一下。」

潘昌東在水道旁的土堤蹲了下來，用手碰了碰攔網底部的大洞邊緣，然後說：「來量一下。」但現場沒有人知道潘昌東在叫誰，好幾個人你看我，我看你的，再看看潘昌東。

「先杜，你就先量一下嘛！」潘昌東見四周沒人理他，就找了離自己最近的手下，似乎有些不悅的說。

「報告所長，我沒有帶尺。」黃先杜說。

「我不是早就交待過，有關工具一定要帶嗎？」

「可是剛才給………」

「還說，還不快去找尺過來。」潘昌東打岔說。

「沒關係，我這有。」莊文淵從皮帶上拔下一盒簡單捲尺，拿給潘昌東。

「卅七厘米，最長的有這麼長。」

「這個不鏽鋼網有多久沒換了？」潘昌東站了起來，把尺還給莊文淵，看著他二人說。

「不知道，這個不是管制局做的，是中石化公司。」莊文淵說。

「我現在就問。」莊文淵還沒打開手機，就被潘昌東制止。

「不用問了，現在已經來不及了，這麼大的洞一看就知道根本不是被利器剪斷的，幾乎九成可以確定是被腐蝕的，就和溪裡的攔網一樣。」

一名穿著防護衣的工作人員走了過來說：「報告所長，水門和溪裡都沒有動靜。」

「趕快把攔網送到實驗室去。文淵，打個電話給中石化，問一下攔網的事，……」沒等羅嘉文說完，潘昌東又插了一句：「看還有沒有新的攔網，趕快叫人來補上。」

「那下一步怎麼做？所長。」李文同說。

「如果水域裡有水母，攔網破了個這麼大的洞，早就來去自如了，現在最令人擔心的是，萬一大池裡也有水母，問題就大了。」

敵人非人的戰役

四草水母大舉進入鹿耳門溪，進入汙染嚴重且早已禁撈封閉的台鹼大池，交配完重返鹿耳門溪和軍方衝突造成死傷，激戰一夜。

開戰前的兵力布署

二〇〇五年十二月卅日

十三點五公頃的台鹼大池，日據時代是鐘淵曹達株式會社，國民政府接受後改爲台鹼公司安順廠，民國七十一年關廠後，由中石化公司託管。

從日據時代製造毒氣，再到台鹼公司製造燒鹼等產品，在製程中產生的遺留物，或製程後的中和劑，有的直接埋在廠區及附近，有的透過水源滲透進入一旁的海水貯水池，日積月累，毒害深化，一直到二〇〇二年關廠十多年後，在中華醫事學院副教授和台南市社區大學多位學者追蹤調查，才迫使環保單位開始重視汙染問題嚴重性，並在同年利用鐵絲網將大池四周全部加圍，禁止民眾在池內採捕水產，但爲時已晚。

成功大學環境微量毒物中心主任李俊璋，曾主持調查台灣地區八座垃圾焚化廠附近居民血液中戴奧辛濃度資料，發現當地鹿耳里和顯宮里受檢居民血液中，戴奧辛含量平均值達到五十皮克，是一般正常值的二點五倍。更令人擔心的是，在全國受檢的近一千人當中，戴奧辛毒性當量濃度最高的前四人，全都住在台鹼舊廠附近一公里的範圍內。

夕陽西下後的台鹼大池，和往常相同的水波微興。「請勿在此釣魚、違者依法究辦」的告示牌上，大半的黑白漆已經剝落。

從鹿耳門溪以南的鐵絲網，沿著大池東北側，向南一直拉到靠近台鹼舊廠旁的舊紅磚牆，在過往的千百個日子裡，除了在池內下網或垂釣的民眾，此地早已是被遺忘的世界，如今卻布署著一百多名兵士。

從最靠北端林枝村的養殖魚塭，沿線一直到大池東側水門，是寬不到三米的小路，就算是小轎車也無法交會，其中靠近林枝村魚塭路段，寬度更不到二米。步兵營的卡車和化學兵的器材車，全停放在大池東南側的二等九號道路上，背著裝備的兵士只能沿小路走，在鐵絲圍牆旁各就定位。

在下午管制局決定暫時打開水池和鹿耳門溪間的攔網後，工作人員並未發現水中有任何異狀，潘昌東手下工作人員，在鹿耳門溪傾倒魚毒的做法，並沒有達到驅趕水母的效果，即使在水門和大池畔的工作人員，也未發現水池出現任何反常，一如過往。

戰戰兢兢的兵士提高警覺，架在鐵絲網上的步槍，瞄向一片平靜的大池，水還是水，波仍是波，除了靠近淺水岸邊，偶爾見到幾條游動的魚影，像是一潭漸失去生命力的死水，苟延殘喘的掙扎。心中一片茫然的兵士，不知將槍口瞄向哪裡，眼前一片水天如鏡。

一長排步槍指向空蕩蕩的水域，讓路過二等九號道路旁的漁民覺得好笑，卻又笑不出來。從小到大幾十年，還在部隊裡當了兩年兵，從來沒看過排排站拿槍瞄水的怪場面。

「請問營長，你那邊的情況如何？」潘昌東問。

一身英挺軍服穿著的詹凱超先向潘昌東行了個標準舉手禮。潘昌東點了頭說：「營長，我們直接講就好，其他的禮就免了，請不要客氣。」

「報告所長，今天下午我們請三分局曾經和水母有正面遭遇的幾名警員，和營裡弟兄交換意見，也去實驗室看過標本，我想以現有的配備應該沒有問題。」詹凱超說。

「化學兵那邊呢？」

「第一線由我們營裡負責，他們先在二等九道路上待命，一旦有需要防災處理，就由他們上場。」詹凱超指著水池東南側二等九號道路上正在休息的化學兵說。

「今晚的警戒有什麼計畫？」潘昌東問。

「報告所長，部裡已通知我們屬於配合單位，我們的執勤或防守攻堅計畫，一切依管制局提出需求爲依據排定；也就是說，現場狀況由管制局評估風險級數的時間及地區，我們根據管制局要求布署。」

詹凱超直挺挺的站在夕陽西下的大池畔，原本就偏黑的臉，映著火紅夕陽，變成了暗紅，說起話來也和他的身材一樣，硬梆梆、直挺挺，不帶什麼虛字，典型的軍人本色。

「我們下午曾試圖從鹿耳門溪驅趕水母進入這裡，但卻一點動靜也沒有，或許是我多慮，或是有沒想到的破綻，現在仍無法確認大池裡究竟有沒有水母。」

潘昌東眼看著前方的大池，繼續說：「營長，你有沒有什麼建議沒有？」

「報告所長，我對這裡的狀況了解十分有限，你們訂出計畫，需要軍方執行的部分就由我負責調度，一定全力配合，包括使用武力在內。」

詹凱超又說：「這次會動用到國防部，最主要就是考量防範的最後底線，沒有人希望見到動用武力，但仍要未雨綢繆，不得不防。」

※※

四草海岸旁的九孔養殖場，曾經是台南市數一數二的大規模，養殖場主人陳平常，是四草大眾廟主任委員，也是台南市水產養殖產銷班第十九班員。二〇〇四年發生四草水母事件以後，位於海堤和古鹿耳門溪間的養殖場，被劃入管制區，無法繼續養殖九孔，陳平常只得轉往台南縣七股沿海租地，繼續幹老本行。

也只不過是在兩年前，陳平常的養殖場可是十分忙碌，利用距海堤不到五十米地利之便，抽取潔淨海水，讓陳平常的養殖業一帆風順。但在四草水母事件發生後，養殖場內小從塑膠籠、顯微鏡、孵化九孔卵用的玻璃缸，大至吊車和養殖架，全都得搬到七股鄉從頭開始，舊廠房的孵化池和養殖池停用報廢，一片冷清。

二〇〇五年十二月最後一個星期五，寒流低溫擋不住人們年終的喜悅，在台南市區和安平區沿海，雖然蒙罩著四草水母的陰影，但小週末的夜晚連接著週六和週日的兩天連續假期，許多店家燈光似乎亮得特別早，希望在年終前多逮些客人，撈點生意上門。

林忠民和一些死黨漁民，約好十點下班後就到安平區租住處，大夥在年終小聚一下，尤其是十度以下的低溫，能夠喝點白酒，配幾樣小菜，世間樂事不過如此。

三千三百西西的克萊斯勒廂型車，過去就是林忠民的最愛，結婚當晚，若不是可愛的廂型車，早就葬身在水母肚裡了。

鹿耳門溪出海口南岸，住了二十多年的石棉瓦房，直到前年底才在舊屋旁新建了一棟磚瓦平房，只是讓晚上有個躺下去能睡覺的地方，林忠民寧可多花一點錢買好一點的車，也不願把錢花在住的地方，沒想到八十多萬買一輛自己喜歡的二手車，還眞的救了他一命。

近幾年，林忠民理財最成功的二個案例，就是蓋房子和買車，還好沒花太多錢在房子上，否則就算是鹿耳門溪出海口最漂亮、高級的別墅，全都在管制區內，根本沒得住。反而是車保住了他一命，即使那隻水母在被他輾死前，分泌出的酸液，將車外烤漆腐蝕得東一塊西一塊，像個大花臉，許多友人勸他重新烤漆，但他卻不接受。在他心裡，大車保護了他，在車上留下了記憶，他要永遠記得。

車沿著古鹿耳門溪旁道路向南行駛，才過了春風哥的魚塭沒多遠，突然減速停下，又倒退了二、三十米，停在路中，林忠民向左方魚塭旁一塊柏油路面看去，在沒有下雨的夜晚，竟然溼了一大塊。

是有人在路旁撒尿？還是有車輛漏油？應該不像，除非……

車子沒敢熄火，林忠民先看了看四周，彎下腰從右前座下方，拿出一把一尺長殺魚刀，先從後照鏡看了沒動靜，慢慢打開車門，先繞到車前後各角度看了看，又不敢太接近那片溼柏油路面，就爬上一旁的古溪舊堤。一樓高的舊堤上，散布著馬鞍藤和無根藤，若是在大白天，這兩種深綠色植物很容易就能分辨出來，但現在是晚上，而且路燈在十幾米外，看得並不很清楚，反而是鮮黃色的菟絲子，在黑夜中突出顯眼。

林忠民爬上堤防頂端，先用手電筒照了照四周，除了呼呼北風，四周似乎靜得出奇。再朝剛才發現的溼地望去，一旁的魚塭靜悄悄的，靜止的水車靠近塭岸，沒有打水，卻距離柏油路面很近。林忠民才突然想通，可能是水車剛才打水，被強勁的北風將水花吹向柏油路面，這才鬆了一口氣。

從春風哥出事後一年多，林忠民再沒有來到這附近，舊堤防更是不知有多少年沒上來過。

林忠民轉了個身，向海邊望去，前方幾米處是防護牆和鐵絲網，但看不到被牆擋在外側的古鹿耳門溪。眼光越過防護牆，一片黑色的土地，黑色的水，在農曆三十沒有月亮的夜晚，看來什麼都是黑的。

陳平常停養的九孔養殖池，就在這片南北被隔開的狹長黑色土地上，黑色的外牆，黑色的石棉瓦屋頂，看來就是有那麼點不太對勁，林忠民也說不上來是那裡不對，反正就是感覺怪怪的。

突然間，林忠民感覺有東西碰到他的大腿，嚇了一跳的往後退，險些沒叫出來，手一摸，才想起是放在長褲口袋裡的行動電話在震動，只是風太大，沒聽到響鈴。

「喂！阿同噢！我知道啊！馬上就到，只是看到陳平常的九孔池有些怪怪的，所以爬上堤防看。」

「有什麼怪怪的？」李文同在電話中問。

「我也說不上來，好像是有東西在上面，可是又看不清楚，沒關係，我先打個電話回所裡和他們說，雖然他們從那裡就算用望遠鏡也看不到這裡，但至少可以請他們再往上報。」林忠民說。

「好，先上車再打電話，一堆人等你回來，快一點。」李文同話才說完，剛關上電話，電話又再響起。

「阿同，快快，我和你說，我這裡看到有水母在爬攔網，快來！」李進添那頭傳來短暫急促的聲音。

「哪裡?是不是在你那裡?」

「是啦!就是上次斷網的地方,快點來,已有經有兩隻了。」李進添激動的半喊著。

「好!我馬上過去。」

「阿同,是怎樣?」一旁等待林忠民回家喝年夜酒的蘇順利說。

「聽說有水母在爬攔網,要過去看一下,你們慢慢吃,不要等我,等下和忠民說一下,我先過去。」李文同站了起來,拿起車鑰匙很快走向門外。

連接安平區和安南區的四草大橋上早已一片忙碌,橋上出現的軍車比警車還多,站在橋中段上的釣友和做生意的小販,看著覆蓋綠色帆布的軍用大卡車,一輛輛上了橋,向北側四草開去,其中還有二輛竟然逆向行駛,從橋下駛上靠海一面的南下車道。

兩輛卡車還沒停妥,另外兩輛閃著警示燈的警車也開上了橋面,很快停在橋邊。警車走出三名警員,帶著紅閃的指揮棒走上橋邊護欄旁人行紅磚道上,指揮棒在手中左右揮舞。

「對不起,四草大橋從現在開始封鎖,請立刻離開現場。」警員一邊說明,還一邊猛吹著口中的哨子。一旁的巡邏車沿路慢慢行駛，向前推進，警笛叫個不停。

行人步道上，五、六個賣黑輪小販，在橋上擺設的數十張小桌椅，坐滿到此垂釣賞景的男男女女，喝飲料的喝飲料，喝酒的喝酒，雖然頂著寒冷北風，但在橋上吃小菜賞海景，是台南市近幾年來新興的賞景休閒地點。尤其又是二〇〇五年最後一個星期五，接著又是兩天連假，橋上的人比平日更多、更熱鬧，此時將被迫全部離開。

有人一臉不解的看著驅趕民眾的警員和巡邏車，有人詢問原因；還有人趕忙多夾兩口菜送到嘴裡，一邊看著不遠處一個個從綠色軍用卡車跳下來開始整隊的武裝軍人。

「這是要叫我怎樣做生意？」做生意的小販說。

「抱歉，有意外狀況發生，真的不能不封鎖，這是幾分鐘前才做出的決定。」警員說。

先下車完成整隊的兵士，分成好幾個小組，到橋上幾個做生意的小攤前，開始協助老闆收拾桌上還來不及清理的飲料和菜餚。有的消費者要求老闆將還沒吃完的烤秋刀魚包走，還有更多的人擠在快餐車前等著提早結帳。老闆被突如其來的景象搞得手足無措，不知所以。

「喂！先等等啦！有的客人還沒有包，不能倒掉。」小販看著兵士正要將客人還沒吃完的菜倒掉，趕上前去阻止。

「喂！那是我們花錢買的菜，等下要包走，你憑什麼把它倒掉？」客人不悅的說。

「對不起，這是上面的規定……」一名帶頭兵士說。

雖然旁邊還有一堆等要結帳或要求打包的客人，但氣不過的小販還是擠過了面前等待付帳的客人，衝向正在收桌椅的兵士，大喊：「喂！喂！喂！這可是我的店，你們憑什麼來收？」

小販話還沒說完，其中一名兵士舉起手中的步槍，橫擋在小販身前，企圖阻止小販影響執行勤務，還黏著一副臭臉說：「抱歉，你不能過來。」

不說還好，話才一出口，小販更是火大，將身上的圍巾一拉，甩在一旁的小椅子上，用胸部頂撞斜擋在他前方的步槍，喊著：「你是要怎樣？這是你的店喲！你給我收什麼收？客人還沒有吃完，有的還沒有包完，你就給我倒掉，你是什麼東西？今天你們沒有給我賠就試試看！」

在一旁執勤的警員聽到吼聲也走了過來；軍方一名階級較高的帶隊官見情況不對，嗶嗶急吹著哨跑了過來，向其他幾個小組的兵士喊著：「聽我口令，所有清理工作暫停。」

「不好意思，這是剛才管制局臨時作的決定，我們只是執行單位，所有橋上都要淨空，大家都是一樣，也不是特別針對你。」警員將一手搭在小販左肩上，還稍施力壓著，似乎想將火冒三丈的小販拖開。

正在氣頭上的小販哪甩這一套，用右手將警員的手從自己左肩上推開，「要走可以，又不是不配合，但一來連半句話都不說，就把桌上東西全倒在垃圾桶，人家客人還沒吃完喝完，你看，到現在還站在那裡叫我包，現在你通通給我倒掉，你叫我怎麼做生意，這些錢你賠啊！」

在餐車旁等待的客人看著小販和其他人吵成一團，有人喊著：「老闆，好了啦！不要包了，我們付帳要走了啦！算我們倒楣！」

小販回頭看了看在車旁等著付帳的人，從橋邊較高的步道跳下較低路面，還回頭指著軍方人員說：「你們先不要給我動，再給我動就試試看。」

小販一面收錢找錢，還一面向客人說抱歉。有客人安慰小販說：「沒關係啦！那也不算是什麼，我就不要包了，看多少錢還是照算，沒關係！」

充滿柔和的四草大橋，在短短半個小時內，完全變了個樣。橋兩側迷樣的金黃色路燈，拉出兩條彩虹小圓弧，像是建在黑岸黑水上的登天拱橋。河海交界的雅緻，此時全被軍警車輛閃爍的紅藍光壓了過去，從幾公里外的上游都明晰可見。

軍隊部署的重點在橋南北兩側，在上下游的兩側護欄，都有持槍面對橋下溪水的兵士，除了值哨人員，其他兵士有的在卡車內小憩避風，有的在步道上來回行走，或坐在行軍小椅上休息。

從橋中央向南望，橋南已設置路障管制進出人車，更遠方的安平遠洋漁港碼頭旁也是燈火通明，映照點亮晃動水波。

遠洋漁港西側碼頭，一棟顯眼的大型建築物，被明亮的路燈從各角度包圍，還夾雜著暗紅半閃的警示燈。強力的銀光探照燈，進出的人車在搖曳的彩光中來回穿越，整個身子被五顏六色切割成好幾截，不停移閃變幻，活魚儲運中心已成了研究水母的活體實驗室，是被逮三隻四草水母臨時的家。

李文同臨時改變了方向，車過了李進添通報發現水母的嘉北二站，繼續前往指揮所，車才剛過四草大眾廟，耳邊就傳出「砰！砰！」槍響，斷斷續續。

在這沿海地區，養殖平坦空曠的野地，李文同過去就聽過類似槍響，都是養殖業者為防鳥類進入魚塭吃魚，用槍打鳥。但現在聽到的槍響比過去聽到打鳥的霰彈槍更結實純厚，瞬間的第一個感應就是「出事了」。

成立半年的指揮所，從來不曾如此擁擠，多了許多身穿草綠的軍方人員。第一次到指揮所的軍方人員，透過幾十台連線監視器，東看西看，大大的眼睛死盯各點傳來的動態。

中央前方的三個投影幕，畫面每隔五秒就切換一次，雖然畫面中的地點不同，但相同的是，無論畫面再如何切換，水母都是畫面中的主角。可以看到陳平常廢棄養殖場及一旁停養魚塭，一直都有水母在草叢或塭堤上緩緩移動，還有好幾隻上了石棉瓦屋頂。也可以看到正在越過河川攔網的水母。

到深夜十一時爲止，除了最南側的鹽水溪攔網尙未發現四草水母，其他位於嘉南大排和鹿耳門溪攔網，處處都可見到四草水母，有的被槍打死，掛屍在攔網上；有的被射到了暗黑的水中。有些在翻越攔網後，一下子就被埋進了黑水黑夜。

「請問剛才的聲響是什麼？」李文同一進了指揮所，莊文淵是他第一個見到且認識的人，馬上走上前去問。

「是槍響，因爲許多攔網都發現有水母越過攔網，局裡在和潘所長討論後，馬上報院，院裡說事態緊急，一定要守住封鎖線，決定使用武力，我們趕緊通報台鹼大池那邊的步兵營過來支援。」

「已經有水母越過攔網？」

「有。」

「數量有多少？」

「從各站報來的資料，證實看到且已越過攔網到上游的至少有十七隻，而且數量還在繼續增加。」

「這些是在外攔網還是內攔網？」

「有外也有內，所以很麻煩。還有就是聽營長說，目前只有三個連的兵力，根本就抽調不開。」莊文淵說。

「那怎麼辦？會不會抵擋不住？」李文同問。

「嗯！現在只有請國防部增加支援，等下會有什麼變化，誰也不知道。」

「大池那邊有沒有動靜？」李文同問。

「這曾經是我們下午最擔心的地點，但從潘昌東開始在鹿耳門溪利用熱帶海魚毒嘗試驅趕水母，到剛才爲止，並未發現特殊狀況。」莊文淵說。

李文同雖是慣性的點了點頭，但心中疑惑未除，接著說：「大池現在有多少兵力？」

「好像不到一百人吧！我也記不太清楚，不過你可以問詹營長，他就在這裡。

莊文淵搭著李文同的肩膀說：「來，李記者，我替你介紹。」

「報告營長，這是跑我們這裡的李記者。」莊文淵向詹凱超說完後，又轉了個頭向李文同說：「李記者，這是詹營長，他們今天下午才到的，有些事情可以向營長請教。」

兩人握完手，李文同遞上了名片給詹凱超。

「李記者你好。」

「請教營長，以現況來說，那一個地點的威脅最大？防護力是不是足夠？」

「看不到的我們不說，但以能夠看得到的來說，嘉南大排出現的數量較少，主要都是在鹿耳門溪，但是因爲鹿耳門溪靠海的南北兩岸，許多居民都已遷走，反而是嘉南大排北側四草部落仍有部分民眾居住，因此目前主要防線是在嘉南大排。」

「目前我們有多少兵力進駐？裝備如何？那裡才是布署重點？」李文同繼續問。

「嗯！還好這個不是打仗，說說也沒關係。」詹凱超猶豫了一下說：「我們今天來了三個連，總共有二百四十七名官士兵，主要是針對緊急的突破防線做立即有效打擊，但下午在鹿耳門溪和大池並未發現異狀，再加上嘉南大排、鹿耳門溪晚上出現狀況，所以臨時抽調其他各點兵力前往各點駐守。」

詹凱超接著說：「目前我們的配備完全是依過去曾和水母接觸過的警方人員提供的面對面經驗所做的研判，也詢問過管制局有關防護重點和可能造成的人員傷害，所以主要裝備並不多，每人的基本配備包括一把半自動步槍、八十發子彈，屬於基本裝備。」

說。

「目前的情況還可以控制，但若水母數量和上岸地點都增加，是否還有能力應付？」李文同

「目前我們評估兵力和武器依據，完全都是依管制局提供的資訊，在這次配合行動中，總指揮是管制局，他們負責評估風險區域，國軍只是負責執行最後一波武力計畫。」

「到目前並沒有傳出人員受傷？」

「是的，託李記者的福。」

「謝謝營長，你們眞的辛苦了。」

「不客氣，大家都辛苦。」

外界的槍聲從未間斷，一名下士傳令走到詹凱超前一個標準的立正敬禮，只說了一句話，詹凱超走出指揮部大門，上了營長吉普車接電話，不到一分鐘後走回指揮部，隨後和羅嘉文、潘昌東、莊文淵、杜朝正四人，走進一旁小辦公室。

「二十多分鐘前，營裡的弟兄在鹿耳門溪南岸堤防上，監測到溪內有不明物體移動，後來利用紅外線望遠鏡探查，確定絕對不是一般魚類，猜測可能是四草水母，數量和動向不明。」詹凱超說。

「發現的地點在那裡？有沒有說在大池也監測到類似情形？」潘昌東問。

「請問這裡有沒有地圖？」詹凱超問。

莊文淵指著詹凱超身後說：「地圖就在你後面的牆上。」

詹凱超在地圖上找出鹿耳門溪位置，用手指著營裡兵士發現溪中有生物移動的三處地點，然後說：「看看大家對於防線有沒有新的看法？」

「大池裡有沒有發現？」潘昌東首先問，還看了看一旁的羅嘉文，但羅嘉文並沒有吭聲。

「沒有。」詹凱超說。

「營長，你是不是有什麼建議？」

「只要有最新狀況，我都會在最短時間內向各位報告，各位如果需要支援布署甚至展開打擊，我一定全力配合；至於四草水母現況評估，或是對環境可能造成的威脅，我並不是很瞭解，更何況我過去從未接觸過，而且是今天下午才到達，所以還得請各位幫忙。也就是說，除非緊急，我這裡的兵員調度，一切依各位的評估需求決定。」

潘昌東看了看在場的人問說：「局長，你有有什麼意見？」

大夥開會的地方是異常生物災變管制局在台南市的前進指揮所，總舵手是局長羅嘉文，但此刻已出現了變化，在必需採取新作爲的時刻，整個場面卻由異常生物災變研究所長潘昌東主導，問話也是潘昌東決定先後順序。

潘昌東是院裡臨時指派的欽差大臣，雖然沒有可先斬後奏的尙方寶劍，但羅嘉文和莊文淵都明白，潘昌東這回來台南市的實力不可小視，也都對他尊重三分，反而是潘昌東旁的杜朝正，感覺上姿態比潘昌東低得多，是位不逾越分寸的細心參謀。

「所長，四草水母出現的地點，已經從四草漁港向外擴散，在城西、台南科技工業區、四草野生動物保護區、媽祖宮公園水池都有。我認爲如果只有一個兩個點，或許可以看成少數個案處理，但出沒點太多，連城西防風林和四草大眾廟前都有，我認爲愈靠近寬水域的地點，要更加注意，雖然大池不靠近鹿耳門溪，但當地空曠，四周居民少，一旦發生意外就很容易向四周擴散，我認爲大池四周有必要加強警戒。」

羅嘉文一邊轉動他手中的萬寶龍鋼筆，一邊說出他開始注意大池動態的看法。

「主任，你有什麼意見？」

「今天是農曆十一月卅日，是傳統的大潮，鹿耳門溪內的水位較高，剛才詹營長說他們的兵士在這三處地點發現有東西通過，我在這裡待了半年多，仔細看了一下營長剛指出的位置，發現都是鹿耳門溪水位較淺的水道，平時連插樁圍網和定置蚵架都沒有，但剛才兵士卻能在這裡的淺水區發現，我想如果淺水區都可以發現，深水區內的情況就更難掌握。還有，有沒有注意牠們移動的方向，是往上游還是往下游？這些都很重要，總之，我認爲在鹿耳門溪南岸和大池都得特別注意。」莊文淵說。

「兵士只說發現疑似水母的生物在水中活動，但因天色太暗，無法確定游移方向。」詹凱超說。

「杜祕書，你有沒有什麼意見？」

杜朝正搖了搖頭說：「沒有，我只是擔心如果在短時間內上岸的水母數量太多，且範圍太大，目前的兵力可能無法應付，不知道國防部是否有增援兵力計畫？」

「我的營現在只有二百四十七人，再加上化學兵八十人，全部也不過三百多人，但現在全分散了，我剛才就發現不足，已向上級報告，一定會有支援部隊，但單位人數和何時到達尚未通知，也許要明天上午才會到達也不一定。」

詹凱超接著說：「報告局長，現在的部署是不是需要更動？還是維持現狀分配？」

羅嘉文根本就沒準備說話，只是先看了看潘昌東，等待這位上級指導員裁示。羅嘉文心裡知道，現在裁示權不屬於他，他頂多只是提供建議，一旦潘昌東做成決議，他的擔子也就輕了。尤其過去幾天雖然攔網發現破洞，整條防線也無法有效封鎖，但至少整個受災情況還可以控制，如今水母開始入侵，比過去更嚴重，稍一不愼做錯決定，就會帶來更大災難，燙手山芋丟了出去也未嘗不是件好事，現在最主要就是能保平安，沒什麼太大奢求，等這次事件結束後，想辦法找個閒缺幹幹，只要不出大事，就可躺著等退休。

「今天下午在鹿耳門溪的驅趕行動沒有發現異常現象，直到目前爲止，台鹼大池也是一片平靜，主要入侵地點都在河川水域，又不得不防，我認爲第一防線很重要，也就是說在發現的第一時間，就將災害儘量減到最低。在水母翻越的攔網地區不能撤守，一定要繼續打擊，尚未發現異狀的大池，可以先抽調部分兵力轉往鹿耳門溪或嘉南大排，加入第一線打擊力，但也不能全部撤守，留下的監視人員只要一發現任何動靜隨時上報，再作其他彈性調度。」

潘昌東才說完，莊文淵接著說：「台鹼大池水很深，有些比鹿耳門溪更深，就算是有水母在水中，我們未必會發現，而且今天低溫，海水溫度比烏魚適合洄游的水溫更低，依去年的調查分析，符合四草水母出現的環境，而且也是沒有月光的黑夜，我覺得爲了安全，大池是面積最廣、沿線最長，但兵員布署最少的地區，一旦發現入侵事件，防線可能會在很短時間內就會被突破，還是不能大意。」

「主任在地方上待久了，對於現場環境的確很瞭解，我也知道他的顧慮，但是目前最重要的是在鹿耳門溪和嘉南大排已經有水母入侵，若能在第一線就能有效打擊，會減低繼續入侵第二線的數量和危機，所以我主張先打擊能見到的眼前危機。至於台鹼大池目前看來仍屬於較穩定狀態，我們可以嚴密監控，但不要花太多兵力，用兵也要用在刀口上。」

原本很顧慮大池的潘昌東，面對著各地出現的水母大軍，打擊策略和防守重點也突然轉向，還拉拉雜雜說了一大堆，在場的人沒有再提出意見，兵力部署就依潘昌東的想法，透過詹凱超執行。

難以抵抗的生物本能

嘉北二站被包在一片黑漫夜中，哨站圓鼓鼓的大探照燈，入夜後不規律掃向四周，從溪面到攔網，再沿著溪岸土堤向上，掃過一道長長的防護牆，像是熄燈後的舞台，等待高潮主角的出現。又像是尚未傾倒前的柏林圍牆，牆的上方是爭取自由的越線，也是分隔生命雙方的陰陽界。

零星槍響總是伴隨探照燈的律動。入夜後的探照燈，九成以上都在攔網上來回移動，忽東忽西。每當探照燈直束燈光在攔網上停留，甚至一下子掃過了頭，在很短的瞬間又會被拉了回來，就像歌劇的舞台中央，剛躍上舞台的主角，馬上就被圓亮的束光鎖住，吸引所有台下目光。

眼光銳利的吳明憲，和身材高大的李進添，在哨站二樓，輪流控制探照燈，一旦探照燈逮住了獵物，布署在三樓外圍矮牆上的兵士，毫不遲疑的扣下扳機，在呼吼的北風聲中，每一顆子彈「咻！咻！」的鑽出一線狹小空間，延伸進入水母體內，或是直接貫穿。

上升的農曆三十日大潮上漫，嘉北攔網只高出溪水面不到四米，水母藉著漲潮海水，被帶往河川下游攔網處，近二米的觸手拉直向上，甩附上攔網鐵架，像吊單槓，將扁圓大頭向上拉抬，另外幾隻觸手合力一前一後，將半透明還不停滴水的大頭引體向上，只要能逃過探照燈掃瞄，不出十秒光景，大扁頭就能翻到攔網上方蛇籠，一滑過鐵絲，「噗！」的一聲，順利越界，再也不見蹤影。

每當探照燈的亮光停留在明亮的水母身上，槍聲就在夜空中響起。子彈有的打中攔網鐵架，或是上方蛇籠，冒出白煙，傳出冷清金屬沉悶聲。直接打在攔網兩側鐵棍，又是另一種凌厲的衝撞清脆。有的是在「咻！」的一聲後，子彈淹沒在水裡。

四草大橋上兵士居高臨下，視野遼闊，但橋上的路燈藝術感有餘，實用性不足，照不及遠方水面。從橋上遠望嘉南大排和鹽水溪攔網，黑牆黑網和黑水全黑成一片，頂多見到探照燈不停游走晃動的小光點，不停的捕捉想越過攔網的水母。

橋西靠海的一面，前方五十米是最靠近出海口的沿海攔網，成了唯一有機會嘗試開槍練靶的據點，但只有極零星的水母越過攔網，十多分鐘也難得看到一隻。沒靶可練的兵士，眼睜睜望著大海黑天，盲目的靜靜等待。

四草大橋北側三公里外的鹿耳門溪南岸，比四草大橋熱鬧得多。從最靠近出海口的攔網，到四草漁港北側攔網，再到台鹼大池西北側百餘米外的攔網，每隔一、兩分鐘就傳出槍響，一捲接著一捲的迴音，從溪面旋上溪岸，再繞向暗黑的海岸防風林。

鹿北一站跨越鹿耳門溪到南岸的天橋，二十多名士兵將步槍架在天橋護欄上，穿過捲曲的鐵網蛇籠，瞄準數十米外最靠近出海口的第一面攔網。隨著左右橫掃的兩座探照燈，槍聲此起彼落，濺起陣陣直上的水花，還夾雜著蛇籠被子彈穿捲鑽射的叮噹聲。

只要有肉腳上了攔網，一根根槍口就開始瞄準固定，兵士的眼神透過槍口的準星尖，穿過冷冷的空氣和呼吼北風，待一直線的彼端出現水母，砰砰一陣連發，多數大扁頭都難逃被從蛇籠稜線上打落水中的命運。

突然有二、三隻水母，從不同地點翻越攔網，就讓兩架探照燈忙來晃去，先盯住一隻在最短時間可能翻越攔網的傢伙，讓兵士集中火力，當第一隻對象被亂槍解決，聚光圓點再移動困住另一隻水母，然後是第三隻、第四隻。

翻越攔網的水母，如果沒有立刻斃命，好幾隻大腳就會胡亂甩個不停，被子彈射得亂跳，接著又是連續一陣亂槍掃射，在水母附近黑水域濺起忽高忽低的散亂水花。

鹿耳門溪上游的兩處攔網，翻越攔網水母數量比出海口少得多，兵士趴在溪南岸沒有哨站，也沒有探照燈的堤岸頂，眼光透過夜視鏡注視著攔網上每分每秒的動靜變化，零星的槍聲只透露出水母出現的訊息，沒有人知道究竟打中了多少。

並非所有的水母都必需越過攔網或蛇籠，才能溯溪而上。體型較小的水母從水中接近攔網，先用幾隻觸腳纏住網繩，趴上去的扁頭，貼著網上直接分泌酸液，再用半透明的一排三角尖齒旋轉磨咬，網繩沒幾下就分解斷裂，只要軟身稍扭一下，或頭先或腳先，順利的從這頭穿越那頭，繼續力爭上游，游向生理感應中的目的地。少數的水母冒著生命危險越過攔網，逆游向上；更多看不見的水母，從攔網小洞進入上游。還有在插入溪底的鐵架下方，有更方便而安全的軟泥通道。

大部分水母就是這樣神不知鬼不覺的，從外海一道一道的溪底穿越，來到上游，再靠著相連的魚塭爬行運動，和沿海養殖魚塭區高密度分布的水道，進入了更廣大的內陸地區，不但是四草大眾廟前的水母公園，或是科技工業區的隔離水道，還是四草野生動物保護區內停曬鹽田，全都一樣，當然大池也不例外。

半個多世紀前，美軍飛機為轟炸日本在此的工廠，炸彈丟到了大池內，在池底炸出個大洞，常在大池捕魚的民眾，都知道在一片水波平靜的大池底，有一個超過二人深的大洞，是大魚的聚集處。

大洞上方的水域，多年來總是架設著最多的定置網，撈到的魚少則自己吃，或分送友人，多就賣到市場，多少也有賺頭。但從二〇〇二年底大池被封閉，禁止撈捕水產品，大池平靜了許多，台南市環保局多次請人撈魚並運到城西焚化廠銷毀，大池裡幾乎不見大魚，只是偶爾見到不到五厘米的小魚點，在水面下一溜煙亂竄引起的水痕。

※※

從台鹼大池水面下向上望，在太陽未下山前，多數日子都是一片白雲藍天，除了前方數百米的鹿耳門天后宮是鮮豔的雕龍畫鳳，典型的閩南廟宇建築；離開了天后宮明亮的活潑色彩，有養殖業者為家的低矮紅磚矮房，有台鹼退休員工居住的日式灰瓦宿舍，還有台鹼廠內數百隻鷺科鳥類停棲的大鷺鷥林。

分隔鷺鷥林和水池，是一道長長的紅磚牆，在水池西南側彎延，一幅恬靜自然的織布畫。透過粼粼光影，揮灑出水面上的另一個世界。

入夜以後的台鹼大池附近，平日看不到幾點漁家燈火，天上的繁星明亮過遠處的燈影，從黃昏到凌晨，大池就像是休息中的寧靜世界，與世無爭，無人眷戀，被拋棄在人間的盡頭。數十年的毒害留存池底，多年來無人關心，依舊冷漠。

一隻四草水母，緩慢柔和的波浪抖動雨傘般的大扁頭，從光滑的頭皮上抖起陣陣池底土煙。四散在頭部周圍的觸手，先是一隻，再來兩隻……，緩慢從底土中浮現，伸了出來。

剛浮上土面的觸手，帶著不靈活的扭動，開始熱身，短暫揮舞後恢復生理循環，結束繁殖前三星期的育卵期，很快重新適應環境，一隻接著一隻，從泥底中甦醒過來，就像結束短暫的池底冬眠。

靜的池底夜，攪亂起濁水泥灰，一隻隻水母在無月的黑夜中緩慢翻動就像一片不均勻的健康步道，無數個半圓形卵石從泥間凸起，每一個卵石都是獨立個體，每一隻水母都完成繁殖準備。

陸續恢復靈活的觸手，在泥水間上下微晃，輕柔掀起池底的陣陣塵土，召喚著公水母，等待大自然賦予一年只有一天的交配機會。

如果是在大白天的池底，可以看到一顆顆如同晶瑩剔透的大肉丸，各據各的小小地盤，互不侵犯。但在沒有月光，只有低溫寒冷的冬夜，水面下是另一個世界，被水母盤據而沒有干擾的世界。

剛甦醒漸恢復意識的水母並不孤單，至少已有成千隻雄水母，來到上天安排的重要繁衍場等待和陪伴。最近幾天陸續來到大池的雄水母，在選定位置後，靜靜的趴臥一旁，等待雌水母甦醒。

體型較小的雌水母，扁頭的直徑傘蓋約不到一個臉盆大。雄水母則明顯大得多，絕大多數超過一個臉盆，有的直徑達六十厘米，而且除了八隻和雌水母相同的觸手，雄水母還多出了兩隻更長類似捕食器的長肢，尾端有兩片長橢圓形如同成人手掌般大小的毛刺體，較八隻運動肉肢長了近半米。

雌水母甦醒後，雄水母嘗試把具有毛刺體的長肢，從傘蓋下方伸入雌水母的體內。被雌水母接受的毛刺體，會直接伸入囊袋內開始交配。被排斥的毛刺體會被禮貌性的推出體外，暗示雄水母必需另尋對象，雄水母只得在水中緩慢遷移，另尋試探。

有的雄水母不願將毛刺體抽離雌水母的囊袋，繼續扭動，有時會獲得雌水母的重新接納，開始交配儀式。有的則會被雌水母警告性的觸咬，被觸咬的毛刺體會很快抽離母體，快閃離開，尋找新對象。

一隻受青睞的雄水母，可以同時將兩肢毛刺體伸入不同的雌水母體內，同時讓兩隻雌水母受精，在受精的幾十分鐘過程中，雌雄水母的觸手緩慢的相互纏繞扭曲，但是扁頭和具有毛刺體的長肢則維持原有位置，幾乎一動也不動。

刺探中找尋對象的雄水母，整個傘蓋和內體組織，變得更清澈透明，一旦開始交配，雄水母傘蓋內類似彎曲導管，陸續出現淡藍色虛光，像是低密度體液，又像容易飄散，時濃時淡的輕煙。

雌水母則是在近似的構造內出現桃紅色體液晶光，瑩玉般光體在水底閃亮，時明時暗，時有時無，透過時清時濁的池水，將一顆顆既像夜明珠，又似霓虹燈的光彩，亮在水中，映在水上。

※※

只不過幾個星期以前，傘蓋直徑不到十厘米的雌水母，依著短短幾個世代前遺留下來的血毒吸引力，從大海向內陸河川尋根。

也只不過是四、五年來的幾個近世代，對於戴奧辛的感應由淡漸濃，最初只是在鹿耳門溪沿岸和南側的四草內陸一帶水域出現。但在二〇〇二年秋季，幾千隻先頭部隊，從嘉南大排依隨海水漲潮進入四草野生動物保護區，並在數百公頃鹹水域殖生世代，這也是首次在內陸水域發現集體繁衍。

沒有天敵的內陸水域，短短二個星期就成了數百萬隻缽水母的新家。新一代可愛的小如銅錢，在水域中如同萬點雪花片片，來回閃爍得讓人驚豔，從進入內陸第一代繁殖到第二代，來得快也去得快，前後不到一個月，數百萬隻清新小生命，如同變魔術一般，突然在一夜間全都消失。

血液中戴奧辛顯性遺傳的基因並未消失，繼續在體內攪動，掀起更原始的求生本能，在深海環境中逐漸演化成排斥光線、趨近寒冷的生存特性，當冬至來臨，年年守信的烏魚沿著台灣海峽西岸南下，水母新物種則向東移，尋覓祖先留下愈來愈濃的血毒基因，像年年溯溪而上的鮭魚，找尋千百年來祖先的出生地。

一波又一波的四草水母，依循著低溫海水，感應出返家之路，就像是聖誕地蟹，每年定期移棲海岸，下海抖落蟹卵，完成世代交替。

雌性聖誕地蟹會從海中重回陸地。四草水母也一樣，雖沒有相似依循關係，但卻是生命基因翻攪的結果，打開延續世代生命之路。

相同的返鄉，聖誕地蟹不知經過無數年的摸索才定調，但四草水母卻只花了短短幾年時間，就能從海而陸，在摸索錯誤中，從四草野生動物保護區，嗅出鹿耳門台鹼大池毒性的芬芳。

台鹼大池底泥所含的戴奧辛毒性當量，透過最接近的鹿耳門溪流向大海，帶入全台指數最高的濃度，就如同鯊魚在大海中感應幾浬外的血腥，鹿耳門溪出海口提供了四草水母返家，毒物味覺的明確指標。

台鹼大池東南側水門，過去經由水道通往四草野生動物保護區，將有毒池水送往保護區，沿路積存並遞減的毒性當量，卻濃得足以在二〇〇二年，將大量水母引入四草保護區，從保護區排往嘉南大排的毒水，對水母散發著疑似故鄉，但又不是故鄉的錯誤訊息。

短短幾年摸索，多數水母都能依祖先留下的本能找到鹿耳門溪口，再進入大池聖地補充能量，繁殖後代；但仍有少數因誤差或不足的敏感度，向北遍離到曾文溪，和南側的嘉南大排或鹽水溪，最遠到達安平區漁光里沿岸。

同僚間的猜忌

「喂！裡面好像有東西，一亮一亮的。」大池東側值哨的兵士，用槍口指了指大池，和一旁另一名同袍說。

「沒看到啊！」

「啊！在那邊，你看，有沒有？」話沒說完，另一處遠處水域內發現疑似柔亮的光點。

兩個阿兵哥看到不同位置的幾點微亮，說亮又不是很明確的亮，說不亮，又有些模糊的亮，似乎是幾只微弱的小酒精燈，先是被毛玻璃罩著，又隔了好幾層麻布細紗，明明滅滅。在亮與不亮之間，只是模糊的確認，祛除不去兵士心中疑惑，說穿了就是一頭霧水、不明就裡的迷惑和恐懼，若不是以爲是自己看走了眼，要不然就是有東西造成水面上的反光。

水中漸多的彩色亮點，分離聚散，偶淡藍，時橙紅。有些是從靜水區傳出的晶亮，有的則被水母觸手在水底撥弄出陣陣混水，遮遮掩掩，混著朦朧。

寒冷的冬夜，一個個兵士背著子彈上膛的步槍，來到荒郊野外，面對神祕未知的水池，就算眼睛看不清，心中卻很清楚和水母絕對脫不了關係，眼光望著水底傳來朦朦的暈亮，思緒瀰漫空間，扯進無垠的黑夜。

愈來愈多的雌水母甦醒，愈來愈多雄水母嘗試交配。

從路旁向水池中央凝望，大池就像北天映在水中不規則的螺旋星系。靠近中央深水區聚出高密度的閃滅亮點，愈往四周漸淡漸散，忽紅忽藍的亮點比單調的螺旋星系光暈更繽紛，色彩的變幻和不規則的周邊，更接近星雲散射，比對映天上獵戶腰帶下的獵戶星雲更美，比耶誕樹上的耶誕燈更密，更夢幻。

詹凱超的吉普座車緊急停在二等九道路旁，綠色的吉普車原本就是暗暗的深，在沒有月光的世界，更染成了出奇的黑。如果沒有兩道長長的車前燈光束，就成了一輛會在冥界移動的幽靈車。另兩輛黑轎車像跟隨的使者，隨著幽靈的吉普車，來到滿布靈光的台鹼大池畔。

「步一連全在這？」吉普車未完全停妥，詹凱超前腳已經落地，直挺挺快步走入臨時營部帳棚。

「報告營長，是。」

「作戰官，步二連那邊的情況如何？如果可以的話先抽調一半的人過來。」詹凱超又隨即回頭，邊走邊說的走出營部，走向數十米外的大池。

羅嘉文和潘昌東隨後下車，跟在詹凱超後方，急步走著，似乎想跟上人高馬大的詹凱超。

大池的特異景觀，就像深夜從陽明山文化大學走向山邊，眼尖逐漸越過山頭稜線，台北市入夜後的街景映入眼簾，明亮的空間在眼前開始放大。不同的是陽明山下北投和天母的街燈，總是清晰的拉出好幾彎線條晶亮，以黃色系爲主的街燈，夾雜著點綴其間的雜色霓虹。但大池的水底並沒有亮直直的街景線條，全是紅藍相間的輪流閃爍，透過時濁時清的池水，忽明忽暗，不停折射晃動，如夢變幻。

「報告營長，步二連在嘉南大排北側還必需留守，防止水母穿越，調不開人，但是在前進指揮部和活魚儲運中心的四十人應該可以調動。」

一群人持槍守護著充滿夢幻變化的大池，像守護在天國的靈界大門，沒有人知道大池內亂亮個不停，究竟帶來什麼樣的警訊，只是對著眼前忽明忽暗，帶著萬花筒鮮豔變化的倒影感到迷惘。

詹凱超決定調動部分兵力進駐大池畔。

「詹營長，你現在是從其他地方抽調兵力過來?」潘昌東問。

「嗯!我覺得這裡情況不太對勁。」

「從鹿耳門溪抽調過來？」

「你聽，現在這些槍聲很密集，對不對？」詹凱超說。

「嗯，然後呢？」

「可以聽出來這些都是鹿耳門溪南岸堤防傳過來的，也就是說現在鹿耳門溪內發現的四草水母數量一定不少，所以不能從溪那裡調人，必需從其他防守線著手。」詹凱超一邊說著，一邊用手指著下風處的鹿耳門溪沿岸。

「你覺得這裡需要更多兵力防範？」潘昌東帶著點懷疑的口氣問。

「現在我們能看到的發光體，究竟是什麼都搞不清楚了，等下會變成什麼樣子也很難說，調兵是爲了預先防範，第一時間很重要。」

詹凱超堅定的執行他尙未和其他人討論的用兵計畫。這是他的部隊，由他在第一時間作決定，根本不需要討論，也不要問任何人，這是他的戰場。面對大池傳來的光亮異景，詹凱超並沒有花太多時間考慮，馬上下令調動布署，沒有問一旁人的意見，甚至連頭都沒轉一下。

站在一旁一直都沒搭腔表示意見的羅嘉文和莊文淵，對詹凱超突然出現的果斷感到意外，先前開會時的低調和全面配合論，現在全轉了樣，詹凱超變成一位高姿態，且強力果敢的指揮官，不再是個行動配合的幕僚。

在夜黑的池畔，沒人看清詹凱超臉部的表情，卻感覺出從他話中傳來的肯定和自信。

夜明珠在大池裡明滅閃耀，完成交配的水母，身上的瑩光漸淡，雌水母重新趴回水底，先是揮動幾隻觸手，在池底敲打出一個比傘蓋稍小的泥土洞，然後整個水母倒轉過來，半圓形的傘蓋面朝向下方池底泥土剛挖出的小洞，轉成了頭下腳上的倒立。五、六隻觸手隨後向下，繞過扁圓頭側邊，從頭部下方繼續清泥挖洞，將泥土向四周推擠堆積，挖出一個小小火山口。另幾隻觸手也不得清閒，從傘蓋底部向側面延伸，讓挖洞過程中保持母體平衡。傘蓋忽上忽下，嘗試測量進入洞口的直徑，像個靈活的地底打洞機。

二公里長鹿耳門溪上，三座攔網附近槍聲不斷，數十隻被槍射死的水母屍體掛在蛇籠刺尖上，後勤補給的子彈被卡車繼續運送到堤南道路，一箱箱抬上堤防。只要是被星光夜視鏡盯上，而且數量不要同時出現太多，正在翻越攔網的水母幾乎沒有活命機會。

「不對！牠們一定有另一條避開攔網的通道。」潘昌東站在鹿耳門溪南岸堤防上，突然像是一下子想到了什麼，脫口而出。

「對。」羅嘉文在一旁淡淡回應。

潘昌東在大池畔和詹凱超話不投機，就和羅嘉文搭車來到鹿耳門溪南岸，發現水母在爬上最靠近出海口的攔網，九成以上都會被步槍子彈射死，但是在需要溯溪的更上游二三道攔網，仍然有水母出現，並繼續翻越攔網。也就是說，水母除了從攔網上方翻越，還有其他未知向上游內陸移動的途徑，難道是溪底？潘昌東想著，卻無法證實，心裡愈加發毛。

「所以詹凱超剛才很快就決定從其他地點調兵，因為他知道溪內的三道攔網，根本攔不住水母繼續進入內陸水域，而且他也猜出了台鹼大池可能是水母最終的目的地。」羅嘉文似乎沒經過什麼思考就說了出來，一副早就看出結果的模樣。

「我們現在看的鹿耳門溪南岸防線，是他親自布署的兵力，他認為溪裡的水母多半會在翻越攔網時被消滅，情況可以控制。但大池的變化卻是未知數，而且可能是水母最後的聚集地，所以才認為大池才是重點。」潘昌東似乎大悟的說。

潘昌東覺得詹凱超剛才的決定，並非和他在權力上爭鋒，而是做預先準備，避免發生意外。按理說他應該感謝詹凱超，但他不會這麼做，他已是全場的地下總指揮，要負成敗責任，詹凱超的成功就是穩定他成功的基石，一旦詹凱超誤判形勢，就得付出未事先和他討論的代價，屆時公文上就會寫著：「未依管制局任務分配，………」

羅嘉文在堤防上東看西看，看到了李文同。李文同一面更換數位相機電池，一面走了過來。

「李記者，你怎麼也來這裡？」羅嘉文說。

「你們忙，我也幫不了的。」李文同說。

「你沒有去大池那邊？」潘昌東問。

「這邊居高臨下，既可以看到大池，一旁就是鹿耳門溪，而且還有阿兵哥布署，是最安全的地方。」李文同說。

「現在根本無法擋住水母入侵，李記者，對不對？」羅嘉文說。

李文同點點頭。

「軍方的工作是防範牠們上岸，我們的重點要找出牠們上岸的目的，以現有情況看來，我們還是要回到大池。」潘昌東說。

羅嘉文原本想依李文同的看法，留在堤防上，但話還沒出口，又嚥了回去，只是「嗯」了一聲，沒有再表示意見。

潘昌東知道決定返回台鹼大池，可能會被人看笑話，不但詹凱超笑他，一旁這個他的死對頭羅嘉文，也一樣會笑他，笑他誤判形勢，笑他反應遲鈍，尤其大池原本是潘昌東一直堅持懷疑的方向，但卻在最後誤判形勢，把防禦重點從大池轉到了鹿耳門溪，最後，還是在一堆人七嘴八舌後，重新返回他最初的懷疑點。

羅嘉文可能比他更早知道詹凱超爲何要調兵到大池的原因，只是沒有告訴他罷了，目的就是爲了看他笑話。潘昌東想著。

爲什麼在一旁的杜朝正也沒有提醒他？是杜朝正沒有想到，還是和羅嘉文一樣，故意不說？

不會，應該不會，杜朝正跟他這麼久了，大家都認爲杜朝正是他的人，不幫忙對杜朝正沒有一點好處。即使面對著眼前的人類和異類大戰，潘昌東始終放不下在官場求勝的想法。

「所長，我們上車。」杜朝正替潘昌東開了車門，請他先上車，自己再坐到司機旁的前座。

看著杜朝正的動作和眼神，「他不會的。」潘昌東心裡想著。

※※

距海不到一百米的陳平常九孔養殖場，鐵厝屋頂上漸剝落的鐵鏽漆皮，在零亂燈光掃射下依稀可見，多數是灰沉沉的一片金屬，有的還會反光，不斷移動的反光點，是槍手最佳的確認，在碰碰槍響後，一隻隻觸手突然變得活潑起來，在大扁頭附近胡亂舞一通，然後靜靜攤平。有的在中槍後滑落地面，從遠處傳來「噗！」的落地聲。

「阿福，你的刀沒帶了？」

「誰說沒帶?就在車上。」

「沒帶怎麼殺水母?」

「牠又沒有過來,如果過來我一定砍給牠死,殺殺殺。」阿福歪斜著頭繼續咬著檳榔。

阿福和林忠民原來約好在安平林忠民的家中小聚,但聽說又有水母入侵,林忠民就開著他那輛「水母車」,載著阿福趕回安南區,短短不到一公里,三處檢查哨的衛兵攔車查得緊,他們拿出管制局的服務證才過關,和另一名管制站人員,站在剛才林忠民方才發現有水母動靜的堤防上。

越過防護牆向西望,陳平常荒廢的九孔養殖場,和附近兩處魚塭水域,出現好幾處亮點,忽紅忽藍,讓人驚異。布署在防護牆監視塔樓上的兵士,舉槍跨越西向的玻璃窗,對著黑暗地帶放槍,稀星零落。

「你看,真的很奇怪喲?以前陳平常的魚塭連水母都養不活,養了養了還全跑到你那裡去,現在水母來了一大堆,全都在陳平常的養殖場,反而是你那裡連一隻都沒有,有夠奇怪!」林忠民一邊看,一邊和王佐雄說。

「對啊!以前防疫所在陳平常魚塭放了五十隻海月水母,結果全都不見,最後都跑到我那裡,還被我餵。」王佐雄雙手抱在胸前,還不停的抬起腳尖,上下抖個不停,不知是天冷,還是被眼前的景象震懾。

「你們都不怕?」王佐雄繼續問。

「前面有防護牆和蛇籠，還有阿兵哥拿槍保護，怕什麼怕?只是很久沒有這麼近聽槍響了，常會被嚇一跳。」林忠民接著說：「聽阿同說大池比這邊還多，很多兵都調過去了，阿同也過去了，所以這裡剩沒幾人。」

「我和忠民仔都是被水母追過的人，還不是一樣把牠幹掉，怕什麼怕?」阿福「呸!」的一聲，吐了一口檳榔汁在堤防上，隨後又說：「對不對?忠民仔?」

「你比較厲害啦!你拿刀砍死水母，我比較沒膽，看到水母就跑，是牠自己被車輪捲死的。」

林忠民看著阿福，嘿嘿的笑。

水母大軍搶灘登陸

「報告營長，四草那邊不要派兵過去？」

「不用。」詹凱超肯定的說，兩個眼睛直直的盯著前方大池內的閃亮。沿著大池東側鐵絲網的兵士，槍全瞄向眼前的水域，大夥都知道目標就在眼前的水底，卻連一點皮條都沒有，似乎是在壕溝內等待敵人現身衝鋒的寧靜前夕。

在許多電影中，攻擊發起線前的暗夜，總少不了漫長等待，一旦槍聲響起，變化的場面誰都無法預料，而且永不回頭。

不同的是，這裡的對象不是人類，是另一種對人類產生威脅的異種生物，面對時只要簡單的扣下扳機，毫不猶豫，就像練習打靶一樣，只動手指，不費腦筋，將子彈一顆顆射出去，不會有殘酷感覺。

「砰！」的一聲槍響傳來，在大池北邊，讓所有夾了半天槍的酸痛肩膀又硬了起來，重新死命的夾住槍托，一絲絲肌肉將每一雙瞳孔拉得更圓更大，對著眼前一片水域。

隨後又是「砰！砰！」兩聲槍響，似乎是和前一槍響來自相同地點，又像靠近鹿耳門溪，就算拉直耳朵仔細聽，也難以分辨；尤其是在下風處聽到的槍響，被北風扭曲得變形，拉過冷空，很不自然。

「報告營長，北側發現水母上岸，已經開始射擊。」傳令兵向詹凱超急促的報告。

「位置在那裡？我從這裡看不到。」詹凱超伸長了脖子向遠處鹿耳門溪看去，急著想馬上就能找到敵人，立刻殲滅。

「報告營長，就是在鹿耳三攔網延伸過來的堤南道路附近。」下士傳令還用手向遠處指了個方向。

詹凱超稍微停頓了一下，接著問說：「是不是在第七班後方？」

「嗯！好像差不多，就在………。」傳令馬上猜出詹凱超的看法，一時不知道該如何接下去，只是繼續看著營長，等待下一個命令。

「馬上叫曾班長帶一半的人向後轉，越過堤南道路，再從魚塭土堤走到大池旁土堤。嚴班長帶領所有班上兄弟從鐵絲網，沿著大池旁土堤行進，並和曾班長會合，共同建立防線，守住土堤，絕不能讓水母上岸，交待下去，一定要快。」

問題的嚴重性急速在詹凱超腦中燃燒，一旦大池裡的水母，朝鹿耳門溪方向爬上了土堤，越過寬約一百米的魚塭，就到了堤南道路，再過去就是鹿耳門溪。

詹凱超的打擊部隊位於堤南道路和堤防上，正好擋在水母從大池返回鹿耳門溪的路中。

林枝村的魚塭原本是步兵在大池東向北延伸的防線終點，從魚塭往西全是寬不到半米的土堤，在詹凱超下令後，十幾名步兵持步槍走上滿生雜草的土堤。

從鹿耳門溪堤南道路越過土堤的幾名兵士，和從林枝村魚塭前來的支援兵力在丁字交會口的土堤會合，再一路向西側土堤布署，但因沒有任何掩蔽物，兵士只能站在土堤上，持槍面對未可知如魔鏡般的大池。

十五、六人分散站在大池北側一條光禿的土堤防線上，毫無掩蔽，前有水池，後是魚塭，眼前的漆黑，張眼和閉眼似乎差不了多少，稍一不慎，隨時都會因腳下的泥草地不慎打滑而摔倒。

嚴班長帶領兵士向西行走在土堤上，發現前方幾十米外的遠處，有模糊傢伙，從南側大池爬上土堤，隨後消失在北側的魚塭，心裡七上八下。兵士在知道將負責土堤防線，你看我、我看你，心知不妙。

全台灣只派一個營來支援打怪物，其中更只有十幾個人守土堤，就這麼被選中，只得硬著頭皮上，心想眞是倒了三輩子的大楣。

十五、六個人站在土堤上一線排開，還沒調整好彼此間的支援距離，就再次傳出槍響。

被分哨在大池水門旁的兵士，不知是緊張還是怕冷，從口袋掏出一包菸，還沒來得及點火，打火機和菸就掉在土堤上，正彎下身子準備撿菸，被左側哨兵的突然大叫，給嚇失了魂。

大叫的班兵，先朝眼前大池旁土堤斜坡下方開槍，正準備撿菸的班兵還沒搞清楚狀況，被大叫聲和槍響驚嚇，哪有時間去撿菸和打火機，一把抓起斜夾在大腿中的步槍，胡亂向眼前的大池畔先放了兩槍。

針刺的北風吹上臉龐，每隔十多米，就有一支步槍對準著水面。

看著水底的晶亮光體繼續變化，兵士的腳開始發抖，不時左看右顧，兩個睜大的眼球，盯著三米前大池和土堤交會的斜坡水域。一個勢單力薄的小步槍班，面對無法預知的水底怪物，像是在防守線盡頭，最後一處孤立無援，又沒有任何防禦工事的小陣地。

「砰！砰！」槍聲再度響起，這次似乎是從大池靠近台鹼舊廠區的西側傳來。只要有人放槍，總會引起兩側兵士的驚恐，即使發現才上岸的水母已經中槍，兵士至少會再補上一槍，免得發生意外。

平時軍中生活再吵鬧再埋怨，現在全成活命的依存搭檔。平時打成一團的死對頭，現在也成了相互支援的鐵三角。

一名開槍後的兵士，雙手緊握長長的步槍，嘴裡振振有辭，只見口中吐出一連串冒氣的白煙，接著突然大叫，全身趴倒在土堤斜坡，雙手抓著土地上的濱水菜，手中的步槍在被拉倒時震落，人和步槍一起滑入魚塭。

緊張的兵士在滑落魚塭前，被嚇得連扣了兩次扳機，但因站的重心不穩，一顆子彈飛上了天，另一顆子彈斜著朝鹿耳門溪方向射去，從李文同和幾名兵士趴著的堤防上「咻」的一聲飛過，李文同隱約還聽到子彈穿越頭上方大葉欖仁的聲音。

滑落魚塭的兵士，起先還看到水面上的鋼盔，和一隻在空氣中亂抓個不停的手，一下子就被從水中冒出的另兩隻大腳包住，將整個人從頭部硬是壓了下去。

林枝村的魚塭位於鹿耳門溪和大池間，誰也沒想到這裡竟然會冒出水母，讓看到這一幕的兵士，整個身子從頭抖到槍，再從槍抖到腳，戒慎恐懼的費洛蒙在冷空氣中傳導，一陣又一陣。

前有大池，後是魚塭，光是單純的面對前方，都難以招架，更何況現在是腹背受敵，命在旦夕。再也沒有人敢眼睜睜的單獨面向大池，都將身子側轉了過來，看前看後，還不安心的左顧右盼。雙腳在地上猛踩出圓圈碎步。原本單純平靜的魚塭水面，突然成了不定時開關的地獄門。窄小綿長的土堤，瞬間成了通往地獄門的陰陽界。

兵士面面相覷，不知所措；一張張躲在暗灰鋼盔下黑紫色的臉，擠出一對對圓滾滾的蜥蜴眼球，死板的骨碌碌轉動。

過去幾年，中華醫事學院副教授黃煥彰，在台鹼環境調查中，無意間發現林枝村患有肺癆，但因無錢就醫，只得待在家中由太太照料，有時在屋內休息，有時還得將一台抽痰機搬到門外，讓林枝村斜伸在塑膠布躺椅上，享受些微溫暖陽光。

林枝村當時向前往採訪的李文同說，塭內的水全都用馬達從大池抽入，遇到魚塭底土流失，直接從大池挖土到魚塭填築，二十多年來，做法一直沒變。

一九八二年台鹼關廠，當時政府雖然已有資料顯示大池受到汙染，但並沒有將訊息告知在大池四周的養殖業，被矇在鼓裡的養殖業，繼續抽大池汙染的水、挖大池汙染的土，一轉眼，又過了二十多年，捕到的魚多數都賣到市場。

如今水母停留的水域，就是林枝村多年來持續抽水和填土區，就在李文同的右前方。

※※

報告營長：「一名弟兄………」

「怎麼會？在那裡？」詹凱超一臉不可思議表情。

「位置在大池北側防線的魚塭土堤。」無線電傳來大池彼端回報的沙沙聲響。

「是從大池……」

話還沒說完，大池彼端又傳「砰！砰！」的五、六聲槍響。詹凱超沒繼續問，拍打傳令的左肩，「去！現在就帶我過去，快。」

吉普車沿著窄小產業道路，開不到二百米，到達小橋旁土地公廟轉彎處，詹凱超跳下車，跟著傳令沿著一條只有一米多寬的小土路向前跑。前方一百多米處是林枝村的魚塭，也是最初布防水池防線的最末端，嚴班長的班兵，就是在詹凱超的命令下，從此向西延伸布防到更窄的土堤，被水母捲下魚塭。

腳下的硬黃土路，除了突高突低的草頭堆，詹凱超不時感覺出鞋下壓碎的廢蚵殼，傳來「軋！軋！」的輾碎聲。小路東側是五米寬的水道，過去曾有漁民在此養蚵，但兩年前環保署公告大池水產有毒，水道也停止了養蚵，只剩下尚未拔起插在泥底的插樁圍網，水淺幾可見底，沒有水母出沒的安全顧慮；但左側大池已傳出槍響，而且愈來愈多。

詹凱超知道他的班兵若不是遇到特殊狀況，在未接獲他的命令前，非不得已是不會開槍的，而且槍響就像點火後的連珠炮，有了開頭，就揭開了序幕，像大年夜引燃的第一串炮響，然後就是霹哩啪啦的放個沒完。

每跑過十幾米，左側鐵絲網旁就有一名他的兵士，將槍托抵在肩膀，靠在前方的鐵絲網架上。詹凱超在黑暗的土石路上跑著，看不清兵士抵在瞄準器上臉的表情，卻感受出槍夾得愈來愈緊，一動也不動，瞄向眼前延向遠處的黑天大池。

一百多米的小土路，今晚對身高一米八，人高腿長的詹凱超來說似乎特別漫長，沿路傳來的槍響，就像他的腳步，愈來愈急，愈來愈沒有順序。詹凱超將喘息的餘光瞄向左前的遠方，槍聲愈來愈近，除了偶爾乍亮的火光，依然什麼也看不清。

林枝村住家前的紅磚空地，堆放好幾箱似綠又黑的彈藥，站在一旁的兵士見詹凱超跑來，立刻挺直了身，行了個標準持槍禮，「營長好！」

也不知道是槍聲太大，詹凱超沒聽到；還是夜太沉太深，根本沒看到。槍聲大作混亂，讓詹凱超根本沒時間理會這種平日說一不二的禮數。

「嚴班長在哪裡？」詹凱超問彈藥兵。

「報告營長，班長在前面。」兵士用右手指了指前方魚塭和大池間的土堤，左手依然緊貼著褲縫。

詹凱超朝土堤方向望過去，一、二百米外的土堤傳來斷斷續續火光，感覺上有時槍聲似乎又是從前方數十米的近處傳來。但一旁的幾名兵士，仍然死板板的將槍架在鐵絲網和水泥樁上，槍是瞄準了水池，卻是一動也不動，和他沿路跑來經過的其他班兵一樣，沒有任何人扣扳機，像是一堆布置在池畔的玩具兵。

「你們怎麼都不開槍?」詹凱超跑上前去，拍了拍一名兵士的肩膀大吼。

緊握著步槍的兵士，緊盯著附近水面，尤其是自己眼前腳下的大池邊坡，深怕隨時有東西突然爬上來，緊張得像是被貓追到洞裡躲的老鼠，動也不敢動一下。

早已失了神的兵士，肩膀猛然間被詹凱超一拍，失魂的身子向後一縮，忘了手中的步槍還插在鐵絲網縫中，「啊!」的一聲，突然抽出的手臂被鐵絲網拉出一條血絲。阿兵哥痛得長叫一聲，又看到一個高大黑影站在一旁，擋住視線外的半邊天，還沒來得及會意出來是個人，右手緊握的槍，一個緊張鬆了手，掉在大池畔土地的斜坡上。

「你給我搞什麼?」「還不趕快下去給我把槍撿起來。」

詹凱超原本只是想問，爲何站在大池邊靠鐵絲網的兵士老是不開槍。但被他拍了肩的阿兵哥，滿腦子想的都是眼前不知何時會一下子出現的大怪物，光是想就嚇得半死，被詹凱超大罵後，更不知道該如何爬過二米高的鐵絲網，去池畔撿起方才被嚇掉的槍，只是呆呆的立正站著。

另一邊兵士聽到吼叫，轉頭朝詹凱超這裡偷瞄過來，雖然看不清楚全貌，但平時被吼慣了的兵士，很快就聽出是營長，只見到一旁班兵被吼得站在營長前一動也不敢動，還沒搞清楚發生了什麼事，就見營長快步走過來。

「爲什麼你們都不開槍?」詹凱超氣憤的吼著。

「報………報告營長，實在是天太黑，而且太遠，什麼都看不到，還有………」兵士吞吞吐吐的沒說下去。

「還有什麼？你給我說呀！」

「怕………怕打不準，打到自己人。」兵士終於鼓起勇氣吐出了心中的話。

兵士看不清營長的臉，心想營長一定超級火大，只是不知道營長下一步要怎麼做，連站在營長旁的傳令，也被嚇站得筆直，沒敢動一下。

遠處傳來的槍聲依然不斷，詹凱超回頭看了看東邊魚塭土堤上的防線，再轉過頭來看著剛才被罵得發抖的士兵，身體用力吸著氣，胸部一凹一鼓的起伏，然後從腰部解開槍套，拔出手槍………

「報………報………報告………營長………」

兵士早已被詹凱超突如其來的拔槍動作嚇得說不出話來，只是兩眼還一直瞪著詹凱超手中剛拔出來的手槍，黑得連一絲閃光都沒有。

「好好防守你們的位置，儘量幫助前面的弟兄！」

看到營長用左手拍著他的肩膀，兵士差點沒把尿給衝出來，就算衝了出來，在黑夜裡也沒有人知道。

詹凱超帶著傳令兵繞過林枝村斜對面拐角處的大池鐵絲網，走在大池和一旁養殖魚塭的土堤上，才體會出寬五十厘米的土堤，光是走路就已經不容易，更何況若兩人在土堤上交會。就算是只有一人站在土堤上，持槍對著前方大池，一個不留神就可能被土堤上蔓生溼滑的濱水菜或馬鞍藤絆倒。除非有很充足的兵力，全部肩靠肩站滿一整排，再加上充足的火力，否則一旦水母從大池向上爬，能夠反應的距離不到三米，而水母一隻長長的觸手就有二米。

詹凱超並不知道方才自己做出的決定太冒險，不到二十名班兵，單憑著人手一支步槍，如何應付得了神出鬼沒，隨時都可能上岸的水母，而且，從發現水母在岸旁出現，到爬上土堤道路，三秒鐘都不要。

三秒鐘，三秒鐘是多快的反應。不到二十名自己弟兄，站在一百多米長的土堤防線上，像是已退守到最後防線的敢死隊員，硬著頭皮隨時準備捐軀，死在魚塭畔，死在不明不白怪物的肚裡，這值得嗎？

只有兩條路可走。一是調更多班兵到土堤加強防線，但要從那裡調？要不然就是全數撤離，不要做沒把握的犧牲。這不是打仗，也無需拼命，但，命令是他下達，他要負責，也只有他能收回。

詹凱超帶著傳令在土堤上走著，連續幾聲槍響在耳邊陸續響起，詹凱超警覺朝左側大池看了一眼，一隻水母就在他左前方約五米大池旁土堤斜坡上，被士兵開槍打中，不只一條觸手在泥地上胡亂掃著，泥地上傳來「碰！碰！」震地的拍打聲，然後整隻就癱了下去，變得無聲無息。

第一次見到水母在距自己如此近的距離出現，雖然不是看得很清楚，只是在暗黑中很快的閃過，詹凱超壓不住心底瞬間炸開驚異大黑洞，這比他從電視上看到的更眞實，更比在活魚儲運中心看到的更恐怖。

如果不是這些士兵開槍，詹凱超不一定能順利往前走；如果沒有他的子弟兵保護，可能早就被水母纏住腳，然後拖下水中………。但是，這些班兵是在他下達口令後來到這裡，班兵保護了他，卻不一定能保護得了自己，只要一個不小心，幾秒鐘的光景，每一名他的子弟兵，隨時都可能被從水中爬上來的怪物吞噬。

詹凱超驚慄一陣，才回神的跨出腳步，一隻水母從林枝村魚塭，瞬間就爬上了一半的塭堤，一隻伸上來的觸手，打捲住停站在他後方身旁傳令兵的右腳，傳令兵大喊一聲「營長………長」，聲音在被拖倒地時還震了一下，整個身體就被拖下斜坡。傳令兵使勁抓住斜坡上蔓藤的盤根，五爪手指插入溼軟泥土，但水母的另一隻觸手也爬伸上來，傳令另一隻腳在瞬間又被纏繞了兩圈。

聽到傳令叫聲，詹凱超和一旁面向大池的兵士，馬上轉過頭來，兵士持槍瞄準下方的土堤，但水母和傳令兵的距離實在太近，而且還被拖著滑到了魚塭水邊，根本不敢開槍。

詹凱超急中生智，整個人頭一回，從土堤斜坡滑下了水邊，兩隻長黑靴半陷固定在水邊的軟泥中，背靠土堤斜坡，緊握手槍，朝著已有半個傘蓋沒入水中的水母，「砰！砰！」開了兩槍，只見半透明凸出的水母背上，突然向下凹陷了兩個小洞，還噴起幾條小水花，濺灑到趴在水邊傳令的背部。

被槍打中的水母沒有下沉，半浮半沉在靠岸的淺水邊，已經不動。

傳令兵一臉是土的趴在斜坡上，先是聽到了槍響，又看到營長衝下斜土坡，感覺纏住他的兩隻觸手漸鬆，雙手將身體撐起，反身坐在斜坡泥地上，用手忙亂扯開纏住雙腳逐漸鬆軟無力的水母觸手，顫抖的水從衣服滴下，全身直打哆嗦，說不出半句話。

斜靠在土堤斜坡上的詹凱超，喘息的看著跟了自己一年多的傳令兵，整個人還沒從狀況中回神過來，另外兩隻水母用有力的觸手將身體拉向岸旁，像突然衝上岸的橡皮艇，還帶上一波小小湧浪，擠上岸邊，濺起水花，對著還在拔腳上觸手的傳令兵襲來，兩隻水母似乎早就講好了似的，各抽住一隻傳令兵的腳，拔河般將他往魚塭裡拖。

「營長救命啊！」傳令兵的兩隻腳不停猛踢，就是甩不掉從水中伸上來的兩隻觸手，被拉得繼續往魚塭下滑。

傳令叫得淒厲沙啞，像是受了傷的扁桃腺，就算是短短幾個字，卻拉不出一條完整音階。

這一幕來得太突然，而且傳令兵先前坐著的地方太靠近魚塭水面，只見兩隻水母的傘蓋一下子就沉入水中，只露出一根拖著傳令兵的腳，「砰！砰！砰！」詹凱超既沒打中拖著傳令兵的觸手，更是打不到已潛入水中的水母大扁頭。

傳令兵被拉入水中，子彈接連著打在跳躍的水面，一點也沒發生作用，傳令兵在水中掙扎。詹凱超只聽到夾著氣泡鼓碌碌模糊的「營長救我」，再也沒聽見任何聲音。

「嚴班長在那裡？」詹凱超見大勢已去，半抓半爬的上了土堤，拉著一名距離最近的班兵，用沙啞的吼音劈頭就問。

「報告營長，就在前面。」班兵用手指著前方。

話沒說完，又一隻水母從大池畔上岸，詹凱超順手把班兵往旁一推，「砰！」的一聲，射到水母接近頭部粗大的肉腳，到被射中的腳一下子在空中揮舞了起來，朝詹凱超直撲。

「砰！砰！砰！」從前方趕來的嚴班長，一見水母上岸，就在營長左前方不到三米的土堤，馬上補上幾槍。被打死的水母又滾回了水中。

「班長！快，叫所有弟兄們撤，每人找最近最安全的地方撤守，快！」詹凱超右手緊握手槍，左手說話時，手上的一堆泥巴全抹在嚴班長的袖子上。

嚴班長舉槍對空鳴了兩槍，希望引起所有班兵注意，但水池畔此起彼落的槍聲，除了靠近班長的幾名兵士回過頭來，在幾十米、一百多米外的兵士，連頭也沒回一下，只當又是打水母的一陣亂槍。

聽到撤守命令的兵士，有的沿著魚塭跑向最早集結的林枝村魚塭前空地；有的向另一邊的鹿耳門溪堤南道路沒命的跑。

一名弟兄腳一個踩滑，在水門旁轉彎處跌到魚塭水中，步槍也飛甩了出去，整個人拼命想撿起步槍往上爬，無奈八腳水母速度比他更快，腳也比他更長、更有力，兵士右手才剛摸到步槍，整個人就被浮起的水母向後拖倒，兩手死命打水沒兩下，一個大扁頭從旁一躍而上，像衝上水面的潛艇，將兵士的頭全部壓回到水面以下。

「快！快走。」嚴班長一面向南側土堤跑，一邊嘶啞的喊著，還不停揮舞著左手。

嚴班長跑過的土堤，兵士都已接到向後撤離的指示逃離。但距離堤南道路最遠的大池最西側的土堤，三名班兵背靠背緊抵在一起，向四周不停開槍，混亂和黑暗中根本看不見他人開始撤離，也聽不到撤退的命令。

「撤了！快」嚴班長一邊朝三人跑去，一邊猛揮手急喊。

形成三角陣地的班兵，見嚴班長揮手喊叫的跑來，先是愣了一下，倒也能馬上會意，向嚴班長這頭靠攏過來，只要再繞向最近的土堤，就能轉進到一百米外的鹿耳門溪堤南道路。

也不過是幾十秒前，沿著嚴班長跑來的土堤，還有班兵帶槍防守，如今一個個班兵全被撤離，幾十米長的土堤毫無防護，暴露在兩側水域中，只剩嚴班長和三名班兵，必需在夾縫的窄小土堤間殺出一條血路，衝出重圍。

嚴班長帶著三名班兵竄跑在魚塭土堤上，幾隻水母從右側大池很快爬上斜坡，還不停伸出嚇人的大腳示威。早已爬上土堤的幾隻大扁頭，被有力的大腳將頭部撐高了起來，像棵大小粗細不同的樹幹，擋在距他們不到五米前方的路中，有好幾隻幾乎和他們同高，還射出對看的眼神。

「砰！砰！」兩隻大水母隨著響起的槍聲，倒在前方土堤路上。

四人跑步陸續跳過兩隻水母屍體，繼續往前衝，但跟在最後的嚴班長，才跳過趴地不動的水母，卻被其中一隻尚未完全斷氣的水母，伸出粗腳在空中捲拉個正著。

嚴班長一個重心不穩，臉朝天背朝地「噗！」的一聲，七十幾公斤一個泰山壓上了水母頂，將原本就已受傷趴在地上的水母，壓得更凹成了一團，肉肉的水母像柔柔的水床，除了涼涼的一背，水晶床晃了幾下，嚴班長可不想在此時享受柔軟的冰涼水床，馬上爬了起來。

跑在前頭的班兵，回頭對奄奄一息，仍有一絲鬥志的水母，「砰！砰！」再補上兩槍，可憐的水母先是受傷的趴在地上，隨後又被七十公斤的嚴班長摔角般的跳空重壓，垂死間還沒來得及掙扎，又被人補上兩槍，死得痛苦兼變形，卻噴了嚴班長一腳酸液。

數十米長的逃命土堤，此間已經不是人類能夠控制的世界。數十隻水母從大池爬上斜坡，有的滑落到靠近鹿耳門溪的魚塭，有的直接擋住四人準備離去的路中，慢慢向人滑來。

堤上小路太窄，只要一隻水母趴在路中，就沒了路面；即使槍響清除了一隻，隨後又會補上好幾隻，像是一諾曼地登陸的敢死隊，前仆後繼，一批又一批。永遠射不完的扁頭和要命的觸手，讓四支步槍根本無法招架。

殺！殺出重圍

圍上來的水母愈來愈多、愈來愈近，有一把步槍被大肉腳捲走，飛甩到一旁水中，更麻煩的是，大夥的槍裡沒剩幾顆子彈。

「班長，你們上刺刀，我還有子彈，在前面開路。」一名班兵咬著牙，跳躍到最前方。

「嗯！你還有幾發？」

「我想不到十發。」班兵只是答話，眼睛直盯著前方像大水漫過來的水母，絲毫不敢放鬆，連頭也沒有回一下，繼續朝最接近的怪物放槍。

「卡！卡！」嚴班長和另一名班兵上了刺刀，兩手一前一後，硬梆梆的抓著槍桿，瞄準最接近的水母。但哪裡管用？就算步槍加刺刀，再加上伸直了的手臂，還沒有水母一隻腳長，上了刺刀的步槍，一下子就給拉過去，繳了械。

上岸的水母有增無減，大池仍是一片亮晶晶的，卻愈來愈模糊。

幾十米外，鹿耳門溪堤南道路上的同袍，原本只單獨面對從溪內由下往上溯溪翻越攔網的水母，在夜視鏡輔助下，隔著幾十米向溪內開槍。

從大池越過土堤進入林枝村魚塭的水母，像戰爭逃難的難民，陸續進了魚塭，原本空靜的魚塭，寧靜的水，開始浮動起來。趴在十幾米外堤防上的李文同，靜靜的看著這塊隨時可能會如原子彈爆發的毒魚塭。

李文同心裡有數，這塊毒魚塭就如同台鹼大池的產兒，數十年來不斷吸吮大池奶水，從大池補充養分，繼承了大池母親的基因，也擁有和母親相同的體質，如今不但是水母從大池返回鹿耳門溪和回到大海的前哨所，更是最佳的出境大廳，隱藏在水下逐漸增加的能量，透過層層水波向上傳達，水表漸起波紋，出現一個個向上明凸的水波同心圓，暗黑氣泡從圓心向上串起，釋放出水底隨時將爆發的強烈生命力。

水母先從大池三三兩兩越過土堤，來到魚塭，潛入水底。隨著進入大池的水母漸多，成堆的水母達到飽和，傘傘相連，腳腳環扣，一圈圈大扁頭一縮一放的，從扁臉盆變成長圓筒，又從長圓筒向變回扁臉盆，體內不再發出閃亮瑩光。如果不是相互擠壓傳導至水面上的震動波紋，和其他一般的魚塭並沒什麼兩樣。

停養的魚塭，此時累積了大量的動能，動能來源是一種莫名生物，神出鬼沒，晝伏夜出，讓研究團隊至今仍抓不住頭緒，防堵也是半猜測半冒險，現場的每一個人都發現了眼前的動靜轉化，只是不明白究竟何時會爆發。

趴在堤防上的兵士，頭和槍的方向不再一致瞄準前方的鹿耳門溪，有的開始轉了過來。

林枝村的魚塭，是個積蓄能量達到飽和的發電廠，暗黑的水面再也掩不住水底開始沸騰的質變，在靠近鹿耳門溪的一側，塭岸斜坡旁的水波表面，一個大扁頭突然直立冒出水面，抬了幾隻大腳上岸，傘蓋的水先滴在不停移動的幾隻大腳，再滴落斜坡塭堤的泥黑土地。

第一隻水母先鋒上了堤南道路，水母大軍跟隨在後，向塭堤斜坡移動，像是上了岸的海軍陸戰隊登陸艇，門一開，頭也不回的全往前衝。

魚塭就像是電影院，電影還沒開演，三三兩兩從入口進入。一但電影散場，全部的人從另一個出口整群的往外擠，如今全都擠上了鹿耳門溪堤南道路，在越過不到四米寬的道路後，就是來時路的鹿耳門溪，讓堤南道路的兵士突然腹背受敵。

位於東側尚未興建堤防道路上的兵士，見大量水母來襲，拼命跑向已完工的西側新建堤防上，有的槍口向北，繼續射擊溪內正翻越攔網的水母，有的轉向南側，對準從魚塭翻過道路，往鹿耳門溪移動的水母。

鹿耳門溪堤防只完成靠近出海口近二公里的西段，再往東仍是一片空曠。林枝村的魚塭正好位於已完工堤防和未興建堤防交界處，在兵士全退守到三米高堤防上後，從魚塭爬上堤南道路的水母，直接越過未興建堤防的道路，進入鹿耳門溪的安全水域。

在大池畔的槍聲響起後，從鹿耳門溪南岸，一直到大池東南側的道路，全都列為管制範圍，除了軍方和管制局人員，其他人員一律禁止進出，晚到的記者被封鎖在戰區外圍進不來，早到待在堤防上的李文同，和一群兵士趴在堤頂混凝土上，看盡水母和人類首次面對面的大亂仗。

震耳欲聾的密集槍響，李文同只能用面紙塞住耳朵，手裡的數位相機壓在堤頂靠側邊斜坡的平台，不時瞄著下方動靜，雖然乍亮槍響的火光不斷，但在漆黑的夜裡，相機感光度不足，根本拍不到幾張清楚照片，即使在大量水母從林枝村魚塭爬上堤南道路，李文同眼看著水母就在眼前下方只有十多米的近距離，但多數照片拍來仍是一片模糊，已完成記憶的數位相機小小畫面，顯示出來的多半是一堆移動中的白影，就像西洋鬼故事中夜間移動的幽靈。

多數水母從魚塭爬上堤南道路，馬上就滑入鹿耳門溪，但也有極少數「白目」的水母，從林枝村魚塭爬上堤南道路，並未直接進入鹿耳門溪，而向兵士集中的堤防上爬去。對於兵士來說，接近的水母是直接威脅自己生命安全的惡夢，還沒來得及爬上斜坡，全都在近距離被射成蜂窩，流出一堆新鮮的水母汁，死屍全擠在堤防下的斜坡旁。

死在堤防腳的水母好像魚市場丟棄在路旁的成排死魚，一隻堆著一隻，形成了分隔兵士和水母最佳的防線，不但阻擋了爬上堤防的通路，也讓水母全部轉向較東側沒有堤防的空檔，迅速移向鹿耳門溪。

槍聲大作，一片凌亂的堤防上，兵士早已自顧不暇，更顧不了一百多米外嚴班長和三名班兵的搏命奮鬥。水母上岸的堤路，早已將嚴班長和堤防南側分隔開，成了兩個無法相互支援的戰場。

詹凱超沒料想到水母會如此集中的大量上岸，而且全在靠近鹿耳門溪的一側，反而是他站的大池東側防線，頂多只是繼續欣賞水中傳來的彩色亮點螢光，其他什麼動靜都沒有。

百餘米外堤南道路槍聲不斷，詹凱超知道他的部隊難以輕易跨過眼前魚塭，直接前往堤出道路支援，因爲就在幾分鐘前，他才親眼看見他的傳令兵，被水母拖進眼前這片魚塭，水母又從魚塭的另一頭上岸，越過堤出道路進入鹿耳門溪。他心中明白得很，眼前這片黑鴉鴉的魚塭，是一處生命中的黑洞，不能接近，更不能冒險。

如果從大池北側向靠近堤南道路的另一側塭堤開槍，對面全都是自己子弟兵，而且一片漆黑，一定會造成更大傷亡。

「報告營長！化學兵到了。」一個不熟悉的聲音讓詹凱超有些不太習慣，遞補的傳令兵在詹凱超面前行標準的舉手禮。

「報告營長，我們已經就位。」外表看來文質彬彬的一名少校行禮向詹凱超報告。

現在也管不了那麼多了，在無兵可用，後援未到情況下，尚未發現水母上岸的池東防線，由化學兵暫代，八十多名防線上的步兵，全都轉移到堤南道路支援。

三輛卡車魚貫駛進窄小的池東道路，兵士們迅速爬上卡車，沿著水道經過媽祖宮公園，在前進實驗室前方一百米處，卡車向左轉入鹿耳門溪堤南道路。駛進堤南道路不到三百米，一隻隻正在橫跨道路準備進入溪內的水母，被車前大燈照得閃亮，駕駛減慢車速，看著坐在右前座的詹凱超，等待指示。

「快衝過去啊！還看什麼看？」詹凱超對著駕駛兵喊。

卡車向前行駛，路上的水母被車燈照得一隻隻發亮，原來下垂或拖在一堆長腳後方的一個個醜醜大圓頭，被車前大燈照得有的抬起頭來，兩個眼睛被燈光照出圓圓的螢光亮，倒有些像是電影中一臉無辜，什麼都不懂又看傻了眼的外星人。

詹凱超的第一輛卡車首當其衝，橫擋在路中的水母，還沒來得及爬上卡車，有的被車頭撞凹，有的被車輪壓扁，傳來噗噗破破的聲音。

李文同從堤防上往右前下方望去，被車燈照亮的水母，東一個西一個高翹著的大頭，隨著卡車向前開，全都被擠到卡車下方，卡車成了壓路機，又像一隻大大桿麵棍，把水母壓成一堆不均勻的肉餡。

三輛卡車陸續壓過一團團透明碎肉泥，在溪南新建堤防旁停下，車內兵士，一個個跳下車，爬上堤防斜坡。

李文同趁著卡車車頭燈照亮堤南道路的水母，在光源充足下，機不可失，猛按快門。照片中卡車兩束長而直的燈光，直射著車前滿是水母的堤南道路，有活的正在越過道路，有的被卡在車輪下，更多的死屍凹凸不平貼在路面，在車燈照耀下發出反光。

趴在堤防上樹下的兵士，槍口有的朝向鹿耳門溪內的河川攔網，有的對著先前車輛的來時路，所有的子彈都射向一群相同目標，有去無回，只要人多子彈夠，倒不必過於擔心被水母反撲，只要能形成足夠距離的安全半徑，就可立於不敗之地，但面對的是一種未知的食人怪，兵士在開槍的同時，心中仍是一陣陣顫慄。

鹿耳門溪南岸槍聲不斷，長二公里的戰線，從出海口一直向上游延伸到靠近天后宮附近的水門。最靠近出海口的攔網，原是清一色向上游溯溪的水母，全都已經消失，反而是往下游出海的水母漸多。三座攔網的位置不變，只是水母開始逆向翻網，像山區河川的魚梯，一層層的越過，在完成繁殖後，再一次重新冒險，回到家鄉的大海世界。

沒有永遠的敵人？

潘昌東、羅嘉文、莊文淵、杜朝正四人，先前離開堤南道路時，沿岸的兵士只是單純的朝溪內開槍，射殺所有企圖翻過攔網的水母，四人隨後轉往台鹼大池旁的二等九道路臨時設置的營部，詹凱超已帶著三卡車兵力轉往堤南道路。

聽到槍聲陸續在大池的另一頭開始大作，潘昌東又有了新的意見。

「我們要不要走去魚塭那邊看看？」

杜朝正依然和往常一樣，只要長官說話，通常都沒什麼意見，只是轉個頭看看羅嘉文，再看了看老同學莊文淵。

「槍聲是從溪那邊傳過來的，現在那邊一定一團亂，我們就算過去也不見得能幫上忙，我看就在營部等好了，這裡隨時都可以和詹凱超聯絡得上，也可以得到最新消息。」羅嘉文說。

「那你們要不要走過去到前面看一下？」潘昌東說著說著，將手指向前方數百米外的林枝村魚塭。

「我想我就待在這裡好了，有事聯絡也方便。」羅嘉文就是不為所動，不想再接近大池。

「好，那你們就先在這裡，我和杜朝正過去看看。」

杜朝正聽長官說要走到大池旁去「看看」，向老同學莊文淵使了個眼色，莊文淵也只是靜靜的看著他，然後站起來，送兩人離開營部。

「報告所長，我們營長現在的位置已從大池旁的住戶轉到了堤南道路，還帶了所有的弟兄過去。」營部留守人員說。

原本已快走出營部帳棚的潘昌東，突然停下腳步，回頭問：「魚塭那邊現在沒有部隊？」

「報告所長，由於這裡沒有特別狀況，鹿耳門溪那裡又吃緊，所以營長帶走了所有這裡的人，全趕過去，這裡現在是由化學兵負責。」

「他們站哨也是從這裡一直到最後面的魚塭？」

「是的，所長。」

只要有阿兵哥站崗就好，在他看來都一樣，只要有人能在他面前替他應付水母，管他是什麼步兵還是化學兵。

「這裡一直都沒有水母上來？」潘昌東又問了一句。

「報告所長，一直到現在都沒有，水母全都出現在大池和溪南岸之間，那裡現在連彈藥都不夠，我們才送了一卡車過去。」

「噢！沒關係，我只到前面的魚塭看看，不會去『戰場』影響你們，替我和營長說一下。」潘昌東說完，就和杜朝正走出帳棚外。

潘昌東前腳才一出門，莊文淵就將嘴靠在羅嘉文肩膀旁低聲說：「他要去那裡誰理他！還說不要去影響戰場。」

羅嘉文淺淺笑著，沒說話，從口袋拿出一根小雪茄點燃，在營部裡吞雲吐霧起來。

「有什麼新消息沒有？」羅嘉文走到無線電旁問值勤人員。

「營上已有八人陣亡，這是到目前的統計數字。」值勤人員說。

「什麼？我怎麼不知道？」羅嘉文拿出口中的雪茄，邊吐菸邊說，似乎有些責難。

「報告局長，這些都是最近才發生的，除了營長，包括化學兵在內，沒有人知道。」

「那要不要請求支援？有沒有向上級報告？」羅嘉文一臉狐疑。

「報告局長，今天下午………哦！不是，是昨天下午就已經請示陸軍總部，聽營長說可能會增援，但什麼時候會到也不知道，看樣子可能要等到天亮。」

「什麼，都已經有那麼多人死亡，增援部隊還不知道什麼時候才會到，這不是很離譜嗎？而且上級在接到你們報去的傷亡報告後，還是沒有進一步行動？」

羅嘉文愈說愈激動，一句「眞官僚」險些脫口而出，但想到自己也是這整個大體系中的一員，把話又嚥了回去。

「最新情況是五分鐘前才向總部回報，現在還在等消息。」留守人員說。

五分鐘？五分鐘過去不知還會死多少人，五分鐘還算短嗎？人命關天的事五分鐘過去，卻還沒作決定，這不是草菅人命，什麼才叫草菅人命？羅嘉文想著就在帳棚外數百米處的戰場，有人流血，難道全都是因爲他和莊文淵用了不符規定的攔網惹出的大禍？

無論攔網合不合格，無論是新規格還是舊標準，都擋不住水母也是事實，可是如今卻死了一堆毫不相干的人，而且槍響還沒停，部隊何時才到達仍是未知數。

羅嘉文右手繼續夾著小雪茄猛吸，左手不自覺的伸到衣領內，摸了摸兩天前剛到，在鹿耳門天后宮求的平安符，突然想起潘昌東在走進他的前進實驗室時，脖子前也掛了一個和他一模一樣的平安符。

潘昌東和他一樣，兩人雖然在離開學校後已對立了十多年，但至少有一點肯定不變的，就是他倆人都是虔誠的佛教徒，無論走到哪裡，只要進了廟宇，都一定會求一個平安符戴著，過去在念大學時如此，現在還是一樣。

掛在他脖子上的平安符，潘昌東也有一個，不知道潘昌東在求符時，心裡向媽祖許的什麼願？或許和他一樣，也可能和他正好相反。

多少年的交情由淺入深，又由深漸淡，爲了相同的目標讓兩人反目，如今兩人又因相同事件而聚在一起，但，聚在一起之後呢？會有什麼樣的結果，究竟是誰會勝出？媽祖在兩人之中會保佑誰？

幾個月以來，他不但有權有勢，經濟情況也好轉得太多，想起以前念大學時的寒酸，手頭緊的時候，連菸都是潘昌東資助，如今他是管制局長，抽著比潘昌東更高級的古巴小雪茄，無論是精神上的權勢感受，還是物質上的經濟享受，他都遠遠超過潘昌東，但，這些卻不是靠正當手段換來的，不但害死了一堆人，現在更可能連老同學都躲不過。

不行，我一定要去通知他們，他們根本不知道正要去的地點就位在危險區，雖然我們之間……

……

「文淵，你在這裡等一下，我出去一下就回來。」

「要去那裡？局長。」莊文淵從椅子上站了起來。

「我去叫他們一下，那裡可能很危險。」羅嘉文不等莊文淵答腔，將雪茄踩熄在地上，拉上外套的衣領走出帳棚。

羅嘉文在大池鐵絲網旁的小路先是跑了一小段，一米六五的身高、七十二公斤的身材讓他覺得喘不過氣來，停下來慢走休息。

左側大池內的亮光逐漸減少，不若先前明亮，站在鐵絲網旁的化學兵，聽著不遠處鹿耳門溪南岸的槍聲不斷，還是絲毫不敢大意，槍口全對著看來平靜的大池，一動也不動。

前往林枝村魚塭途中唯一的叉路口，一名化學兵擋在羅嘉文前方。「抱歉，前面現在很危險，長官交待不能進入。」

「前面已有兩人走了進去，我是去叫他們回來，進去一下就出來。」

「對不起，這是我們長官的規定，我不能讓你進去。」守住路口的阿兵哥態度強硬。

羅嘉文眼看著無法進入前方小路，心裡一急，拿出證件放在阿兵哥眼前，開始大吼：「我是異常生物災變管制局長羅嘉文，看到沒？這裡全都是我在管的，你們還是我叫來的，我現在馬上就要進去找人，你再給我擋看看！」

羅嘉文說完，用手把阿兵哥手中的槍向旁邊一撥，快速走進管制區，然後又開始跑步，想儘快找到潘昌東和杜朝正。

值哨的化學兵一下子被大聲吼了一堆，又聽說對方是異常生物災變管制局長，回想起來好像前幾天才在電視上看過，雖然他並沒有看清對方的臉，更沒有看清突然在他眼前晃過的證件，但是在這種不要命的地方，想跑都來不及，誰會吵著要進來，應該是管制局長沒錯，也沒再追上前去。

另一名在叉路口值哨的化學兵，拉了拉褲子上的拉鍊，從小土地公廟後方尿完尿，一出來就問說：「剛才是誰？講話那麼大聲？」

「說是異常生物災變管制局長，說要進去找人。」

「後來呢？」

「我起先不讓他進去，所以他就拿出證件和我大聲，最後讓他進去了，反正等他找到要找的二個人就會出來，不管他。」

「你說他說要進去找兩個人？」

「是啊！」

「是不是兩個異常生物災變管制研究所的人？」

「我哪知道，他也沒說。」

「啊！他要找的二個人根本就沒進去。」

阿兵哥聽得一頭霧水。

「我跟你說，剛才你去上大號的時候，兩個說是異管研究所的人來，原本說要進去，但我和他們說前面很危險，而且還有水母上岸吃人，連拿步槍的兵士都沒辦法，不讓他們進去，其中一人聽了嚇了一跳，還以爲我在騙他們，原本要回頭，後來手機響了，在接電話後就從這裡轉過去，說要到前進實驗室去。」

「那兩個他要找的人根本沒進去？」

「對啊！」

「那現在怎麼辦？要過去找他嗎？」

「不能，誰敢離開崗位？」

「那用無線電通知在那邊的班長。」

「你忘了，班長剛才才走出去，那邊根本就沒有無線電。」

兩人你看我，我看你的。其中一人說：「我看既然是異管局長，應該很了解水母的，也會小心才是，而且水母還沒有從這邊上來過。」

※※

林枝村屋前二十坪大的土紅磚地廣場，兩個化學兵相互摀著手擋風，忙著點菸，突然看到一個矮胖的黑影過來，心一急，不但火沒點著，連夾在兩膝蓋間的步槍也「啪」的倒在紅磚地上。

「我是異管局長，剛才有沒有看到兩個中等身材的男的過來？」羅嘉文爲了避免前車之鑑，乾脆直接說明身分和來意。

兩個値哨的阿兵哥想，既然能來到這裡，就是前面的已經通關，也沒再問什麼，回說：「兩個人？報告長官，沒有啊？」

「差不多一兩分鐘前，有沒有？」羅嘉文問。

「沒有啊！從我們接步兵營的哨到現在，都沒有人來過。」

「這就奇怪了。」

羅嘉文從口袋中拿出一個扁扁的金屬菸盒，打開後發現只剩一根小雪茄，就和二名兵士說：「我這只剩下一根了，你們誰要？」

「哦不！不！」其中一名兵士將羅嘉文拿著小雪茄的手推了回去，接著又說：「不客氣，我們這裡有，那根你留著自己抽。」

羅嘉文「哦！哦！」了兩聲，將小雪茄塞進自己嘴裡，點上了火，吸了兩口，接著問說：「風太大，點不著？」

「嗯！」所以才圍起來點火。

羅嘉文伸出手，拿著打火機說：「這是防風打火機，你們先點，我來找找看我朋友。」

「我們剛才眞的沒看到人。」阿兵哥又說了一遍，但既然是局長，說要來這裡找人，前面的哨都過了，總不能把他從這裡趕走，更何況人家還借了個防風打火機。兩個阿兵哥彎著頭忙著點火，沒再去管羅嘉文。

羅嘉文見前面沒人，慢慢向西繞過一棵大大的椰子樹，邊走邊喊著：「潘所長！杜祕書！」連續叫了好幾回，就是沒有回音。

背後的房子擋著，吹到羅嘉文的北風變小，反而是前方魚塭對面的鹿耳門溪堤南道路，不斷發出槍響火光，那裡正戰得天昏地暗，雖然距離這裡只有一百米，但在黑夜中卻很難看清。

奇怪！牠們進來的時候都沒發現會越過魚塭，連什麼時候進入大池都不知道，究竟是利用夜深人靜的時候，還是真的在溪底另有通路？甚至他眼前的腳下這處魚塭，搞不好也有洞穴和大池相連，只是他還沒想通而已！

魚塭和鹿耳門溪之間隔著道路，不可能相通，如果不是抽水管，就是水門……

羅嘉文只顧著想水母如何來來去去，卻沒注意有一隻水母從腳下方二米多的魚塭土堤緩緩爬了上來，站在上風處的羅嘉文，既聽不到水母滑動聲，也不嗅不出味道。

兩隻腳很快的被捲住，羅嘉文根本還來不及叫，整個人就被拉倒在斜坡塭堤上，後腦杓「破！」的一聲，打在魚塭斜坡的紅磚上，昏了過去，除了夾在手中的小雪茄，掉落後滾到一旁草叢，其他整個人全部被拖進了水裡。

漫漫長夜，大池裡瑩光漸淡，逐漸恢復往日夜下的平靜。鹿耳門溪南岸幾十米長的路面，和一旁的魚塭斜坡，處處堆積水母屍體。

全都退到高處堤防上的兵士，眼看著一隻隻的水母爬過溪南道路，開槍開得早已手軟，詹凱超命令不要再對溪內翻越攔網準備回到大海的水母開槍，橫過道路的水母讓牠們順利滑下鹿耳門溪，頂多只是對少部分不長眼，想爬上堤防的白目水母開槍，解除對兵士的威脅。

像一座硬挺的石敢當，站在新建堤防的最北端，頂著迎面而來，夾雜著水母屍體半酸半臭的北風，詹凱超望著下方的水母屍體，心裡明白得很。如果要射殺每一隻上岸的水母，子彈很快就會用完，如果再不節制的濫射，一旦彈盡援絕，營裡弟兄的命都將不保，他不能冒險。

激戰後的黎明

二〇〇五年十二月卅一日

鹿耳門溪南岸，一處經歷大戰過後的恐怖戰場。

恐怖劃過了黑夜，心驚撐過了黎明。

台南市環保局的清潔車，集結在鹿耳門天后宮前廣場，依序消毒，再依編號順序駛往數百米外的溪南道路。

化學兵噴灑藥劑後，穿著白色防護衣的步兵，駕駛小型堆高機，將道路上的水母屍體高高舉起，剷倒在清潔車內，全部送往城西焚化廠焚毀。

道路上的水母屍體不時流出乳白色液體，在小雨中沖流入鹿耳門溪，在溪面捲出無數條不規則的白線，混合著泥水乳泡，順著退潮溪水流入大海。

三台抽水機架設在林枝村的魚塭旁開始抽水，池內展開全面清掃消毒，既可清理魚塭內水母屍體，更可杜絕水母進出大池通路。主要的善後工作，由凌晨五時以後到達的支援步兵營負責。

一臉疲累的李文同，用相機記錄下眼前一幕幕的善後畫面，揮不去從深夜到凌晨的驚悚。

詹凱超的步兵營，奮戰一整夜，原本要回到二等九號道路旁臨時搭的帳棚內休息，但清晨六時以後突然開始下起小雨，兵士們全都轉到附近的顯宮國小教室。

教室地上不是土就是泥，被雨淋溼的草綠色軍服，全都搭在桌椅上等著晾乾，卻碰到又冷又溼的小雨，直到清晨九時，氣溫也只有攝氏七度，打破南區氣象中心一百零七年來的最低溫紀錄。

阿兵哥們一個個捲窩在睡袋裡，只留下一扇南向半關的窗戶流通空氣。窗上玻璃的溼涼雨滴，積滿一堆撐不住的壓力，從平滑玻璃表面聚集滑落。

小小柔柔的雨滴，分隔窗外灰濛冷清的冬日世界，霧氣帶著水氣，景朦朧，眼也朦朧。

鹿耳門天后宮廚房，爲一夜未睡的兵士們煮了好幾大臉盆的熱稀飯，配合著其他小菜送來取暖，還有好幾大鍋的鹹粥。累了一整夜的兵士在一陣糊輪吞後，回到顯宮國小分配完寢室，有的沒幾分鐘就進入夢鄉，也有人心驚一夜睡不著，斜靠在教室牆上抽菸。

陽曆年除夕，又逢周末，顯宮國小沒有上課，除了校長和幾名臨時請來的值日老師，整個學校成了臨時軍營，樓下的導師室也成了軍官休息室，詹凱超和陸軍總部來的長官，和剛接執勤的另一位步兵營長，對坐在小小茶桌前。

一臉疲憊的詹凱超，不時用右手抹揉眼睛，要不然就是摀著嘴猛打呵欠。

從深夜到凌晨，眞正的戰役不過五個小時，卻搞得人仰馬翻。一個從未上過戰場的步兵營，體驗了另一種面對不同敵人的戰爭，雖然算不上是正規作戰，對方也沒有武器，但水母恐怖模樣卻讓人不寒而慄，這是一生中從未有過的經驗，也是永遠揮之不去的恐怖記憶。

短短的五個小時，有十三名兵士陣亡，沒有一人是因槍傷致死，全都是被水母攻擊，直到上午九時，連一具屍體都沒有找到。

有一名兵士，被水母的觸手纏住，靠著同袍臨危不亂，將水母射殺，拖回戰友，才撿回一命。二人臉部灼傷，是水母口中噴出的酸液造成，其中一人左眼有失明之虞，所有傷者全都後送到台南市區醫院。

詹凱超看著手下送來的報告，十三個名字依軍階高低排成一列，排在最前方的是嚴世誠班長，接下去是陳治武傳令，後面跟著的一堆名單，雖然他無法將名字和容貌聯想在一起，但只要是營裡的弟兄，從新兵入營，到老兵退伍，他每一個都談過話，因爲只要被分配到他的步兵營，從此以後就是這個大家庭的一分子，他要和每一名家庭成員說過話，對加入這個大家庭表示歡迎之意，即使離營或退伍，詹凱超也在和他們的聚會中，一口乾下滿杯的高粱向他們祝福。

如今這些一夜間罹難的兄弟，他並沒有機會替他們送行，他們也沒來得及進入社會，甚至連屍體在哪都還是未知數。

「詹營長，今天中午以前，是不是可以把整個布署及執行計畫內容寫個報告給我們？」三顆梅花的上級長官看著詹凱超說。

「是。」

「好，那你可以先去休息了，我看你也累了一整夜。」長官拍拍詹凱超的肩膀，走出一樓辦公室的階梯。詹凱超送長官走向教室門口，疲累的最敬禮刻在臉上，看著駕駛兵撐傘將長官接上一輛黑轎車，壓著地上細細雨絲離開。

「報告營長，資料拿來了。」

「好，你先去休息，這裡沒事了。」詹凱超拿著一疊資料走進靠西側最後一間教室，反手將門鎖上，坐在小小的學生椅子上，一張張看著這些離營弟兄的照片。

從昨晚到今天凌晨的布署，大致上是正確的，唯一的錯誤就是移調了二個班的班兵，駐守在大池和鹿耳門溪堤南道路間的魚塭防線上，那是一條難守易攻的防線，雖然對方沒有任何武器，但水母在短距離的致命力卻是突然而致命，驚人得無法抵擋。

在正規作戰的肉搏戰中，如果碰到的是普通敵人，還有一比一的獲勝機會，但今天凌晨遭遇的卻不是人類，是同時有八隻、十隻大腳的怪物，這種地球上從來沒出現過的異形，是人類首次面對面接觸，如果沒有武器根本就是毫無勝算，就像空手活在侏羅紀世界。

十三名陣亡的弟兄有十一人都是在大池和魚塭間的防線失守，不但他無法研判，就連異管局的人也無法預料，沒有人知道原本單純面對大池的兵士，最後會在大池和魚塭間窄小的土堤上被包圍，陷入困境，如果只是單純的面對大池，應該是可以應付的，至少撤退的路也是安全的，可是……

詹凱超將資料放在桌上，慢慢走向一旁不停滑下雨絲的窗戶，窗外道路來去的車輛太多，從軍車到救護車，還有清潔車、消防車，和一堆來去不明單位的車輛，將海邊的小漁村擠得水洩不通。

一輛被塞住等待前進的軍用大卡車，停在窗外前方不到十米的顯宮國小牆外，坐在後座的一名兵士轉過頭來，兩眼正好和詹凱超對上，兵士很快的將眼光移開，但詹凱超眼神仍繼續追逐對方，想著陣亡的兵士也都是那個輕輕的年紀，在部隊裡不是因戰爭而死亡，卻是因爲碰到了難以描述的意外，又有誰會想到？如何向他們的父母交代？

※※

潘昌東接任管制局長的人令，上午十時傳到前進實驗室。

潘昌東從一樓走到二樓，進入羅嘉文的辦公室，一路都有人喊著局長長、局長短。

「報告所長，要不要我幫忙收一下？」杜朝正站在潘昌東前，還是習慣性的喊這位老長官所長。

「沒關係，我先坐一下，等會兒再收，你先去休息。」

桌上「局長羅嘉文」的銅鑄名牌，是從台北總局帶下來的，幾個月前他也曾經想過這個名牌，但後來一路兩叉，羅嘉文當上了局長，他則在新成立的研究所任所長。雖然前稱都是「異常生物災變」，但一個是行政單位，一個是學術單位；一個擁有令人稱羨的權力，另一個卻只是單純的學術研究。

從口袋掏出剛收到，感覺上還有些溫熱的傳眞紙公文，也不知道是剛出傳眞機的餘溫，還是被他的體溫加熱，公文上寫著「……暫兼異常生物災變管制局長一職……」

潘昌東慢慢將紙塞回口袋，眼光向辦公室四周掃了一圈，這間辦公室他先前只來過一次，書櫃裡還看到兩本以前念研究所時很眼熟的二本原文書，一本是海岸植物，另一本是麻醉神經，如今書的主人不在了，這些他所看到一切屬於羅嘉文的，都將成爲歷史。

在他和羅嘉文之間，局長是兩人共同的第一目標，所長充其數只是個安慰獎罷了，沒想到在他幹所長幾個月後，如今不但成了局長，而且還繼續兼任所長，比以前更風光，卻是羅嘉文的生命換來的。今天凌晨叫他去看看大池北邊的魚塭，當時他還懶洋洋的不想去，萬萬也沒想到聽說那裡有人被水母攻擊死亡，羅嘉文還單人來警告我們，可是人世間的路就是如此，我到了路口轉了個彎，來到實驗室，反而是他的辦公室在這，他卻走向魚塭，如今什麼都不一樣了。

「咚！咚！」敲門聲打斷了潘昌東的思緒。

「報告局長，軍方來電說完成集結，要從三個地方分別進入管制區，要求我們在十點半同時開門。」

局長，這兩個字聽起來有些不太習慣，原本他是應該高興的，但現在卻似乎沒有什麼特別感覺，而且沒有任何人和他共同分擔責任，他全部必需自己決定，這不就是他一直想要的嗎？

「請通知莊主任配合，等下我也會過去。」潘昌東說。

「莊主任就在樓下，要不要我去請主任上來？」

「好，謝謝。」

莊文淵一走進辦公室，潘昌東就站了起來，拉了把椅子，比個手勢請莊文淵坐在旁邊。

「我對台南這裡很多事不太熟，以後還請莊主任幫忙。」

「不！不客氣，以後局長有事直接吩咐就是。」莊文淵推託時，還可感覺出心情十分低落。拉拔他的老長官走了，就那麼突然，而且是爲了去通知現在他旁邊這個人，這個原本是羅嘉文工作或以後官場上的死對頭，如今情勢大逆轉，老長官的死對頭變成了他的直屬長官，以後沒有人再罩他，他的好日子結束了，以後的禍福全靠自己擔待。

「現在是這樣，軍方的人說十點半要求我們同時打開管制區的三座大門，軍方人員要摧毀部分防風林內所有植物，所有工作要求在下午二時以前完成，準備因應晚間可能發生的各項意外。」潘昌東說。

二輛直升機，一前一後的從前進實驗室上空飛過。潘昌東接著說：「噴灑消毒劑的直升機來了，噴灑完後，步兵就要進入管制區。我先去給媽祖上個香，待會兒就趕過去。」

進行曲中的休止符

二〇〇六年清明，有人回現場獻花，有人觀光，台鹼舊廠木麻黃漸凋落，異種新生代在更毒的土壤中吸取養分，牠們正蓄勢待發……

未完的戰役

二〇〇六年清明節

和多數過往的千百個清明一樣，從清晨就開始下著小雨，上午八時過後仍不見太陽，一片霧濛濛的灰，伴著涼涼的早風。台鹼大池旁靠近鹿耳門溪堤南道路間的黑色大理石地板上，放著一束黃菊花，細細雨絲不斷打在菊花黃色花瓣，滴在地上，先流到堤南道路，再滑落鹿耳門溪。

十四座黑色大理石碑，豎立在大理石板的地上；石碑前寫著十四個名字和生前服務的單位，其中最靠左側的大理石碑上寫著「羅嘉文」「異常生物災變管制局長」幾個字，石碑前地上放著唯一一束黃菊花。

一個人穿著黑色防雨外套，靜靜站在石碑前凝望，三鞠躬後，將一鐵盒雪茄放在地上，獨自走上一旁堤防。堤防上大葉欖仁又落下紫紅色的大葉，有的落在堤防旁人來車往的堤南道路，有的被風吹到一旁的鹿耳門溪，再帶到二公里外的大海。

一人從堤南道路旁停的黑轎車出來，打著黑色的雨傘走上堤防，「報告局長，我們還得趕到機場。」

潘昌東和杜朝正緩緩走下堤防，上了車。

透過雨絲不斷滑落的後車窗玻璃，潘昌東回頭依稀可見大石柱上刻著「忠魂千秋、永鎮鹿耳」四個大字。

「東西帶來了沒？」潘昌東問。

「有，在這裡。」杜朝正說著打開一個牛皮紙袋，遞過去給潘昌東看。

「好，我們現在就去看你同學。」

黑轎車從台南科技工業區內寬闊平直的科技大道，向東轉入四草野生動物保護區裡的前進指揮所。所裡的工作人員看到一輛黑車停在門口，車裡走出二人，並不知道是管制局長，只是兩眼繼續盯著眼前的電視看，連站也沒站起來。

「請問主任在嗎？」杜朝正將雨傘抖了抖，放在門外，走進屋內問值班人員。

值班工作人員是在水母入侵事件後才來上班的新人，根本就不認得站在眼前的一個是局長，一個是祕書，繼續看著電視說：「哪裡找？主任不在。」

「請問主任去那裡？」

「主任今天請人買了一束花，剛才才出去，不知道去那裡？」

杜朝正拿出一包牛皮紙袋，交給值班人員說：「可不可以請你等主任回來的時候，把這包東西交給他？」

「嗯！這樣就可以嗎？主任知道你們是誰嗎？」

「知道。」

「要不要留個名片或姓名電話？」

「不用了。」

潘昌東和杜朝正沒再說話，出了門，搭上轎車，開往台南機場。

莊文淵回到辦公室，值班人員立刻拿來一個牛皮紙袋交給莊文淵說：「主任，剛才有二個人來這裡，說有東西交給你。」

室。

莊文淵將紙袋拿進辦公室，還沒坐上椅子，就將紙袋打開，才看了一眼，就匆忙走出辦公室。

「剛才那兩個人是什麼時候走的？」

「十幾分鐘了吧！」值班人員回答。

「他們還有沒有說什麼？」

「沒有，東西給了我就走了。」值班人員好奇的接著問：「主任，他們兩個是你的朋友啊！怎麼我都沒看過？」

「以後你一定會見到。」莊文淵說完，又走回辦公室，將牛皮紙袋打開，裡面的塑膠袋裡放著三條未燃燒完的攔網繩索。

莊文淵拿起電話，才撥了三個號碼，又掛回電話，一個人走到窗戶旁，看著窗外不停的小雨。他知道剛才在羅嘉文石碑前，比他更早到的一束黃花是誰的。

※※

林忠民還是開著他那輛闖出名號的「水母號」廂型車上班，一進了哨站，將雨衣掛在牆上。向東望去，他在鹿耳門溪出海口的石棉瓦房靜靜的待在土地上，在這種陰雨天，石棉瓦的屋頂顏色和海天連成一色，分不清界線，只不過在防風林燒光後，視野變得更遼闊，向西一眼望去全是大海，顯得有些單調。

「忠民仔。」突然一個聲音喊著。

林忠民放下手中的報紙，回頭一看，「嘿！阿同。」林忠民永遠都是那一副笑嘻嘻的長圓臉，還有兩顆像是半剝龍眼的大眼珠。

「怎麼有空來？來坐。」林忠民拉了把椅子到自己的旁邊。

「讚仔呢？他不是你同班？」

「他去領新的望遠鏡去了，等下就回來。」

李文同站起來向哨站外四周望了望說：「沒有防風林眞的很單調呢？對不對？」

「對啊！可是不燒又不行。」

「燒是對的，我前幾天才和王建平及李朝全談天，他們說，去年那一天趕著請軍方進入管制區燒掉所有的植物，起初還只是懷疑，後來證實馬鞍藤和菟絲子裡的毒性，果然是雄水母上岸後主要補充體內的能源。」李文同說。

「可是燒了之後的當天晚上，大池裡只有幾點發亮，整條鹿耳門溪和海岸也看不到十隻水母，然後隔天就完全消失，也不知道牠們跑到那裡去。」林忠民吐了一口檳榔汁在垃圾桶裡。

「當初誰會知道水母只出現一天就消失，那種情形嚇都嚇死了，只要能想到的全都做了，目的就是要將意外發生率減到最低。」李文同說。

「鈴……」

林忠民抬頭看了看監視器說：「你看，是阿讚回來了。」隨後從椅子上站起來，從玻璃透過蛇籠向外望，再按下開門電鈕。

「讚仔！」

「喂！阿同，你怎麼來了。」林廷讚將新領來的一大一小望遠鏡放在桌上。

「今天是清明節，我想到紀念碑那裡看看，先來到處晃。」李文同說。

「喂！我跟你說，剛才我在所裡看到那個詹營長，他說是來獻花的，說今天是清明節，要來看看在這戰死的弟兄。」林廷讚聽到李文同說是來拍獻花，還繼續搶話說：「阿同，後來那個營長有沒有怎樣？」

「沒有，雖然上級認爲他在大池旁的布署判斷失誤，但因爲先前誰都沒有碰過這種事，包括管制局在內也搞不清楚狀況，所以也就沒事，他的營在當天表現眞的不錯，最後還記功，而且還升了上校。」

※※

鹿耳門天后宮公館旁的龍魚廣場，停的車輛比以前更多；一旁的公館大門外，進進出出的不再是管制局人員，全變成了進香團的香客，許多人都是人手一柱香，在進出之間有說有笑。

水母事件落幕，管制局等單位人員離開後，許多民眾來到鹿耳門地區，無論是到鹿耳門天后宮參拜的信眾，還是來看水母事件現場的民眾，讓龍魚廣場前攤販小吃生意更好。

龍魚塑像底部，多了二尊新的塑像，一雄一雌的四草水母，斜倒在龍魚彎捲的尾鰭下，奄奄一息。

「這是象徵龍魚把四草水母打得昏天暗地，再也不敢上岸危害民眾，這是鹿耳門新的歷史……」天后宮活動組長林傳貴，對著前來參觀的觀光客說明。

公館內停放的水母標本，再度運回到成大和台南市動物防疫所，而且已經可以分辨雌雄。

李文同來到大池旁林枝村已被填平的養殖魚塭，這裡是二〇〇五年底那一夜傷亡最慘痛的地點，地上鋪設超過三百坪的大理石，中央是因水母入侵而爲國捐軀的烈士，職位最高的是管制局長，死亡人數最多的是步兵營。

十四米高的石柱紀念碑，代表著在此犧牲生命的十四個人。紀念碑後方的大池在一星期前才重新引水，將提供學術界研究。

「嗨！文同，在想什麼。」

李文同回頭一看，是李朝全，然後說：「所長，下雨天你怎麼來這裡？」

「來抽水樣的，固定一段時間要抽回去化驗，這是追蹤計畫的一部分。」李朝全說。

「說實在的，所長，你覺得重新灌水入池適當嗎？」李文同問。

「我也是覺得怪怪的，可是有人認爲已經曬池超過三個月，而且重機械還下到池底至少翻過三次土，就算是當初放水後死在池底的雌水母已繁殖後代在土中，經過這三個月的曬壚，一定無法存活，所以才決定重新放水入池。」李朝全說。

「那底泥呢？不是說要全部移除？」

「原本是計畫這樣，但環保署評估後認爲目前前置作業的曝曬處理已經足夠，因此原則上同意將移除底泥的時間向後延三個月，也就是等到我們這一波做完水樣報告後，再將水放乾，然後就開始挖除底土，移到台鹼舊廠內封存。」李朝全用手抬了抬快掉下來的眼鏡框，還不停比手劃腳向李文同說明。

「最好是沒事，否則會很難想像。」李文同說。

※※

台鹼大池南側的舊廠區，土地上一片木麻黃防風林，原本居住許多小白鷺和夜鷺，綠色樹上長年來被大量鳥糞掛得滿樹，灑落一地，從遠處看倒像是北國枝頭留春的殘雪，但在春季過後，卻發現綠葉逐漸變黃，開始掉落。

從防風林到舊工廠的土地，再向南延伸到過去的棄土區，地上一片不太自然的青綠色草地，從關廠後就未再利用，還有三座二千立方米的混凝土建物。這些奇怪的建物沒有門，也沒有窗，是汙染土方封存區，目的是避免已受汙染的土方外洩，不要發生二次汙染。

入夜以後，在封存區下方五、六米的土中，一群傳承自上一代夜間活動特性的外來客，在半溼的土壤中來回穿梭，被劃過的樹根逐漸斷裂，無法繼續向上提供水分，侵蝕著木麻黃的生命力。

在大白天，調查人員在林內取樣地上的落葉、鳥糞和土樣帶回化驗，希望找出木麻黃漸凋落的原因。幾個月前，這群外來新移民的上一代，為取得更多的戴奧辛能量來源，來此孕育下一代。

大池底泥所含的毒性當量已不敷所求，牠們的母體依著對戴奧辛的原始嗅覺，在二米深的池底產下幼體。母體在產下幼體後，無力的返回池中，像鮭魚一樣的結束一生，但微小個體卻孕育在半溼底泥裡，憑著對戴奧辛與生俱來的感應，向南側更濃的汙染區移動，這些新物種小Baby，正忙於儲存更毒的能量，只要再過一個月，就可依循祖先的來時路，鑽過土層回到大池和鹿耳門溪，重回大海。

入侵鹿耳門：
二〇〇五台灣生存保衛戰

作　　者　李鋅銅

發 行 人　林敬彬
主　　編　楊安瑜
編　　輯　鄭文白
美術設計　廖建興
封面設計　廖建興

出　　版　大旗出版社　行政院新聞局北市業字第1688號
發　　行　大都會文化事業有限公司
110台北市基隆路一段432號4樓之9
讀者服務專線：(02)27235216
讀者服務傳真：(02)27235220
電子郵件信箱：metro@ms21.hinet.net
Metropolitan Culture Enterprise Co., Ltd.
4F-9, Double Hero Bldg., 432, Keelung Rd., Sec. 1, Taipei 110, Taiwan
TEL:+886-2-2723-5216 FAX:+886-2-2723-5220
e-mail:metro@ms21.hinet.net

郵政劃撥　14050529 大都會文化事業有限公司
出版日期　2004年9月初版第1刷
定　　價　280元
ISBN　957-8219-42-3
書　　號　Choice-001
Printed in Taiwan

大旗出版 BANNER PUBLISHING　　大都會文化 METROPOLITAN CULTURE

國家圖書館出版品預行編目資料

入侵鹿耳門：二〇〇五台灣生存保衛戰
李鋅銅著.
——初版.——臺北市 ： 大旗出版：大都會文化發行,
2004〔民93〕 面： 公分.
ISBN 57-8219-42-3（平裝）

857.7 9312424

●度小月系列

路邊攤賺大錢1【搶錢篇】	280元	路邊攤賺大錢2【奇蹟篇】	280元
路邊攤賺大錢3【致富篇】	280元	路邊攤賺大錢4【飾品配件篇】	280元
路邊攤賺大錢5【清涼美食篇】	280元	路邊攤賺大錢6【異國美食篇】	280元
路邊攤賺大錢7【元氣早餐篇】	280元	路邊攤賺大錢8【養生進補篇】	280元
路邊攤賺大錢9【加盟篇】	280元	路邊攤賺大錢10【中部搶錢篇】	280元

●DIY系列

路邊攤美食DIY	220元	嚴選台灣小吃DIY	220元
路邊攤超人氣小吃DIY	220元	路邊攤紅不讓美食DIY	220元
路邊攤流行冰品DIY	220元		

●流行瘋系列

跟著偶像FUN韓假	260元	女人百分百—男人心中的最愛	180元
哈利波特魔法學院	160元	韓式愛美大作戰	240元
下一個偶像就是你	180元	芙蓉美人泡澡術	220元

●生活大師系列

魅力野溪溫泉大發見	260元	寵愛你的肌膚 ：從手工香皂開始	260元
遠離過敏：打造健康的居家環境	280元	這樣泡澡最健康—紓壓、排毒、瘦身三部曲	220元
台灣珍奇廟：發財開運祈福路	280元	兩岸用語快譯通	220元

●寵物當家系列

Smart養狗寶典	380元	Smart養貓寶典	380元
貓咪玩具魔法DIY：讓牠快樂起舞的55種方法	220元	愛犬造型魔法書：讓你的寶貝漂亮一下	260元
寶貝漂亮在你家—寵物流行精品DIY	220元		

●人物系列

現代灰姑娘	199元	黛安娜傳	360元
殞逝的英格蘭玫瑰	260元	優雅與狂野—威廉王子	260元
走出城堡的王子	160元	貝克漢與維多利亞—新皇族的真實人生	280元
瑪丹娜—流行天后的真實畫像	280元	從石油田到白宮—小布希的崛起之路	280元
風華再現—金庸傳	260元	紅塵歲月—三毛的生命戀歌	250元
船上的365天	360元	她從海上來—張愛鈴情愛傳奇	250元
俠骨柔情—古龍的今生今世	250元		

●SUCCESS系列

七大狂銷戰略	220元	打造一整年的好業績—店面經營的72堂課	220元

●精緻生活系列

別懷疑，我就是馬克大夫	200元	愛情詭話	170元
唉呀！真尷尬	200元	另類費洛蒙	180元
女人窺心事	120元	花落	180元

●禮物書系列

印象花園—梵谷	160元	印象花園—莫內	160元
印象花園—高更	160元	印象花園—竇加	160元
印象花園—雷諾瓦	160元	印象花園—大衛	160元
印象花園—畢卡索	160元	印象花園—達文西	160元
印象花園—米開朗基羅	160元	印象花園—拉斐爾	160元
印象花園—林布蘭特	160元	印象花園—米勒	160元
絮語說相思 情有獨鐘	200元		

●工商企管系列

二十一世紀新工作浪潮	200元	美術工作者設計生涯轉轉彎	200元
攝影工作者快門生涯轉轉彎	200元	企劃工作者動腦生涯轉轉彎	200元
電腦工作者滑鼠生涯轉轉彎	200元	打開視窗說亮話	200元
挑戰極限	320元	化危機為轉機	200元
30分鐘系列行動管理學科（九本）	799元	30分鐘教你提昇溝通技巧	110元
30分鐘教你自我腦內革命	110元	30分鐘教你樹立優質形象	110元
30分鐘教你錢多事少離家近	110元	30分鐘教你創造自我價值	110元
30分鐘教你Smart解決難題	110元	30分鐘教你如何激勵部屬	110元
30分鐘教你掌握優勢談判	110元	30分鐘教你如何快速致富	110元

●兒童安全系列

兒童完全自救寶盒（五書+五卡+四卷錄影帶）3,490（特價：NT$2,490）

兒童完全自救手冊-爸爸媽媽不在家時	兒童完全自救手冊-上學和放學途中
兒童完全自救手冊-獨自出門	兒童完全自救手冊-急救方法
兒童完全自救手冊-急救方法・危機處理備忘錄	

●語言工具系列

NEC新觀念美語教室 2,450 (特價：NT$9,960)

廣 告 回 函
北區郵政管理局
登記證北台字第9125號
免 貼 郵 票

大都會文化事業有限公司
讀 者 服 務 部 收

110台北市基隆路一段432號4樓之9

寄回這張服務卡〔免貼郵票〕
您可以：
◎不定期收到最新出版訊息
◎參加各項回饋優惠活動

大都會文化
METROPOLITAN CULTURE

《 入侵鹿耳門 》

大都會文化　讀者服務卡

書名：入侵鹿耳門

謝謝您選擇了這本書！期待您的支持與建議，讓我們能有更多聯繫與互動的機會。

日後您將可不定期收到本公司的新書資訊及特惠活動訊息。

A. 您在何時購得本書：＿＿＿年＿＿＿月＿＿＿日

B. 您在何處購得本書：＿＿＿＿＿＿書店，位於＿＿＿＿＿＿(市、縣)

C. 您從哪裡得知本書的消息：
1.□書店　2.□報章雜誌　3.□電台活動　4.□網路資訊
5.□書籤宣傳品等　6.□親友介紹　7.□書評　8.□其他

D. 您購買本書的動機：（可複選）
1.□對主題或內容感興趣　2.□工作需要　3.□生活需要
4.□自我進修　5.□內容為流行熱門話題　6.□其他

E. 您最喜歡本書的：（可複選）
1.□內容題材　2.□字體大小　3.□翻譯文筆　4.□封面　5.□編排方式　6.□其他

F. 您認為本書的封面：1.□非常出色　2.□普通　3.□毫不起眼　4.□其他

G. 您認為本書的編排：1.□非常出色　2.□普通　3.□毫不起眼　4.□其他

H. 您通常以哪些方式購書：(可複選)
1.□逛書店　2.□書展　3.□劃撥郵購　4.□團體訂購　5.□網路購書　6.□其他

I. 您希望我們出版哪類書籍：（可複選）
1.□旅遊　2.□流行文化　3.□生活休閒　4.□美容保養　5.□散文小品
6.□科學新知　7.□藝術音樂　8.□致富理財　9.□工商企管　10.□科幻推理
11.□史哲類　12.□勵志傳記　13.□電影小說　14.□語言學習（＿＿語）
15.□幽默諧趣　16.□其他

J. 您對本書(系)的建議：

＿＿＿＿＿＿＿＿＿＿＿＿＿＿＿＿＿＿＿＿＿＿＿＿

K. 您對本出版社的建議：

＿＿＿＿＿＿＿＿＿＿＿＿＿＿＿＿＿＿＿＿＿＿＿＿

讀者小檔案

姓名：＿＿＿＿＿＿＿＿性別：□男　□女　生日：＿＿年＿＿月＿＿日

年齡：1.□20歲以下 2.□21—30歲 3.□31—50歲 4.□51歲以上

職業：1.□學生 2.□軍公教 3.□大眾傳播 4.□服務業 5.□金融業 6.□製造業
7.□資訊業 8.□自由業 9.□家管 10.□退休 11.□其他

學歷：□國小或以下 □國中 □高中／高職 □大學／大專 □研究所以上

通訊地址：＿＿＿＿＿＿＿＿＿＿＿＿＿＿＿＿＿＿＿＿

電話：（H）＿＿＿＿＿＿＿＿（O）＿＿＿＿＿＿＿＿傳真：＿＿＿＿＿＿＿＿

行動電話：＿＿＿＿＿＿＿＿E-Mail：＿＿＿＿＿＿＿＿＿＿＿＿

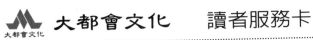